苍穹驿站

时代出版传媒股份有限公司
安徽文艺出版社

▮主编　徐可

徐可，江苏如皋人，中国作家协会全委会委员，鲁迅文学院常务副院长，编审，作家，评论家，启功研究会理事。徐可致力于散文创作实践和理论研究、启功研究，倡导真情写作，致力于弘扬中华美学精神。著译有《仁者启功》《背着故乡去远行》《三更有梦书当枕》等作品二十余部。曾获中国新闻奖、丰子恺散文奖、中国报人散文奖、百花文学奖、汪曾祺散文奖、冰心散文奖等。

▮作者　苏沧桑

女，散文名家。中国作家协会会员、中国散文学会理事、浙江省作家协会散文委员会主任、浙江省散文学会常务副会长。在《新华文摘》《人民文学》《十月》《人民日报》《光明日报》等报刊发表文学作品400余万字，在《解放日报》等开设专栏，出版散文集《纸上》《遇见树》等多部。获"十月文学奖""冰心散文奖""丰子恺散文奖""琦君散文奖""中国故事奖"等文学奖项。多篇散文作品入选全国各类散文选集、散文年选、排行榜、教材读本，并被应用于中、高考试题。

名家文化散文系列
徐可 主编

苏沧桑 著

苍穹驿站

时代出版传媒股份有限公司
安徽文艺出版社

图书在版编目（CIP）数据

苍穹驿站/徐可主编；苏沧桑著.—合肥：安徽文艺出版社，2023.12
（名家文化散文系列）
ISBN 978-7-5396-7591-6

Ⅰ.①苍… Ⅱ.①徐… ②苏… Ⅲ.①散文集－中国－当代 Ⅳ.①I267

中国版本图书馆 CIP 数据核字（2022）第 215084 号

出 版 人：姚 巍		总 统 筹：汪爱武	
责任编辑：周 丽		装帧设计：观止堂_未氓	

出版发行：安徽文艺出版社　www.awpub.com
地　　址：合肥市翡翠路 1118 号　邮政编码：230071
营 销 部：(0551)63533889
印　　制：安徽新华印刷股份有限公司　(0551)65859551

开本：880×1230　1/32　印张：10.625　字数：230 千字
版次：2023 年 12 月第 1 版
印次：2023 年 12 月第 1 次印刷
定价：55.00 元

（如发现印装质量问题，影响阅读，请与出版社联系调换）

版权所有，侵权必究

赓续中国文章之审美传统

——"名家文化散文系列"总序

"盖文章,经国之大业,不朽之盛事。"

一千八百多年前,曹丕在《典论·论文》中,首次对文章的价值给予了前所未有的评价,其实也是对文章的传统、文章的功能作出了高度凝练的概括。文章非小事,它关乎国家治乱,关乎国运兴衰,不可等闲视之,正所谓"文章千古事,得失寸心知"。

中国散文,萌芽于甲骨卜辞,滥觞于商周铭文,成熟于先秦诸子,鼎盛于汉代《史记》,丰沛于唐宋八家,革新于五四先贤。一路浩浩汤汤,奔涌向前,从记事到记言,从文言到白话,从短篇到巨制,从简约到繁复,不断丰富发展,不断摸索创新,至今已蔚为大观,成为中国文学之重要一脉。在长达数千年的发展史上,中国文章形成了自己独特的审美传统,那是东方文化特有的美学风格。中国文章讲求天人合一,美善统一;讲求蕴藉含蓄,意在言外;讲求托物比兴,寄情于物;讲求情与物融,思与境谐;讲求言简意赅,凝练节制;讲求形神兼备,意境深远……强调知、情、意、行相统一,追求真善美融会贯通的人生情致和审美旨趣,注重提升人的精神境界、道德情操、人格修养。这样的审美追求,为我们造就了灿若星河的散文大家,他们是中国传统文化的主力军;为我们留下了浩如烟海的散文名篇,它们是中国传统文化宝库中的精华。前人的散文作品,或者汪洋恣肆,雄辩谨严;或者犀利峭刻,慷慨多气;或者文采华瞻,情深意重;或者清新明丽,温柔婉约……真可谓百花齐放,异彩纷呈。不同派别,不同风格,不同时尚,不同格调,在不同时代各领风骚。比如,庄子的奇思妙想,自在无度,如有鬼神之助;孟子的雄辩滔滔,气势无碍,正气浩然;苏轼的空灵高远,行云流水,挥洒自如;还有王勃的优美灵秀,韩愈的厚重庄严,张岱的清新通脱……都高悬在中华民族的文化星空,成为中华散文的经典之作。

　　五四新文化运动中,以鲁迅、周作人、林语堂、朱自清等为代表的一批作家,吸收西方散文随笔的优长,对中国传统散文进行了大胆的改造,形成了现代散文,在中国散文史上形成了又一座高峰。当下散文,承接深厚传统,大胆探索创新,花木葳蕤,枝繁叶茂,花红柳绿,姹紫嫣红,生气勃勃,空前繁荣,名家辈出,佳作纷呈。特别是一批颇有实力的中年作家,已经成为散文创作的主力军,他们既有深厚的学识底蕴,又有开阔的视野格局,他们的作品很好地呈现了中国文章的神韵。然而,与前人伟大的成就相比,人们期望中的新的高峰还远远没有出现。

有鉴于此,我们立意编选一套"名家文化散文系列"丛书,既是对当下散文创作的一次小小检阅,亦是提倡一种正大明亮的文学观、散文观,更是对中国文章审美传统的一种召唤。我们期望弘扬中华美学精神,重塑中国散文的古典美。散文要有学、有识、有情,方能达到深远如哲学之天地,高华如艺术之境界。

我们呼吁重建中国文章的审美传统,绝不是要死守某种陈旧的、落后的、僵化的文学观,而是要在学习传统、继承传统的基础上守正创新。我们提倡守正创新,根本在于守正,目的在于创新。我们尊重不同风格、不同题材、不同手法,拒绝题材、风格、手法的单一化、同质化。我们仰望高山巍峨,也俯瞰小桥流水;我们赞叹大漠塞北,也沉醉杏花江南;我们欣赏黄钟大吕,也喜爱秋蝉时鸣。散文创作中的百花齐放才能满足人们多样化的审美追求。

这是一套开放的文库,我们欢迎也期待更多优秀的散文作家的加入。

2023年8月6日,北京芍药居

目 录

赓续中国文章之审美传统
　　——"名家文化散文系列"总序（徐可）　　／001

辑一：苍穹驿站

水边　　／003
苍穹驿站　　／009
日出泽雅　　／015
与海成说　　／022
与雾同行　　／028
古道密码　　／031
居然隐者风　　／039
你静默的样子　　／045

德清是一个人	/ 051
一钩新月天如水	/ 056
夜渡莲岛心染香	/ 062
灵魂私奔的地方	/ 065
所有的安如磐石	/ 069

辑二：唐诗来过

唐诗来过	/ 089
玉苍山南	/ 095
夏履之履	/ 102
桃源六记	/ 108
方寸田野	/ 117
时光蝶影	/ 125
古村的心跳	/ 131
去山里看海	/ 139
神仙的日常	/ 145
夏至桐庐郡	/ 152
竖桅杆的人	/ 161
知章村三叠	/ 172
雨水从未停止浇灌	/ 179

辑三：孤山不孤

抵达	/ 191
月上龙坞	/ 195
孤山不孤	/ 203
青山不老	/ 226
断桥不断	/ 239
长桥不长	/ 245
秋窗风雨夕	/ 250
一只叫西溪的眼	/ 257
水下六米的凝望	/ 262
家有城兮城四方	/ 268

辑四：月空来信

月空来信	/ 277
廊上耳语	/ 285
有一张纸	/ 292
李庄意象	/ 297
敦煌痛	/ 303

渭水遇 / 309

把油灯点亮 / 316

没有月色的丽江 / 323

辑一：苍穹驿站

水　边

离零点还差三小时三十三分时,我将脚尖探进了17摄氏度的江水里。相对于立秋过后仍然酷热的气温,一江水仿佛已提前进入深秋,以让人猝不及防的凉,轻轻啃噬着趾尖,并一点点向上行进,一点点向内深入,一直蔓延至头顶最接近天空的那个细胞,醍醐灌顶般,热浪滚滚的脑海一下子静了下来。

农历七月初一,没有月亮,我伸出手抚摸新安江的脸,却看不清它的神色、样貌。远山如墨,灯火稀朗,水面深藏着微微的波光,但我清晰地闻到了它的呼吸,异常清凉,依稀可辨高崖的泉,深涧的溪,晨雾,杂树,渔舟,跃出水面的鱼,鱼鳃张合间微弱的腥气。我打开手机电筒,注视着一条水草随着水流轻轻滑过我的脚背,于是我在脚背上看见了一江水的真实面目,它用清澈到无色无味无声无形的语言,正一点点带走时光,将我带入知天命之年。

是的,是我49岁的最后一天,离50岁生日不到三小时。因缘巧合,一江水将见证一个平凡女人开启新的一段生命旅程。二十多年前,我第一次来到新安江,为令人震撼的白沙奇雾写下了《与雾同行》:"我在江边走着,雾也顺着江走着,好像是两个同龄女人正在并肩散步,很亲近的样子。但我总有些自惭形秽。雾是单纯的,而我却不是,有着这样那样的欲望,有着这样那样的烦恼。好在雾并不在乎,依然用她无声的语言让我感觉自己暂时成了瑶台上的仙人,忘记了俗世间的一切。"二十多年后,世界变得多么热闹啊,而一江水依然这么静,这么凉,清澈、清瘦、清静,甚至清明。我用脚跟轻轻拍打,水花溅上我的身体,饥渴的肌肤发出一声叹息,像干涸的土壤吮吸着雨水,像初雪落地。

这一江恒温摄氏17度的水,源自安徽怀玉山脉,流经休宁、黄山、建德、桐庐、富阳,至杭州湾,最后抵达大海,整整365公里,上游叫新安江,中游叫富春江,下游叫钱塘江,所到之处,"风烟俱净,天山共色。从流飘荡,任意东西……奇山异水,天下独绝"(吴均《与朱元思书》),引得李白在江边游吟"清溪清我心,水色异诸水。借问新安江,见底何如此。人行明镜中,鸟度屏风里"。二十多年来,新安江水、白沙奇雾、梅城古镇和十里荷花,如浮桶般,常在我记忆的深井里浮沉,散发着水草的味道。

此刻,我与一江水对坐,好像是两个同龄女人正在促膝谈话,很亲近的样子。但我仍然有些自惭形秽。江水是宁静的,而我却不是,二十多年过去了,我依然有着这样那样的欲望,有着这样那样的烦恼。即使一江水用她无声的语言让我感觉自己暂时成了瑶台上的仙人,但我仍无法真正放下俗世间的一切。

一些人在我身后的堤坝上来来往往,打手机、聊天、跑步,渐行渐近,又渐行渐远。一位老人打着手电用网兜捞虾,捞到些比瓜子大不了多少的虾,说给家里的甲鱼吃。他每天都会过来捞虾,说要顺着水流和水草的方向。一个男孩在岸边高声叫爷爷,他便收拾起工具走了。横跨两岸的拱桥有五个孔,从最远的那个孔里传来婺剧高亢的腔调,随着风的方向燃烧着、熄灭着。除了这些声音,尘世分明还穿梭着另一些来自远古的声音——老子在沉吟"上善若水";孔子在感叹"智者乐水,仁者乐山""逝者如斯夫,不舍昼夜";孟子在念叨"源泉混混,不舍昼夜,盈科而后进,放乎四海。有本者如是,是之取尔";荀子在劝告"不积细流,无以成江海""水能载舟,亦能覆舟";庄子与惠子游于濠梁之上,开始了一场关于鱼之乐的辩论……离此不远的子胥渡口,流传着关于伍子胥的两个传说:当年他一路逃亡,分别路遇一位老翁和一位浣纱女,求得他们的帮助后,又恳求他们为其保守秘密,不料两人竟毅然自沉于江中,以明心志("渔父诺。子胥行数步,顾视渔者已覆船自沉于江水之中矣""尔浣纱,我行乞。我腹饱,尔身溺。十年之后,千金报德")。萍水相逢,以命为信,令人唏嘘。没有一条鱼能尝出水本身的味道,千万年来,谁能说得清,是水成就了人,还是人成就了水?

离我一尺之远,坐着我两位同龄的文友,他们一个从北方来,一个从南方来,一个是男的,一个是女的,因一场文事在此邂逅。气场相似的人,无意中一起坐到了水边,也无意中将陪我穿越生命中一小段特殊时光。我们掬水而饮，她说，真甜，没有一丝腥味。他则低低念了一句"浴乎沂，风乎舞雩，咏而归"。

我看着被一江水惊艳到的他们俩，像看到了二十多年前被一江水惊艳到的自己。那个自己，爱文学和与文学有关的人们，如同爱自己刚生下的婴儿，心无旁骛，无关名利，无怨无悔。二十多年过去了，这个人变了一些，也焦虑，也厌倦，也怀疑，但依然爱，且只为爱而活：爱家人，爱文学，爱苍生。新安江静静东流，会一直流到钱塘江她的家门口，此时，子夜将近，新的生命旅程即将开启，坐在上游的她眺望着住在下游的她，高兴地看到了未来自己的模样——在水一方，坦然安详。

高亢的婺剧湮没在越来越浓的夜色里时，我们与更多的文友在水边会合。子出时辰，他们为我唱起生日快乐歌，一位前辈唱了一段京韵大鼓《丑末寅初》，"我猛抬头，见天上星，星共斗，斗和辰，它是渺渺茫茫、恍恍惚惚、密密匝匝、直冲霄汉哪……"，还连说带演地说了一段让众人笑趴在桌上的单口相声，他平日并不喝酒，却喝了啤酒。又有友人们唱起京剧、夹杂着江西口音的英格兰小调，谁起了一句《送别》，大家便一起合唱了起来。这些彼此并不特别熟悉却同样爱着文学的人，这些明天各奔东西的人，聚在一起，送走了一年中最为炎热的一个白昼，送走了一杯杯酒一支支歌，也无意中送走了偶尔纠缠的烦恼事、得失心。微醺的人们走在午夜建德的街头，兄弟般勾肩搭背，肆意横行，一江水默默将摄氏

17度的微风拂上我们正在老去的容颜。摄氏17度,是一江水的语言,它从不表达什么,但什么都表达了。

后来。

后来我们在一个叫"梅城"的千年古城,迎来了一场大雨如注,也迎来了我后半生的第一个清晨。一千八百多岁的六合井旁,大家用水桶打上井水,喝到了和新安江水一样的微甜。暴雨如注,大家齐齐贴在屋檐下躲雨,谈笑着一个刚刚揭晓的文学奖。我开玩笑说,文无第一,以后所有的文学奖,将提名的作品团成阄,分放到井里,用桶捞,捞到谁就是谁。又或者,来个曲水流觞,酒杯停在谁面前,便是谁,多风雅,多和谐。大家便笑了。

一位年迈的老人让我们进门躲雨,拖出条凳让我们坐。我问她高寿,她说94了,我说我"今天"50了。她并不明白我的意思,说了一句:你看不出有50岁了,便又驼着背默默坐在雨声里,眼神望向虚无。我不由得她两眼又看她两眼,心里感觉比雨声更静。我想起十多年前,也是一个雨天,我和一群台湾文友在梅城的水边,坐在船舱里吃从江里打上来的新鲜鱼虾,看细雨落在水面漾起一个个酒窝,如今,他们中已有几人故去,大多失联,但他们送我的礼物,一串谁亲手做的陶瓷项链,一串翠绿的玉石项链,还有一幅荷花图,几本书,仍珍藏在我钱塘江边的家里。"七里人已非,千年水空绿",人生路上,人们不断相遇,又不断分离,甚至永远失散,但如同一江水里的水,气场相似心灵相契的人们其实一直在一起,沿着同一个方向在奔向大海。

曾经,耄耋之年的太婆说,我活了一辈子,也就是赚了身边这么些个人啊。

电闪雷鸣,大雨滂沱,巨大的水声充盈着我合十的双手:感恩生命里所有美好的相遇,即使终将告别。

苍穹驿站

从莫干山到下渚湖,渡我们的是一片花海。花海静默而盛大,将来自天南海北的五个人渡到了下渚湖岸边。

我对船夫说:"往没有人的地方开,越安静越好。"几双眼睛齐齐望向春水兄拎着的萨克斯琴盒,像望向一个静默而盛大的秘密。

这是戊戌年寒露之后、霜降之前的德清,一条木船载着五个人,渐渐地遁入下渚湖的最深处。

白鹭停在墩岛上,感觉午后两点的下渚湖像喝醉了酒——太阳目光迷离,吐露着一串串光与影的呓语。芦花松着筋骨,随风晃荡,船也摊着手脚,任意东西。湖水被船头轻轻地划开,它睁开眼看看,瞬间又合上。浮在水上的一个个墩岛也醉了,怕热似的不时将脖子从水里露出来。墩岛上的水杉、银杏、金钱松、鹅掌楸、三尖杉、红豆杉、木姜子、木兰、紫荆、厚朴、楠树是墩岛的长发,湖水将它们的倒影拉得很细很长,烟雨般飘逸。

只有白鹭是清醒的。它记得这片被誉为"中国最美湿地"的水域,有六百多个墩岛,一千多条港汊,八百多种动植物,一百六十多种鸟。当白鹭振翅高飞,潜伏在墩岛上的一百六十多种鸟也腾空而起,在天空扎出无数双眼睛,到了夜里,星光漫天,白鹭相信,那是千万只鸟的眼睛。而有月亮的时候,月色如雪,芦花如雪,万物如雪般安静,但白鹭听到了歌声,那是千万只鸟的合鸣。

白鹭停在一秆芦苇上,正对着船头,看见那个叫"春水"的中年男人取出了萨克斯,吹出了第一个音,第二个音……

像一只金色的鸟,轻轻落入湖面,溅起了一簇簇金光。缠绵悱恻时,它盘旋低回;高亢嘹亮时,它凌空飞跃,在迷宫般的芦苇荡中穿行、寻觅、捕捉。

是一支游走的箭,靶心是下渚湖每一个生灵的心。湖水最先中箭,泛起了点点泪光。风接着中箭,停住了脚步。芦花们也纷纷中箭,垂首静立。白鹤、鸳鸯、翠鸟、野鸭、沙鸥、水雉、鸬鹚、红嘴黑水鸡等等,不知道藏在哪里偷听,一声不响。一条鱼跃出水面,不知道是抗议还是鼓掌,又有一条鱼跃出来,说,谁啊谁啊,我看看。鱼从来没有听过萨克斯,下渚湖所有的生灵包括青蛙、泥鳅、螺蛳和虾,都从未听过如此美妙的声音,"深沉而平静,轻柔而忧伤,好像回声中的回声"。

船停在下渚湖的某个深处时,船上的人们沉醉在一曲《春风》里丝毫未觉。乘着音乐的翅膀,他们也变成了鸟,翱翔在想象中的下渚湖的春天里。一望无际的湖面上,涌动着亿万朵油菜花,开满油菜花的墩岛,像一个个水上的太阳,蜂蝶在一个个太阳之间振动翅膀,放飞一个个透明的梦境。然后,他们穿过一条水巷,掠过水巷两旁幽深的香樟林,飞上朱鹮岛,用目光抚摸朱鹮稀世的羽毛。他们像朱鹮一样眯着眼,栖息在音符里,像鸟一样栖息在下渚湖的深秋里。

《鸿雁》响起时,有人走上船头,合着音乐翩翩起舞。跳的是刚学的蒙古舞,老记不住动作,自己把自己给乐翻了。其他人一边笑一边用手机拍。春水自顾自吹萨克斯,一曲终了,说了一句:跳得蛮好。

五个人的萨克斯音乐会早有预谋,轻歌曼舞却是一时兴起。"问紫娟,妹妹的诗稿今何在啊?似翩翩蝴蝶火中化。"这是他们最爱的越剧。"一送里格红军,介支个下了山,秋雨里格绵绵,介支个秋风寒。"这是她们喜欢的老歌。清婉的音韵,像一场不期而遇的丝雨,拂过江南的水面,落入江南时间的深处。

两百多年前,洪昇游览下渚湖时,留下了一首诗:"地裂防风国,天开下渚湖。三山浮水树,千巷划菰芦。埏埴居人业,渔樵隐士图。烟波横小艇,一片月明孤。"他不会想到,两百多年后,五个与他一样爱写字的人,湖水深处某个最僻静的角落,歌舞笙箫,得大自在,暂别了俗世日常,甚至暂别了文学。一条船和一整个天空一起倒映在湖里,船便仿佛孤悬在浩渺苍穹,如时空之外的一个驿站,欢声笑语从驿站里溢出来,天地笼罩着一种微凉的幸福。

傍晚时分,"滴答……答……滴答……答……"《回家》的前六个音鱼贯而出,跃过船头,贴着水面,穿过层层波光,攀上一大片芦花,轻轻咬住了玫瑰色的夕阳。夕阳一愣,犹豫了一下,似不忍坠落,万物蒙在一层毛茸茸的暮光里,像蒙上了一层雪,霎时,下渚湖仿佛穿越到了冬天,湖水深处某一间竹楼内,一双手正将红泥小火炉、绿蚁新焙酒端上桌,而门外,响起了风雪夜归人的脚步声,沙沙,沙沙……

萨克斯最后一缕余音和烘豆茶的热气,一起消逝在傍晚五点的下渚湖时,我的眼前浮现了一片闪耀着金色光芒的水稻田。传说,上古时期的治水英雄防风氏带领部落在此开垦荒莽,种植水稻,造福先民,使得吴越一带靠狩猎采集为生的氏族部落慕名而来。他们站在太湖边的一座高山上,问一位老猎人防风氏部落在哪里。老猎人说,那一大片闪耀着金色光芒的水稻田,就是防风氏部落。之后,防风氏毫无保留地向他们传授了治水和种稻经验,福泽万民,下渚湖畔也因此有了"三道茶"遗风,"相传防风受禹命治水,劳苦莫名。里人以橙子皮、野芝麻沏茶为其祛湿气并进烘青豆作茶点。防风偶将豆倾入茶汤并食之,尔后神力大增"(《防风神茶记》)。青绿色的烘豆、金色的橙子皮沾着细白的盐粒,滚水一冲,清香四溢,鲜咸可口,不仅是茶,还是饱腹暖心的食物,也是"人有德行、如水至清"的德清的待客之道。

上岸时,我回头看他们。彼时,他们四个人都背着光,而我看到的却是一道道金色光芒。这些与我并无半点血缘关系的人,一起在文学路上走了几十年的人,在我烦躁时,困顿时,如防风氏般毫无保留,亦如阳光之于水稻田,一直在。

时间来到戊戌年小寒。临安山坳里一个小客栈,天寒地冻,夜深人静,整栋楼只有我和一位师姐,要继续第二天的采访任务。我们将所有的被褥搬到一起,一个靠在床上一个靠在榻上,在同一盏灯下"抱团取暖"。午夜时分,大雨倾盆,将屋顶的瓦片砸得哗啦啦响,我突然有一个感觉——此时,灯光是我们的驿站,我和她是彼此的驿站。

驿站,食宿、换马、交换信息、补充能量的地方,八百里加急日夜奔赴的那个点,穷途末路上一个亮灯的窗口。家太远,驿站刚刚好,即使风雪交加,沿途总能找到。家人太亲,驿站刚刚好,不忍与父母言说的苦痛酸辣,都可以留给驿站。可以是一盏灯,一碗酒,一壶茶,一个火炉,一床棉被,一本书,一盘棋,一句话。也可以是文学,是音乐。也可以是散落在德清莫干山的一千家民宿,比如匍匐在竹林中的那一家"后坞生活",它们栖息全世界的客人,也栖息把美好生活搬进大山的民宿主人自己。也可以是微信朋友圈里仅自己可见的照片和一段话,那是给未来的自己预留的驿站。

老子说,天地不仁,以万物为刍狗。意为天地无私无情,对人对狗对万物都一视同仁。而我觉得天地亦有情有意,使万物互为驿站,人与人就是彼此的驿站。漫漫人生路,并非一条线,而是一个苍穹,每一个方位都是方向,每一步都可能是深渊。一个人就是一颗星,茕茕孑立、踽踽独行。好在无尽的苍穹之中,总有一些星球星座星系,让累到极点的你靠一靠,歇一口气,再提一口气,继续前行。而继续前行,就意味着继续失散,于是,留下来的那份记忆,就成为一个驿站。多年以后,同游下渚湖的五个人也终将失散,而湖上的萨克斯声,会是我们永远的驿站。

时间来到戊戌年大寒。我在曙光中独自醒来,看到父亲深夜发在苏家微信群里怀念二伯的一段话。远在云南的二伯,前日猝然离世,是他们兄妹七人中第一个走的。年事已高,路途遥远,生亦难以相见,死亦无法告别,他们从此失联。不知道多年以后,浩渺苍穹中的哪一个点,是他们重逢的驿站?我在晨光里泪流满面时,小猫银河跃上床沿,轻轻吻了吻我的泪,又定定看了我几秒,将头窝进了我的手心。此时,它是我的驿站。

这一天,谢谢下渚湖。这一年,谢谢他们都在。这一生,谢谢你们来过。

日出泽雅

阿沁,你从冰岛发来的日出真美。晨曦如一场金色的雨,落在蓝色冰川上,溅起金色的雨滴,以清晰可见的速度和力量,抵达万里之外的我,让我想起一个词——绮丽,也让我想起另一些日出和日落。印象最深的一次日落,是在香港飞回杭州的航班上看到的——舷窗外,亿万朵玫瑰色的云彩在两个多小时的航程里,演绎了一场史诗般的瑰丽。而印象最深的日出,反复出现在我童年的梦境里——我一个人抑或是我的影子站在地球边缘,身后冉冉升起八九个巨大的金红色星球,离我最近的一个几乎布满了整个天空,触手可及,极其壮丽,也极其恐怖。

八小时之前,北京时间凌晨五点,我和你父亲在千年纸乡泽雅,也目睹了新年的第一个日出,如果也用一个词形容它,我想用"端庄"二字,这也是我对泽雅的印象。

位于温州瓯海西部的泽雅,俗称"西雁荡山"。某个普通的山顶上,某个普通的两层小楼里,我醒来睁开眼睛,第一眼看到你父亲默默站在木窗边的三脚架前,眯着左眼将整个脸贴在镜头前观察日出。第二眼便看到两扇木窗外,彤云漫天,仿佛一群巨大的红鸟向着同一个方向俯冲,又像无数人高擎着火把在无声聚拢,却听得见呐喊、高歌、战鼓雷动,我童年梦境中巨大的金红色星球正在奋力突围,欲喷薄而出。

与之相反,泽雅的群山正一层层从木窗前慢慢铺向远方,像水墨画里渐行渐远的行者,遁入亘古的苍茫。当太阳终于突出彤云的重围一跃而出,从身上卸下金色盔甲般哗地向山川洒下亿万道金光时,我的内心狂奔而过亿万匹金色野马,耳边呼啸而过亿万种交响乐的轰鸣,而金光普照下的泽雅像是不为所动,淡定依然。

不,等等。几分钟后,彤云便已散尽,天上的云、地上的山峦、雾岚、树影、清风、鸟鸣……如太极图般流转,变幻,渗透,融合,在我长久的凝视里,成了水晶球般浑然的一个整体,渐渐地呈现它能呈现的所有色彩——荼白、竹青、绯红、月白、石青、紫檀、霜色、黛绿、胭脂、藕荷、豆绿、宝蓝、秋香、玄色、牙色、黄栌、靛蓝、明黄、朱砂、石绿……所有的色彩都自觉地融化在一种极祥和的光里,我想称它为"雪芽色"——初雪中萌发的第一朵新绿——霎时天地如新。这是人类某个公元年的第一个清晨,宇宙无涯时空里的一瞬,正如古人所云"日出天地正,煌煌辟晨曦",多么短暂,却多么美好,像一个少女,气血充盈,心无旁骛,仪态万方,平和安宁,让我想起一个词——端庄。

是的,端庄,一个女子最美的姿态。

阿沁,如果我早来二十多年,也许会为你起名"泽雅",泽为水,雅为美,"泽雅",是我见过的最美的地名之一。其实,它原名"寨下","泽雅"是"寨下"温州话的译音。其实,我也从未叫过你"阿沁",现在这么叫,是因为温州人都喜欢这么叫,叫父亲阿爸,叫孩子阿桑阿海阿雨,等等,即使他们已经年长。温州是我的第二故乡,我一出生便被你外公外婆带到平阳度过了大半个童年,我小时候他们都叫我阿沧阿桑,我觉得特别亲。

但我从未来过泽雅。千百年来,以山为生的泽雅山民寓居于飞瀑、静潭、涌泉、急湍之岸,穿行于睡俑、仙人眉、鹰栖峰、摇摆岩、蘑菇岩、清凤洞、老虎洞之间,留下了水碓、水车、石屋、石墙、寺庙、村落等丰厚的人文景观,与其原始野韵构成了一幅独特的浙南山水画卷,至今保留着牛耕、舂米、磨麦、做豆腐、捣年糕、贴春联等农家生活方式。当然,最有名的是独有的"纸山文化"。泽雅屏纸制作技艺被誉为中国古法造纸的"活化石",从宋代至今已传承千年,曾经是泽雅百分之九十八的家庭生计所在。每当天气晴朗,泽雅的山山水水间晒满了金黄色的竹纸,整个山区犹如披上黄金甲,泽雅就成了一座"纸山"。

此时,竹林与溪流交汇处,依稀传来四连碓"咿呀——咚"的声音。自汉朝起,南方北方,几乎所有有水的村庄都会有这样的水碓声,加工粮食,碾纸浆,捣药,捣香料矿石。夜深人静,水碓房的油灯下仍然晃动着一个个劳作的身影。而一千多年来,泽雅的水碓有270多座之多,有二连碓、三连碓甚至四连碓,主要用来捣竹浆造纸。到 20 世纪 80 年代，造纸工艺开始多元，泽雅手工造纸业渐渐边缘化。新世纪后，年轻一代纷纷外出务工创业，延续千年的泽雅造纸从事者多为中老年人。近几年来，因造纸对环境污染日趋严重，人们忍痛割爱，果断将造纸业停了。

此时，水碓房里席地坐着一位白发老人，溪水在长满青苔的水轮间跳跃，水珠在阳光下叮咚作响，水碓轻捣着石臼里的竹片，发出"咿呀——咚"的声音，山谷里回荡着无限诗情画意。然而他只是展示，不是生产，当工具成为景致，山水回归天然，这也是一种文明的进步吧。

在纸山博物馆，一台投影仪将一本米黄色的古书投在白墙上，我靠上去，便被笼罩进了虚幻的书页里，一点一捺一横一竖，虚线实线，在光影里不断变幻着最美的中国文字。阿沁，如果我给万里之外的你写信，就应该用那种米黄色的书写纸，用纸乡千年流水磨的墨，那么，寄到你就读的伦敦大学学院时，你就也能闻到千年纸乡的味道了，就能触摸到泽雅的一点点美好了。这一点点美好，只是我在泽雅感受到的其中之一，而它的每一点点美好，都来之不易。众所周知，温州是一片火热之地，有多少风云际会，就有多少热闹喧嚣，而泽雅如此清凉。我觉得，这不仅是泽雅的性格，也是温州性格的另一面，也是我们民族性格的另一面。面对困境，不张牙舞爪，不怨天尤人，而是默默寻求生机，如同溪流在断崖乱石间艰难探路，而不堕落成山洪，这也是一种端庄。

四季端庄,所以四时有序;大地端庄,所以大地无言。风雨雷电呢,树木花草鱼虫鸟兽呢,它们循着自然法则,环环相扣,信守契约,维护着大自然的大端庄。细想,天地间只有"人"这一种动物,会逆了大自然的气血,会佻达,易狂躁,会出言不逊,出手暴虐,好在人拥有最高智慧,只要愿意,是可以做到"你要控制你寄己(自己)"的。

阿沁,你在冰岛用手遮着额头看日出时,你颔首看冰浪时,我们一行八人正穿过溪流,站在泽雅庙前村石板桥边的一棵七寄树前。泽雅的午后比清晨更加安静,仿佛听得见阳光落在溪水里的脆响,不多不少十个当地人,有老人,更多的是壮年人,也有几个年轻人,在溪边洗游客们午餐用过的碗,或骑车出门,或走在路上,或在屋前聊天,小卖部一部很小的电视机里传来电视剧的对白。那是一棵500多岁的红豆杉,因树上寄生有桂、枫、杨、栎、榆、漆、松等七种树木而得名。我的小学同学菊飞,她曾在泽雅一个山沟里教了多年书,她的好友彩琴是地道的温州人,生过一场大病,比我更痴迷文学,站在泽雅庙后村台湾著名作家琦君的纪念馆,读着"一生爱好是天然"时,她的眼里泪光闪烁。此时,她们一起教我盘一个简单易学的发髻。

和大多数温州女人一样,她们精明能干,也精致讲究,举手投足都散发着优雅的意味——像天鹅——脚蹼一直在水下拼命地划水,水上的姿态永远保持优雅。和我的很多温州朋友一样,除了奋力打拼,也很会享受生活,她们常常几家人结伴出游,远至南北极,近如庙后村、头陀寺、梅雨潭、楠溪江、雁荡山,找好吃的,看好看的,她们推荐的猪头肉令你爷爷奶奶啧啧称赞。她们也结伴去读书会,去喝茶听古琴,打球爬山,或静静地窝在家里写诗写小说,而且写得很棒。喝酒时,高脚杯也好,粗花碗也罢,一样能痛快尽兴,阿雨阿桑地叫,偷偷抢着去埋单。

当我学着她们的样子,左手挽起发髻,右手将发尾从发圈里轻轻勾出来时,我在水面倒影里看到了一个女孩:她穿一身宽松的米色羽绒服,微含着下巴,脚尖和脚跟稍稍用力,一步一步稳稳地走过溪流上的一个个石汀,像是将它们一个个按回水里。我看不见她的眼睛,但从她的姿态里,确定她没有看手机,也没有四处张望,只是专注地走着路,是现在很多女孩消失了的一种步态和神情。我常在各种公众场所听到年轻女孩们大声聊天,手舞足蹈,很频繁地冒出"我靠""卧槽"以表达语气。一个比你更年轻的女孩告诉我,如果不这么说话,同龄人会觉得她很"装"。

我也常"差点笑死"在抖音里,也会偶尔骂一句"神经病"觉得很爽,我也觉得"一场大雪美如画,本想吟诗赠天下。奈何自己没文化,一句卧槽雪好大"接地气,让压力山大的年轻人哈哈一笑解烦忧何尝不可?但我仍然认为,不雅的语言不应成为一个女孩的日常,不雅的姿态不应成为一个女孩人生路上的常态,尤其当她们成了母亲。端庄,与拥有笃定的、有趣的灵魂并不矛盾。

此时,零点又快到了,泽雅山顶的篝火早已熄灭。昨晚此时,我们一行八人和一群陌生的当地人,围着篝火唱歌跳舞恣意狂欢。我在你父亲的镜头里,看到了被定格的某一个瞬间——人们突然变得很安静,围着篝火或站或坐,等候着什么,祈祷着什么。火光映在他们苍老或幼嫩的脸上,每一双眸子都在闪闪发亮,每一个人都在熠熠发光。对即将到来的"年"的敬畏,如此朴素,让每一个人看上去如此超凡脱俗。

阿沁,人们静静地过日子的样子,静静地看篝火的样子,你和同学们一起静静地看日出的样子,都是我喜欢的样子。就像泽雅日出的样子,我的理想世界每一天该有的样子。

与海成说

北纬30°14′。东经122°11′。中国东海。岱山岛。午后。雨。我像孩子一样突然开始哭泣。

那一刻,隔着窗幔,看不见窗外的大海,就像突然看不到一个人的眼睛,突然和一个最亲的人分离,突然故土不再,措手不及,回忆像海啸般穿越时空而来,瞬间将我扑倒。

对于我,大海是一个男人。

他是父亲。

如果说,一个孩子是有梦想的,我曾经的梦想,就是死在海里。我的故乡,也是一个美轮美奂的海岛,和岱山岛很像。多年以前,当我作为一个刚有记事能力的女孩第一眼望见大海,就像被雷电击中。它那么强大,那么深,那么远,那么沉默,那么神秘,大海,居然,和我的父亲一模一样,我怕他,可是我爱他,他赐我生命,赐我美食,赐我柔和的风,吹在一个孩子身上的时候,像一个一个延绵不绝的怀抱。

岱山岛的大海,和故乡的大海一模一样,不蓝,有点黄,像一个普通的男人,然而深沉浩瀚,是与花样美男截然不同的壮美。当我靠近,像靠近我久违的父亲,生出了无比敬畏与感恩的心。在鹿栏晴沙一年一度的休渔谢洋大典上,与我一样怀着敬畏和感恩之心的渔民们,在香雾缭绕中,抬着牲畜、谷物和美酒走向海坛。他们舞龙,上香,祭拜,他们坚信,海里有龙王,有神仙。而我只相信,他就是一个男人,一个和天下所有父亲一样、神一样、龙一样的男人。当孩子们手捧一个个鱼缸,在如泣如诉的歌声里,将那些和他们一样柔弱的生命还给他,以最虔诚的姿势膜拜他的时候,我在烈日下眼眶热了又热。即使没有祭拜,难道,大海就不再爱他们了?

他是爱人。

这个世界上,谁比大海更有魅力呢?

海腥味,是他的体味以及呼吸,清新,狂野。

波浪、潮汐、洋流,是他存在的方式,受苍穹之上的日月星辰召唤,受海风、气压、种种变化的冲击,使他成为永不停息的战马。

他平静时,海面下深藏着一个瑰丽世界,冰山,火山,宝藏,生物,炽烈的红色熔岩和冰水的剧烈冲撞和缠绵,无穷无尽的草原般的海底世界,那么的恣意,绚烂,孤独。

他是海浪时,绝不是湖水河水井水,即使涌上岸摔成粉碎。

他是潮汐时,虽受着日、月、地球的左右,但会听从自己的智慧与心声升降、涨落与进退。

古往今来,他内心不懈追求的目标,叫作理想,或者,叫作名利,责任,他像夸父一样日夜追逐,不知疲倦,以此为乐。

最后,他必定汇集,强大,辉煌,成为浩浩汤汤的洋流,越走越远。他不是要去征服世界,而是带给这个星球更多生命,带给这些生命更多福祉。这,就是他的宿命,抑或是意义。

他从未停息,如果他停下来,就不是大海。所以,爱他的女人,注定无法得到时时刻刻的温柔缠绵。他无暇顾及谁的孤独,亦无意挽留谁的背弃,这就是大海的秉性,无法改变。

岱山岛的摩心山上,云雾缭绕的慈云极乐寺,我蹲在一缸莲叶旁,一遍一遍梳理着我与大海的缘分。

缸里的水莲,没有花朵,只有叶子,其中一片,落了一坨黑白相间的鸟粪,被雨打得很湿、很黏。人们在吟诗作画,热闹着,我独自蹲在屋檐雨滴下,用手舀起缸里的水,一遍一遍将它冲洗干净。然后,我又看到了旁边另一个缸里,一片莲叶上,沾了很多黑色的泥巴,或者也是鸟粪,我又一遍一遍将它洗净,繁杂的一个一个声音越来越远,涛声、雨声、梵音渐行渐近,然后,我听见了大海的耳语。

他说:如常,静心。不管你们是否懂我念我爱我恨我,漠视我,离开我,我的心一直都为你们在。

是啊,放下偏执,才能安乐恒永。可是,谁能真正放得下世上那两个最累的字:牵挂?

我亦是。爱着,却总是难以相守。如同,我与故土,我与大海,我与父亲,我与我爱和爱我的人们,至亲,至爱,挚友,孩子……从晨起到日落西山,从呱呱坠地到叶落归根,一路尽是别离,一生尽是别离。

"情不知所起,一往而深"。午后骤雨,冲进宾馆房间,一眼看到床头那本和昆曲有关的书——我像孩子一样突然哭了出来。

两个小时后,大海像一个孩子一样,与我对泣。

大雨滂沱中,我跟着采风的人群随渔民出海捕鱼。我愣了,第一次看到哭泣中的海,哭得那么厉害,面目模糊。你也会哭?你为什么哭呢?疼了?累了?你也需要休养生息,而我们却以爱的名义,无尽地纠缠你、掠夺你,是吗?古往今来,那么多有去无回的生命,是源于你的震怒,还是源于你的伤心?

我不知所措地紧紧抓着船舷的钢绳,一动不动。他们问我为什么抓这么紧?我说怕晃。我一动不动坐在雨水里,虔心感受着他的哭泣,他的怒涛,他带给我的种种难受。我在心里说,哭吧,孩子。我陪你。

这个星球,是由水构成的,那十三亿五千多万立方千米的水,我今天见到的这片大海,只是一小滴。

这个星球上的岛屿,像天上的星星一样数不清,有人说二十万,有人说十万,我今天见到的岱山岛,只是其中一个。

这个星球上的人,有几十亿,我只是天地一沙鸥,一蝼蚁。

此时此地——公元 2012 年 6 月的某一天,北纬 30°14′,东经 122°11′,我的心与大海对泣。此刻,我像一个母亲爱一个男孩一样爱他。

离别岱山时,仍是暴雨滂沱,映照着我心里不舍的声音。明知不是诀别,还是伤感,短短三天,刚刚开始,就已结束。

我是一个相信缘分的人。美若仙境的岱山,于我,是一面魔镜,照见我与大海的前世今生,照见我对大海的一次全新认识和深切感悟……离开岱山,不只是离开一个岛,一个仙境,一个梦。

我亦是一个随缘的人。总要离别的,总要远去的。世间事,总要顺其自然才好。如同,人类爱大海,不能太爱,太依赖,爱到索取无度,爱到不讲公平。既然爱,是否可以,像爱父亲那样敬畏、感恩?像爱爱人那样深情、尊重?像爱孩子那样宽容,给他抚慰?

从前,岱山岛的摩心山上,出海前,一个男人对一个女人说:你有白发了,以后我帮你拔。

女人心动,期待,但不奢望。如果苦苦等待,也许就会等成满头白发,拔也拔不光。

那么,我们爱一个人,爱一些人,人类爱自然,爱万物苍生,是否都可以这样安常,处顺?

出发前,我曾在微博上写过"岱山? 蓬莱?"两个问号。我不确定,岱山,是否就是那个"蓬山此去无多路,青鸟殷勤为探看"里的"蓬山",是否就是当年徐福率数千童男童女寻找长生不老仙药曾途经的"蓬莱仙岛"。当我用脚步和泪水,青鸟般掠过仙境般云雾缥缈的山山水水回到城市,我在微博上写道:"岱山,蓬莱。"

一位叫远山的朋友问:"岱山,蓬莱。你享受吗?"

我说:"终生难忘。"

"死生契阔,与子成说。"上面这些话,代表人类,说给大海听。

与雾同行

遇见她时,我惊呆了,世界上,怎么会有这么奇异的雾?

夏夜,新安江城已卸去一天的浓装,笼罩在淡紫色的暮霭里,富春江水流得从容而平静。晚归的船来了,偶尔闪过一道波痕。空气拂过脸颊,带着14摄氏度的水汽。那一刻,两岸灯火在静谧中次第开放,像在预示着这里一定会发生些什么。

这时,假若你是一条鱼,你便会看到千岛湖和新安江之间正演绎着一段缠绵:当千岛湖水缓缓流进新安江的心底,白沙奇雾——这天地的宠儿诞生了!她从母亲疲倦的怀里渐渐舒展开初生的身子,洁白如羽纱,飘渺如仙乐,纯净如玉石,细腻如婴儿的肌肤,远远的薄薄的一层,依偎在江面上。我真怕江边的点点渔火会把她给融化了。

人们凝神看着这神奇的景象,而雾也在远远地打量着人间,灯就是她善睐的明眸。在相互的凝视中,她慢慢长成了一米多高、丰满圆润的女子,先是从飘漾的裙裾中伸出她的脚,一小步一小步踩着绿波,羞涩地走着。风来时,雾便不再矜持,拖曳着长长的飘带,自由地舞成了一缕缕五彩屏幔,一边随着江风向我们飘来,转眼间便到了伸手可触的眼前。只见乳白的雾海与深蓝的天分出一道整整齐齐的界线,青山翠林、竹篱农舍在浓雾中时隐时现,人不知不觉就像飞到了天上。

此刻,与雾媲美的还有天上的星星,它们离地面是那样的近,就悬在人的头上,随手可摘,立体的,闪烁着奇光异彩,让人怀疑那是不是假的。雾可能是它们的老朋友了,时时往天上一跃,侧耳就能听得见它们欢快的笑声了。

我在江边走着,雾也顺着江走着,好像是两个同龄女人正在并肩散步,很亲近的样子。但我总有些自惭形秽。雾是单纯的,而我却不是,有着这样那样的欲望,有着这样那样的烦恼。好在雾并不在乎,依然用她无声的语言让我感觉自己暂时成了瑶台上的仙人,忘记了俗世间的一切。

记得不久前读到过卢梭的一段关于雾中散步的文字,后来借来他的书想细读时,书却奇怪地不知去向,心里空落落的。想起类似的憾事在我的生活中似乎常常发生,比如我历尽千辛万苦爬到峨眉山金顶,却怎么也看不到传说中的佛光;几次到普陀山也没看到过海市蜃楼;一个刮台风又停电的深夜,在家乡的小楼上忽然看见窗外缓缓变幻着极亮的黄红蓝三色强光,像有什么在轻轻掠过。当时以为是闪电也没注意,第二天却听很多人说昨晚在城东的山顶上来过一只UFO。只好想,自己是个俗人,也许神奇的事物总与我无缘吧。没有料到新安江的雾却格外善意,据说在冬夏时节每个晴朗的日子里都能看到,让我由衷地对她生出不被嫌弃的感激。

我深信,美的东西有了善的品性,这种美才是大美。

午夜时分,一觉醒来,万籁俱寂,牵挂着雾,便推开靠江的木格花窗,见她正无比恬静地仰躺在星空下,也已睡去,无意中把山山水水勾勒成了一幅淡淡的水墨画。

太阳升起时,她便会死去。

雾来世间一趟留下美,人来世间一趟留下点什么?

古道密码

春天,我们去富阳新登看桃花。看桃花之前,十来个人在车上讨论着万亩桃花到底有多壮观。都是舞文弄墨的人,对数字很是没有概念,一亩有多大?一万亩是一望无际吗?当地朋友笑了,说,不是一望无际,是一层一层种着桃花的梯田,沿着山坳一直延绵至大山高处和深处。于是,我仿佛已经看见,漫山遍野的桃花,像粉色的瀑布正在往山上倒流,像一整个春天在时光里倒流,流得很慢,像日出日落那么慢,像行云流水那么慢,像如今人类唯一还保持着亘古不变节奏的心跳和呼吸。

当我们真正进入花海,便进入了无边的寂静和无边的喧哗。每一朵桃花都是安静的,然而无数朵安静的桃花,汇聚成了巨大的喧哗,密集,震耳欲聋。被这无边的寂静和喧哗感染,大家先是沉默了一阵,继而又开始讨论。讨论桃花,讨论枝干的苍道,花瓣的娇嫩,讨论剪枝和收成,讨论转基因和毒疫苗,讨论留守儿童和老人,房价和雾霾,讨论战争和宇宙大爆炸……我们当然还讨论文学,讨论最近一部极火的韩剧为什么那么火。

有人说,我们的缺失,是文学精神的缺失。

有人说,多少行业、领域,都正在缺失一种精神。

有人说,还是看桃花吧,说多了都是泪。

桃花一语不发,像在凝神倾听油菜花、紫云英、草、竹林和山野的低语。一阵微风掠过,传来了很响的蜜蜂的嗡嗡声,听起来无法无天,多少年没有听见这样的声音了。一只很大的黑红色蝴蝶,停在一株油菜花头上。我用手机捕捉它的须眉、黑红相间的肚皮、翅膀上的诡异花纹,它居然不逃,慢慢地舒展开双翅,又慢慢地闭合,一点不在意我这个另类对它构成的威胁。此时此刻,天地静谧安详,只有我一个人在喧闹,姿态很忙,心思也很忙,而桃花一门心思开花,等待授粉结果,竹子一门心思长高,蜂蝶一门心思采蜜,它们没有更多欲望,因而没有更多烦恼。我停下脚步站了会儿,突然开始喜欢这个我本不太喜欢它的名字的地方——新登,半山。那时,我没有想到,我即将与一个千年前的灵魂相遇。

看完了桃花,春寒浸透了每一个人。大家用酒和茶驱逐寒气。夜真正开始时,一位文友因第一次参加采风,敬了所有人一杯酒,大概喝高兴了,突然高声唱起了家乡的婺剧,音色很土,声调高亢,落在猝不及防的酒席上,把大家都吓了一跳,他也愣了一下,便嘿嘿笑了两声又埋头吃菜。上车后,他似乎意犹未尽,旁若无人地唱了一路的越剧,《葬花》《劝黛》《送凤冠》等。突然,他抓着前排陆兄的肩膀大声说,下辈子,我一定要做一个戏子,唱大花脸,去流浪,去过从前慢悠悠的日子!陆兄平静地说,为什么要等到下辈子呢?

其时,同伴们都在聊天,我的听觉在黑暗中闪躲腾挪,捕捉着他自言自语般的哼唱,他唱的每一个段子,我都会唱。没有人看见黑暗中的我一直无声地跟着他唱,无声地喊:我也想去!

晚上八点,一个叫湘溪的山村、一条溪水旁干净的民宿收纳了我们,大家互道晚安。我和园姐约好要出去走走,但外面黑灯瞎火的,被大家一劝,犹豫了。站在各自的房门口,我们对望了一眼,想看穿彼此的心意,去还是不去,假如有一个人觉得累了,就绝不勉强。昏暗的灯光下,我们读懂了彼此,异口同声地悄悄说了声:走。

当我们从院子里往溪边走,陆兄也下来了,说,一起走。然后,楼上阳台传来一个怯怯的男声:我可以加入你们吗?我们说当然好啊!却不知是谁。待他在眼前站定,才发现是一位不熟悉的当地文友,家就在这个村里,有点意外,有点惊喜。突然又有人从二楼阳台门露出半个脸来说也要去。我们沿着溪水边走边等时,她来了,说,后面还有人来。于是,两个人的夜行,变成了六七个人的。

一群人在黑暗中走,听到了越来越有力的溪流声,随即,感觉双脚踩上了一条鹅卵石泥路,抬头可见一条影影绰绰的长廊。大家漫不经心地走着,好像说了些话,又好像什么也没说。我觉得很自在,一群热爱文字的同道者,本来就应该是这样的状态,可以说什么,也可以什么都不说,很多话都在文字里表达了,或将在文字里表达。夜虽冷虽暗,大家散散落落地看不到彼此的脸和眼睛,却觉得很近,这是白天没有的感觉,也是很多关于文学的场合没有的默契。

不知过了多久,眼前慢慢亮起来,感觉双脚踩上了平坦的水泥路,才知已走完了溪边小道。大家一回头,猛然看见路口牌匾上赫然几个大字——"苏东坡古道"。

每一个人都呀了一声,除了那位加入的当地文友。一路走来,他居然什么都没说。

我站在那几个字下,眼眶一热。我怎么都想不到会在此地此刻与他相遇——苏轼,与我同姓的祖辈,族谱里的远亲,我最敬又最爱的古人。他是儿时墙上挂的那幅《水调歌头》,是30岁时读到的林语堂《苏东坡传》里那个活色生香的男人,是离家不远那一段梦一般的苏堤,是暗夜里灯火阑珊处颔首微笑的兄长,是让人肝肠寸断的《江城子·记梦》……他的一切才情品性,甚至有点"二"的可爱,都让我痴迷,并怀疑自己血液里真有他一丝一缕的基因,否则为何明知像他一样真性情的人注定一生坎坷,却一次次纵容自己的心魂誓死追随?多么希望,我真的有他哪怕万分之一的传承啊。

1073年旧历二月,他来新登时,38岁。那时,他的境遇虽然不是很好,但还不是特别糟糕。虽妻子王弗、父亲苏洵都已过世,但他续娶了王闰之为妻,又陆续生了两个孩子。虽与王安石相悖,自请外调,但在杭州期间工作顺利,爱情甜蜜,还觅得不少知己。那时,离他在密州写下千古绝唱《水调歌头·丙辰中秋》还有三年,离"乌台诗案"还有六年,离他在黄州自号东坡居士写前后《赤壁赋》和《念奴娇·大江东去》还有近十年。

夜里,48岁的我和38岁的苏轼聊天。

我说,老弟,我不快乐。

他说,怎么?

我说,人心不古,不痛不痒的文字于现实有何意义?我还要继续写吗?

苏轼先是顾左右而言他,问我,小说是什么?电视剧是什么?散文是什么?见我不答,才说,继续写吧,写所有正在流逝的美好的东西。

我说好。

我又问,身体被速度裹挟,灵魂被脚步抛弃,我想从巨轮中逃出来,做简单的自己。我可以放下所谓的得失,但我可以放下责任当一个逃兵吗?

他没有回答。

当早晨的阳光穿过窗帘啄醒我,我想起,我并未梦见他,而是我在梦里自问自答,并且,依然没有答案。我迅速起床,直奔那条昨夜我走过、他在九百四十三年前走过的溪边古道。

此时，正是旧历二月，正是多年前他来的时节。我想，他那时看到的和我此刻看到的景物，应该是差不多的。他这样写道：

新城道中（其一）

东风知我欲山行，吹断檐间积雨声。

岭上晴云披絮帽，树头初日挂铜钲。

野桃含笑竹篱短，溪柳自摇沙水清。

西崦人家应最乐，煮芹烧笋饷春耕。

这首诗，难以掩饰他行走在春天的田野里的兴高采烈，大概正如陆兄后来所说，当时他在一位农妇家住了一晚，吃了煮芹烧笋，心情大好。

然而还有第二首，是这样写的：

新城道中（其二）

身世悠悠我此行，溪边委辔听溪声。

散材畏见搜林斧，疲马思闻卷旆钲。

细雨足时茶户喜，乱山深处长官清。

人间歧路知多少，试向桑田问耦耕。

一颗归隐的心,昭然若揭,这才是他的心声。如同久在沙场的战马,他已疲惫不堪,翘首以盼鸣金收兵的信号。他哪里会想到,近一千年后,有一个和他同姓的女人,站在他走过的古道上,纠结着是否为自己敲响"卷葹钲"。他更不会想到,他曾足迹遍布的大地之上,有多少被速度、压力裹挟着的睡眼惺忪的孩子、大人,也侧耳倾听着也许永远不会响起的"卷葹钲"。

苏东坡古道的尽头,是一大片怒放的油菜花,我像疯子一样奔进去,任浑身沾满花粉,任过敏性鼻炎更加肆虐。当我在阳光下打着无数个喷嚏时,想起网上一位"苏迷"根据苏轼日记译的几个很"二"的故事——"元丰六年十月十二日夜,苏轼已经脱了衣服准备睡觉。都躺下了,就是睡不着。去承天寺找张怀民。苏轼:老张,睡了吗?老张:没呢!苏轼:就是!睡什么睡,起来嗨!""苏轼患了红眼病,医生告诉他不要吃辛辣,少吃油腻,尤其是肉。苏轼说:其实我的脑子已经决定听话了,但我的嘴不听。""苏轼评价自己的作品时是这样说的:说实话,写得太好了!"

奔跑在油菜花田里,我看见苏轼去看风景,走一半走不动了(这于我是常有的事),他看了一眼山林间的亭宇,要到还早着呢,怎么办呢?良久,他顿悟道:我不去了!此事出自他的《记游松风亭中》,他说这样决定后,"如挂钩之鱼,忽得解脱。若人悟此,虽兵阵相接,鼓声如雷霆,进则死敌,退则死法,当恁甚么时,也不妨熟歇"。忽然想,"挂钩之鱼,忽得解脱"是他给我的答案吗?

然而,他自己按照答案做了吗?没有,他一生都不曾做到,否则又怎会有后来的种种境遇,如何会陷入"乌台诗案"几次濒临被砍头的境地?如何会二下杭州疏浚西湖、建造苏堤?如何会年届花甲还被一贬再贬,直至再无可贬的天涯海角,甚至被逐出官屋,自筑桄榔庵?他六十六年的生命里,几时真正放下一切,当过逃兵?

我奔跑在油菜花地里,其实我没有奔跑,但我感觉到灵魂已随风出窍。我在油菜花田里大笑,其实我没有大笑,我心里在大笑,觉得莫名轻松——既然放不下,就继续前行吧。一个人别无选择时,也是一种解脱。我想,在昨夜无意的行走中,我的脚步早已在冥冥之中沾染了他千年前的足迹了,它们暗示着我,可以像他38岁时那样心存倦意,患得患失,但即便蝼蚁般微贱,也始终不扭曲,不逃跑,为爱着的一切,不怨,不悔。

溪流声很响,是这个早晨唯一的声音。阳光从参差的藤蔓漏下来,在苏东坡古道上铺开了一张画,真切,明亮,温暖。我想,这是我穿过一千个春天截获的人生密码。

居然隐者风

富阳庙山坞,黄公望结庐隐居处。站在 2016 年第一场冬雨里,我叫了声:"黄……"未及出口的后半声,如一滴雨从竹梢无声地落入我的棉帽,如更远处苍茫的雨雾,无声地融入大地。

黄什么呢?大师?先生?老伯?公望兄?大痴……被尊为"元四家"之首的黄公望(1269—1354),以那幅令人叹为观止的《富春山居图》和他本人在中国绘画史上的地位,无疑该称呼他为大师。可是,79 岁的他,喜欢人们称呼他什么呢?还是根本无所谓?

当我沿着他当年走过的竹林幽径,走向七百年前的他,我的想象总停留在至正七年(1347)他的 79 岁,也是我父亲此时的年龄。我看见一个蓬头长须、不修边幅的老人,背着一个皮囊,皮囊里装着画具和酒,和好友无用禅师正兴致勃勃地走在我的前面,也是这样的冬日,也有这样的细雨,他们已经走遍了富春江两岸所有的山水。竹林深处,传来无用师的声音——你给我画一幅画吧,才不辜负这好山水。黄公望说,好!无用师又说,我不放心,恐被人夺爱,你得在画上写上我的名字,说这画是我的。黄公望抬头看了看近在眼前的家园,说,好!

推开柴门,踏进这个叫"小洞天"的家园,他们不会想到,这幅被后世称为《富春山居图》的旷世绝画,自他动笔至去世,整整画了四年。他们不会想到,这幅画辗转流离二百五十年后,被藏者欲焚烧殉葬又火口余生却断为两截。他们更不会想到,多年后的乾隆无限痴迷此画竟至真假不辨,而侥幸留存的残卷被后人分别名之为《剩山图》和《无用师卷》,各藏于浙江博物馆、台北故宫博物院隔海相望,直到分隔三百六十年后才合璧重逢,又继续隔海相望。

我尾随着他们的声音,在冬雨里拾级而上,看见自己沾染青苔的皮靴渐渐化成了一双古代女人的绣花鞋,在冬雨里缓缓拾级而上,走进了黄公望"偕无用师回家于山居南楼援笔作长卷《富春山居图》"的前一日黄昏。我是他的次子德宏之妻毛氏。我掌着一盏油灯,撑着一把伞,将他们迎进了家门。我在他们身后,看他们穿过院门两旁在雨里闪闪发亮的竹,踏过青苔斑驳的鹅卵石地,穿过护翼般笼罩着三间小屋的两棵大树,走上廊前的石阶,走进了灯火深处。然后,我走向厨房,吩咐厨娘将炖了很久的炭火炖鱼起锅,我拔下簪子拨了拨炭火,红亮啄了一下我的眼睛,一场酣饮正拉开序幕,山里的天色一下子暗了下来。

酒过三巡后,我穿过细雨,来到院子右侧临溪的南楼画舍,帮他再整理归置一下画具,因为我听说,明天起,他要画一幅很大的画。我在廊檐下站了一会儿,看细雨在竹叶凝结,再慢慢滴下来。我在想一个问题,一个我百思不得其解的问题——公公长期隐居在此,痴心作画,家中老小很是担心挂念,夫君德宏便携母亲叶氏和我,追寻至此陪伴他。可是,隐居,到底是什么?隐居于我,仿佛是个牢笼,幽暗的山坳困住了我,几乎见不到人。而对于公公,隐居为什么如此快乐?公公并非富阳人,他本名陆坚,江苏常熟人,后过继给温州苍南黄氏为子改名黄公望,可他为什么选择了富阳作为他的隐居终老之地呢?

我听说,他曾是"松雪斋中小学生",他一开始不是画家,更擅长的是书法、诗词、散曲,曾为很多名画题咏。中青年时代的他是个读书人和落魄官人,当过中台察院椽吏,蒙冤入狱,出狱后看破红尘,浪迹江湖,在江浙一带卖卜为生。50岁左右,公公才开始山水画创作。已是知天命之年的他仿佛一棵幼苗,把前人当作阳光雨露,见风就长,他广采赵孟頫、巨然、荆浩、关仝等众家之长,最心仪顾恺之、王维、董源、李成等,学的不仅是诗风画风,更多的是胸襟气质。当然,他不是一棵幼苗,他已脱胎换骨成一个笔力老到、风格独特、遗世独立的黄公望。66岁时,他和画家倪瓒同时皈依主张儒、释、道三教合一的全真教后,更是崇尚自然自足,成了一个超凡脱俗、自称"大痴"的道士。

也许是对故土的怀念吧,公公晚年回到了浙江,富春山水的奇特魅力让他痴迷流连,便选定了江北大岭山白鹤墩,隐居在村后的庙山坞,从此"焚香煮茗,游焉息焉。当晨岚夕照,月户雨窗,或登眺,或凭栏,不知身世在尘寰矣"。一个人的精神自在了,一个人的艺术才能自由翱翔。一幅幅画作,描绘的是风景,也是心境,他的人"精严逸迈",他的画"浑厚华滋",可谓珠联璧合。

一大滴雨滴到了我的棉帽上,发出了沉闷的声响。我从雨声中醒来,发现自己正站在黄公望画舍的屋檐下发呆。同行的人们已陆续往院子外走,人声在竹林后隐隐约约渐行渐远。突然有一种被他们抛弃的感觉。假如我一人留下,我憧憬了无数次的隐居就此实现,我愿意吗?仔细一想,有点可怕。作为一个女人,我并不真正羡慕古人的生活,尤其是古代女人的生活——可以忍受不能每天洗热水澡,不能随便穿着打扮,没有牙刷,没有电,没有煤气,没有卫生巾,没有空调,没有止痛片,没有消炎药,没有眼镜,等等,但如何忍受因身为女人而与生俱来的禁锢、不公和暗黑?

曾多次探寻三百年前明清文人的隐居地杭州西溪,也向往当代隐者聚集地陕西终南山,还想去黄公望杭州隐居地走走。我写过西溪九个隐居故事,那个"舟从梅树下入,弥漫如雪"的地方,那些真正的隐者,有的为保护《四库全书》等万卷藏书避居西溪,有的"功成名遂身退",有的逝去前两个月来此养病却邂逅爱情,有的探望老友却遇红颜知己从此生死相伴,有的同好诗文结伴而居,有的同名同姓同龄同志趣隔河而栖,诗酒相对,风雅相应……他们在世外桃源里,不是虚度年华,而是做了这辈子最想做的事。其中有一个园子叫"泊庵","泊"的本意是漂着,暂时停下来歇一歇,而到了西溪,暂时的泊却成了永远,这是隐居者最好的归宿。可是最近,当我看到终南山一个年轻的隐者将他的生活和他拍的美图晒在微信朋友圈里并且很火,我就想,他拍一朵花、一只鸡的时候,他的目光还是一个隐者的目光吗?还是变成了替读图者看花看鸡的尘世目光?

我循着人声急急往外走,仿佛真的怕被他们抛弃了。当我的身影消失,这座山坳的这户人家,就只剩下他们一家人了。他们一家人,在并不遥远的七百年前,喝着酒聊着天。黄公望喝下一大口温热的米酒,同时在心里展开了一幅富春山水图——江水、远山、村落、草坡、亭台、渔舟、小桥……他喝的酒是富春江水酿的,看似淡,却容易醉人,如他画里的富春山水,看似淡,却浑厚阔远,恣意汪洋。

在我的印象里,古往今来的艺术珍品,大多缘起于情,爱情、亲情、友情、家国情,而绝非名利,《富春山居图》亦是。耄耋之年,黄公望在画中题款"兴之所至,不觉亹亹"——"兴"是热爱所致,就像此时陪同我们的当地人蒋金乐,戴着雷锋帽,穿着皮衣、牛仔裤、登山鞋,一副随时准备上山的样子,他曾花了几年时间一个人疯狂寻找山居图里的实景,雇船拍了两百多张照片,拼成了一幅实景图。"亹亹"的意思是无止无休、孜孜不倦,如泉水汩汩,余音袅袅,而我看到的,是一位真名士、真隐者的最高境界——心无杂念。

估计很多人和我一样,有一颗隐居的心,却有一副贪恋尘世的皮囊。贪恋就贪恋吧,人和动植物,说到底都是俗物,就连美丽的鸟兽鱼虫,身处绝美的南北极,依然互为食物链、互为江湖。并没有什么世外桃源,在心里挖一个"山坳"吧,随时空一空,静一静,隐一隐,那么,从"山坳"里流出的泉水,必定更加清远。

南方冬天的雨很湿冷,容易沁入骨髓。在富春山脚下的龙门古镇,一个女人拿着一枚古墨,在酒精灯上蘸一下火,在我额头及眼睛周围摩挲着,说能驱赶头痛,能美颜。墨蘸了火,却透出软软的凉意,凉意传达给肌肤的,却是中药般的暖,特别奇妙。抬眼,雨雾深处,已不见远处那个幽暗的山坳。对比玻璃框内的《富春山居图》,我觉得那个山坳更美,一个文化理想与栖息之地完美结合的双重空间,多么静啊,淡淡的一笔一墨,轻轻的一呼一吸,都让人震撼。

你静默的样子

当人们又一次被岁末的脚步声震得惊惶不安时,江南深处的常山,却早已与时间化敌为友。

如同一个人,你没有见过他时,会从他的名字想象他的样子。"常山"这个名字,在我眼前浮现的,是一座山和绵延的绿,以及一副安常处顺的样子。

这是一瓣胡柚,进入口中的时候,我倒吸一口冷气——苦、酸、凉,像遭遇了劈头盖脸一顿骂,顿时五官纠结。但我硬是咽了下去,我知道,我拒绝它,就是拒绝一位诤友。它不仅是果实,还是良药:性凉,去火,解毒。

回味来了,舌根深处的甘甜,如幽暗隧道口突然亮起的光。惊喜。

这一瓣胡柚肉,像一粒粒被阳光染透的金水珠,刚从常山的某一座山某一片胡柚林某一棵树某一枝采下来。胡柚比橘子大,比柚子小,比我家乡玉环的文旦柚偏苦偏酸,但也正是这口味,比文旦柚多了一项功效:药食同源。还比文旦多了一种神奇:春节一过,文旦柚失去了水分,变得干巴巴的,而藏了几个月的胡柚,却脱胎换骨般变得极其香甜可口,却不失药力。这是天赐的恩泽,也是时间使然。

在常山,时间成为一种不一样的存在。在无数的城镇中,时间与人们是对手,甚至是敌人,人们永远在跟它赛跑,较劲,埋怨它,痛恨它,时间仿佛也痛恨人们,因为,时间明明分分秒秒实实在在存在,对每一个人都最公平,而人们总是说"我没时间""时间怎么过得这么快"或者"岁月无情""度日如年",等等。而在江南深处的常山,时间像一个不再年轻、已然成熟但也不再老去的中年男人,无声地站在天地间,倾听,沉默,微笑,并眷顾着常山的一切——因为,在常山,人们最需要的,仿佛就是时间:柚子长熟,变甜;石头长大,变美;山茶树开花结果,变成珍贵的山茶油。人在酸苦劳累的日子中慢慢体味甘甜,都需要长时间地青睐、逗留。时间,是他们的挚友。

此刻,时间遇见一只胡柚,陪伴它变成一箱可以出口的中国水果。时间等它被人们用手从树上摘下来,送到厂里的流水线上,几十道工序,几十个工人,就为了一只胡柚,像对一个新嫁娘。

然后,时间变得更加耐心。在那个如同隔世的巨大车间里,上百个几乎整个裹在防尘防菌衣帽里的男女站在操作台前剥胡柚,站几小时,或整整一天。一些外观不太漂亮的胡柚,流淌到了这里,被工具、被手,变成了一粒粒分散的果粒!

站着多累,为什么不坐着?我问。

站着快呀,坐着使不上劲。旁边有人说。

我瞬间汗颜。如果让我站一小时,即使半小时,我宁可不吃这些果粒,不喝那些果粒做的饮料。可是,这是他们的生计啊。如同我手里的矿泉水,身上的衣服,兜里的餐巾纸,我早晨吃的那一碗鲜美无比的贡面,经过了多少双手?劳作时,他们站着,还是坐着?

巨大的玻璃墙把我和那些人隔离在时间的两边。人群静默,仿佛,站立是一种虔诚的仪式,是对时间的敬畏和珍惜。

现在,时间来到一棵三百多岁的山茶树前。满树的白花裸露在山石小道旁的阳光下。她的枝干遒劲苍老,她的花无比粉嫩。

冬日的阳光很暖,风很凉。她刚刚被采摘完山茶果,应该是坐月子的时候,可是,她还没有被采完果子时,满树的花就已经开了。也就是说,如果她是一个女人,她的第一胎还没有生下来,她就又怀孕了,她怀孕的时间是十三个月。春夏秋冬,所有的季节她都在怀孕,一辈子都在怀孕,开花,结果,永不停息。"抱子怀胎",这是她的宿命,累一生,苦一世,像世世代代的母亲们。

我学着当地人的样子,摘下山茶树下的一根茅草,一折三断,然后,凑到一朵山茶花前,吸食花蜜。耀眼的嫩黄的花蕊啊,应该是她最柔软最敏感的地方,乳房或者产门,是婴儿的天堂,我不忍直接用尖锐的断草茎刺痛它,便用另一头细软的草尖,轻轻沾了一下。一滴花蜜,来到了舌尖上,是仔细感觉才能品出的温润的甜,转瞬即逝,恍惚有记忆深处乳汁的味道。

透过累累的花叶,我努力找寻着她的腰肢,想象她被压弯的样子,可是没有。当地人扳下一条树枝,居然无比的柔韧。他们小时候就在树上捉迷藏,落地为输,孩子们从来不会因树枝断了而摔下来。山茶树,默默任人们吸她,压她,踩她,摘走她的孩子们,从古至今,从未说过一句话。

现在,离开母亲的孩子们——山茶果来到了古老的榨油坊,在变成一滴油之前,改由时间耐心陪伴它们破茧成蝶。古老的榨油坊,不见年轻人,只有几位掌握着古老技术的老人,在慢慢劳作。山茶果要在太阳下晒够了天数后,舂碎果壳,磨碎果肉,炒干,筛过,蒸熟,再铺成一个巨大的圆饼,包上蒲叶,一个一个压入一头牛那么大的榨油机里。老人们默默将巨大的木块塞好,凝神屏气,抡起巨大的撞杆撞向榨油枕木,"叮——叮——叮——",老人们脸上没有表情,肌肉随着松弛的皮肤一抖一抖,因用劲而咧开的嘴露出黑黄的牙齿。他们年轻的时候,该有多么俊美啊,那力与美的韵律,对如今的女孩,还有多少魅力?

少顷,金色的泉水一般——一小股琥珀色的、喷香的、纯天然的山茶油从枕木之间渗出来,流到了木桶里。欢呼过后,所有参观的人都走了,我从阳光下再一次走进昏暗的榨油房时,榨油坊与阳光灿烂的外面仿佛两个世界,两位老人仍在默默地干活,他们或许累了,不想说话,或许一直在发愁,谁会来继承他们的手艺?谁还愿意将宝贵的一生献给并不值多少钱的一滴油?春木在替他们问,咿咿呀呀的水车在替他们问,吱吱呀呀的榨油机在替他们问。没有人回答。

我慌忙退出去,一滴液体黏上了我的鞋面,不知道是油,还是汗。

时间来到午后两点的三衢山脚下时,我忽然惊觉,在常山,时间最爱它:石头。

我盯上了一块石头,确切地说,我眼角的余光所及处,感觉到有一块石头盯上了我。它淡绿的目光牵着我,穿越过无数价值连城的石头,站定在它面前。它有半人高,光润如玉的表皮,却有如同钧瓷般绚丽的颜色和花纹,渗透进石头深处,太美了!我伸出手,慢慢将手心贴上它的额头,冰,凉,确切地说,比冰雪稍暖,比气温稍寒。我想将脸贴上它,却明显感觉到它的拒绝,它如史诗般静默,无所谓我是否读得懂它。夜深人静时,这块神秘的石头,是否也会发出钧瓷裂变时那无比轻盈美妙的叮咚声?一响九百年?

在常山,静立着无数巨石、奇石、巧石,如同,捂了一个冬天的白嫩的皮肤,或黝黑粗糙的皮肤,被人们运过来,运过去,摆在展览馆里,花园里,书房里,几案上,其美丽与昂贵令人咋舌。然而,无论人们如何夸它,骂它,劈它,钻它,它一句话都不说。

这些石头,在时间里待了多少年?百万年?亿万年?时间从它还是一粒沙开始陪伴它,直到它长成一块奇异的石头,有多么慢?有多么难?从此时开始,时间又将继续陪伴它多少年?多少年后,时间一定还会再陪它变成沙,粉,尘。荣辱算什么?夸谬算什么?眼前这些人,又算什么?多少年后,不管变成什么,它依然美,因为,它与天地的主宰——时间默契着,被它挚爱着。虽然,它们之间谁也没有说过什么,没有说过爱,没有过约定,却不急不缓,不离不弃,在历史的长河里相依为命。

这一刻,我忽然也想变成一块石头,与时间化敌为友。不爬山,不赶路,不奔跑,不着急,不想公事也不想私事,只懒懒坐在常山的山脚下,静静晒一天太阳,做"一个滴水观音般安静的女子"。是啊,大地无言,万物静美,山用泉水、溪流、鸟鸣说话,云用雨说话,石头用花纹说话,山茶和胡柚用芳香说话,我们为什么一定要用嘴巴说话?语言多了,是泡沫,絮叨,解释,甚至是流言,谎言,污蔑……而有缘人,一个动作一个眼神就够了。深爱,要放在心里,无言,更接近本真。

此刻,我像石头般静默,眯缝着眼,看午后的阳光在一张纸上慢慢移动,时间的手正静静抚过纸上的几个字:桑田沧海,从容自在。

德清是一个人

二十多年前的盛夏,我们四个人,两男两女,在浙江北部德清莫干山顶一幢很破旧的别墅里,点着蜡烛,听着大雨捶打竹林的声音,一起度过了我20岁的生日。天蒙蒙亮,我们搭了一辆拖拉机,从山顶呼啸而下。年轻的脸,很长的黑发,在呼啸声中与风剧烈摩擦,如同我们的内心,准备与这个世界来一场快意恩仇,速度那么快,如今想来,却觉得当时时光那么慢,那么快乐。

二十多年后的2015年6月初,梅雨季节即将来临,我们一行八个写散文的中年人,在莫干山脚下采风。我们佯装散漫,徘徊溜达,无所事事,节奏像一群老人般,我们日益衰老的脸不再与风产生剧烈摩擦,如同我们的内心已与世界达成和解,表面上,一切都显得那么和缓安宁,内心却听到时光嗖嗖嗖的声音。

不应该啊,这是多么好的地方啊,德清。

据科学试验,人的眼睛看世界时,你看什么,只有什么是清楚的,周围都是模糊的,因此,我们看到的,只是世界的百分之一,否则,你的大脑根本无法接受巨大的信息,你的脖子无法支撑你的巨大脑袋,这是造物主的仁慈。此刻,我坐在离德清不远的杭州的梅雨季节里,翻看在德清的一张张合影,却看到了另一个人的影子——德清,它是一个人的样子——一个从旧时光里穿越过来的穿布衫的人,无处不在。

他在虞村的老火车站。虞村有一条颇具民国风味的街道,接近老蚕丝厂的一个拐角处,有两块木头牌子,一块刻印着沈从文的句子"在小羊'固执而且柔和的声音'与乡民平常琐碎的对话之间,存在着一种和谐;这河面杂声却唤起了一种宁静感"。再转一个弯,另一块刻着:"到了乡村住下,静思默想,我又觉得自己的血液里原来还保留着乡村的泥土气息。"是茅盾的句子。我没想到在这里会遇到他们两个,但这两句话在此时此地却无比贴切。还遇见一个人,名字忘了,大约也是民国时期的某个文人,在火车站古色古香的墙上,印着他的一段文字,说的大约是他要坐火车出门旅游,夫人叮嘱他说,要慢,要安稳。我仿佛听到了来自民国的那班即将发出的火车慢吞吞的鸣笛声从远处传来,而这位先生,正坐在前往火车站的马车上,听铃铛叮当作响,他的行李里,一定有一只竹藤箱子,里面一定有几本线装书,是读书人应该有的样子。

我们站在老火车站前合影,请当地朋友用我的手机拍。奇怪的是,不知怎么回事,拍摄模式自动变成了怀旧功能。于是,照片微微发黄,一群文人仿佛回到了民国,每个人在那种色调里,突然温婉而宁静,四周亦变得宁静,仿佛我们穿越从前,与沈从文茅盾他们在一起,一起看废弃的旧火车枕木上钻出嫩绿的草,一起看空寂无人的一个咖啡吧里长得像猪一样的两只小白猫。我站在街角,用手机拍它们时,从玻璃窗的反光中看到了无数德清故人的影子——游子孟郊、一代词宗沈约、才女管道升、山水画家沈铨、经学大师俞樾、红学家俞平伯、民国总理黄郛……还有那些曾与莫干山有过神秘纠葛的外乡人苏东坡、赵孟頫、毛泽东、梅滕更……

我气喘吁吁爬到黄郛曾经的藏书楼、如今的陆放版画展厅前时,朋友几个已经坐在巨大的樟树下,架起二郎腿闲聊。雨前天色灰暗,空气无比清新,几百岁的巨大树冠,让我想起释迦牟尼得道的那棵菩提。他们三三两两散落在绿色的大伞下,与我仿佛隔了很多个世纪,大树,天空,积雨云,蚂蚁,蚊子,茶几,藤椅,茶,聊天,看手机,无比的淡而闲。没有领导讲话,没有紧锣密鼓的行程,亦没有非谈不可的主题。从雨前到一场淅淅沥沥的雨下下来,他们在脑海和对话里,也遇见了一些与德清有关的故事和故人,感叹着地杰人灵和民风依旧……我认识他们很多年,从来没有见过他们这么无所事事的样子,这么像从前的文人,这么像一群志同道合的人。而这时候,德清,就是一棵樟树,默默罩着我们,像一位老友,默默给我们递上一盘瓜子,一盘笋干豆子,一杯茶。

然后,乐声响起。第一次,是在裸心谷。四面环山的绿谷,空旷幽静,很多人在一起,你却错觉只有你一个人在,真想把心裸露出来。怎么裸呢,大吼一声?大唱一顿?还是喝茶吧,还能怎样?这时,同行的陆布衣先生到车上把萨克斯、音响等一套乐器搬了出来,事前,我们曾力邀他把萨克斯带来,不料他带来的却差不多是一个"乐队"。悠扬的乐声在山谷里低空盘旋,如同那几枚莫干山绿茶,以为自己是鱼,在透明的玻璃杯里上下游曳,在没有夕阳的暮色里,映照着对面的满山竹林、懒步行走的两匹马、一条溪流、藤椅脚边一堆五颜六色的杂粮,盘桓成一种极美的意境,让人忘记一切,只想喝酒,喝红酒,想大哭,或大笑。第二次,乐声在一个叫云起琚的地方又一次响起。那是山坳里的一个小饭馆,一个农家的小院子,我们在楼上轮流讲笑话,萨克斯在楼下的雨声中,一丛翠竹前。我们的热闹,它的寂寞,强烈的反差,黑白照片般摄魂,那时,我觉得德清变成了一个民国穿布旗袍的女人,妩媚而善解人意。

在新市古镇的一幢古宅楼前,一位韦姓先生站在长满杂草的廊檐下,指着一块石头说,这是世界上最长的条石。我不懂,却假装懂,一直点头。他什么都懂,对这个水乡古镇了如指掌,如数家珍,当他将自己编写的书一本本送到我们手里,就知道他有多么爱这个地方。让我想起我的老家,也有一位老先生,他什么都懂,镇子里的杂志稿子都是他负责编,也让我想起同行的安峰对古运河研究的执着,百忙中已经出版了十来本书,还要继续。似乎,每一个古老的地方都应该有这样一个人,但几十年后呢,还会有吗?几十、几百年后的德清,还会是一个自然、人文都得天独厚的清凉美丽世界吗?

这个念头让我低落,直到我走进德清图书馆,遇到一直倡导裸心阅读的慎馆长和年轻的朱炜时,才放下。朱炜还是学生时,就给我写过信,我们在微博和微信上均有交流,但此时我才知道,他如此年轻,却已出版过关于德清人文的好几本书,他还是德清历届最年轻的诗词学会会长,每一个端午节,德清的上空,会一直回旋着他和同伴们的朗诵。

德清,取名于"人有德行,如水至清"。从新石器时代至今,从人德到自然之德,德清也前行也奔波,但始终坚守,不离不弃,因此,在德清短短几日,总有一种错觉萦绕——德清不是一个地方,而是一个中年人,他玉树临风,儒雅智慧,他气色很好,脚步很稳。

2015年6月5日,离开德清前,我们一行八人——陆春祥、马叙、赵柏田、海飞、周维强、安峰、邹园、苏沧桑借用德清钢琴馆的会议室,召开了浙江省散文学会第一次筹委会,没有寒暄和客套,聊得完全忘记了吃饭时间,忘记了两位先生还要赶火车,也忘记了应该留个合影。不过想起这几天已经与德清有很多合影了,每一张合影都沾着它的月明风清,仿佛是个好兆头,也就心安了。

一钩新月天如水

桐乡石门镇,缘缘堂。初冬,上午十点。我坐在一楼厅堂的木椅上,等待他们的脚步声在楼梯响起。

我将手肘支在方桌上,将身体舒展成他穿棉袍时的闲适样子,将目光模仿成他的目光望出去,望见了江南初冬依然绿影婆娑的院子,绿影婆娑的时光深处慢慢浮现了一些声音和画面——春天里两株开满花的重瓣桃下,跑过几只小鸡,有燕子呢喃;夏日午后门外传来货郎的叫卖声,傍晚的芭蕉树下,摆起了客人小酌的桌子;花坛边洋瓷面盆里游着一群蝌蚪;秋夜各个房陇亮着夜读的灯;冬天炭炉上的普洱茶,廊下的一堆芋头,屋角的两瓮新米酒,火炉上烘着的年糕,都散发着袅袅香气……我听见他的笑声混在孩子们的笑声里,如同大提琴混在童声合唱里,忽然,笑声听起来有点吃力,是他在太阳底下吃冬舂米饭出汗解了衣裳,正从秋千上抱下老三或老四,说,在面盆里,小蝌蚪永远不会长成青蛙的,来,我们送它们回家!

这些场景,是他——缘缘堂的主人——中国漫画之父、现代著名画家、文学家、教育家丰子恺先生(1898—1975)漫画里的场景,也是他《缘缘堂随笔》里真实的生活场景。京杭大运河在浙江桐乡石门镇形成一个120度的大湾折向东北,栖息在转角旁一幢坐北朝南、雅洁幽静的宅院,就是缘缘堂——丰子恺曾经的现实家园和精神乐园。

我将目光收回,落到了桌面隐隐发亮的木纹理上,肘关节与桌面接触的一小片肌肤上,有一丝隐隐的温暖。这是错觉,错觉还牵引着我闻到了他略带烟味的呼吸,一个高鼻亮眸、眼神睿智、端庄平和的白发美髯公立在了我的眼前,寒风轻拂着他的长髯,他身穿黑棉长袍,头戴黑棉帽,棉帽上趴着一只黑白色小猫。

民国大师无数,而丰子恺是公认的、难得的一位人格健全、德才兼备的艺术家、教育家。沿着他一生的脉络探寻,你会发现,他是一个在爱与慈悲里成长的幸运儿。丰子恺出生于一个有染坊有良田、有六个姐姐、对男婴望眼欲穿的大户人家。阳光雨露没有宠坏那个叫"丰仁"的孩子,反使他成长为知书达理、谦恭好学的16岁少年,就读浙江省立第一师范学校后,正式更名为丰子恺,也遇到了生命里如父、如母的两位大先生——图画与音乐老师李叔同(弘一法师)、国文老师夏丏尊,他们之间长达一生、直抵灵魂的情缘,给了他最为深远的影响。他的婚姻虽是媒妁之言,夫妻竟一生恩爱、生死相随,育有七个子女。这一切因缘,造就了他"光风霁月"般的完美人格。在同时代挚友们的记忆里,他的人、画是这样的:

与他相识于 1924 年的巴金说他是"一个与世无争、无所不爱的人,一颗纯洁无垢的孩子的心"。

叶圣陶说"子恺的画开辟了一种新的境界""有非凡的能力把瞬间的感受抓住"。

郑振铎说自己为丰子恺所"征服"。第一次见面,"他的面貌清秀而恳挚,他的态度很谦恭,却不会说什么客套话"。

朱光潜在《丰子恺的人品和画品》里说,"最喜欢子恺那一副面红耳热,雍容恬静,一团和气的风度……而事情都不比旁人做得少","他老是那样浑然本色,无忧无嗔,无世故气,亦无矜持气"。

丰子恺的画,全是身边平凡事,如姐姐缝衣,弟弟上学,大人醉酒,娃娃捉迷藏,燕子做窝,蚂蚁搬家,儿子瞻瞻用两个蒲扇当自行车骑,也有描绘将一个个孩子从同一个模子里刻出来的《教育》等针砭时弊的题材。人间万物,在他的笔下是小可爱、小情趣,又是大悲悯、大气象,深得人心。

他的代表作《人散后,一钩新月天如水》仿佛就是他人画合一的写照:简洁,平和,澄静,深邃,阔远。

我听见了楼上脚步的移动。和我一起来参观的中外文友们,与我刚才一样正瞻仰他的卧室和书房,当目光一一抚过他 500 余件遗物、180 幅遗作时,一定也会抚过他书桌上那只旧烟斗,会闻到他来自 1927 年初秋略带烟味的呼吸。

1927年初秋,29岁留日归来在上海教书的丰子恺恳请李叔同为寓所起名。李叔同让他在小方纸上写上许多他喜欢而又能互相搭配的字,团成小纸球撒在释迦牟尼画像前的供桌上抓阄。奇妙的是,丰子恺两次都抓到了"缘"字,便取名"缘缘堂"。后来无论迁居哪里,他都把李叔同写的"缘缘堂"匾额挂在家里,"犹是形影相随,至于八年之久"。1933年春天,在母亲的心心念念下,丰子恺用稿费在故乡的梅纱弄里自家老屋后建好了一幢三开间砖木结构的高楼,加之前后两个小院,一个极具深沉朴素之美的缘缘堂诞生了。

搬家那天,热闹如戏场。丰子恺在《缘缘堂随笔》里充满深情地写道——"我们住新房子的欢喜与幸福,其实以此为极!"而全家人中,唯有老母亲"静静安眠在五里外的长松衰草之下,不来参加我们的欢喜。似乎知道不久将有暴力来摧毁这幸福","民国二十二年春日落成,以至二十六年残冬被毁,我们在缘缘堂的怀抱里的日子约有五年。现在回想这五年间的生活,处处足使我憧憬"。除了偶尔往返于沪杭等地,他大部分时间都与全家老小住在缘缘堂,完成了近20部著作。神奇的小院见证了天真烂漫如孩童、深邃如老者的一代大师生命里最幸福的时光。让人痛心疾首的是,短短五年后,幸福和缘缘堂一起,在日寇的炮火中化为乌有。

颠沛流离、九死一生,是抗战时期丰子恺一家辗转逃难于江西、湖南、广西、贵州、四川等地的写照,而一个个噩耗追随着他的脚步接踵而至——1938年1月,他在江西逃难时,缘缘堂被炮火夷为平地;1942年他在重庆避难时,"慈父"弘一法师在泉州圆寂;战争结束的次年,战乱中一直与他通信在精神上支撑着他的"慈母"夏丏尊辞世,未能见上最后一面……

当楼梯上响起文友们下楼的脚步声,我离开了方桌,穿过庭院,走出了这座重建的缘缘堂,立在漫画馆他的一幅照片前。再一次端详他的容貌时,有一种第一次与他真正相遇却一见如故的强烈感觉。是心性相近?是冥冥中的缘分吗?此行我因领受"全球首届丰子恺散文奖"而来,获奖文章《执灯人》便是一个关于器官捐献、爱与缘的故事。我想,这份缘,不仅是天意,还源于我与他同样的"二重人格"吗?善与爱,真性情,刚柔相济,端庄平和,是他的人生哲学,亦是我的。

关于人格,他这么说:"我是一个二重人格的人。一方面是一个已近知命之年的,三男四女俱已长大的,虚伪的,冷酷的,实利的老人","另一方面又是一个天真的,热情的,好奇的,不通世故的孩子","在中国,我觉得孩子太少了。成人们大都热衷于名利,萦心于社会问题,政治问题,经济问题,实业问题……孩子们……弄得像机器人一样,失却了孩子原有的真率与趣味。长此以往,中国恐将全是大人而没有孩子,连婴孩也都是世故深通的老人了"。

时光隧道里传来的这一段话,振聋发聩。

下雨了,南方细密的寒冷让人感觉时间不是往前走,而是往深处走。1975年清明,年迈多病的丰子恺重回石门专程凭吊缘缘堂遗址,像是冥冥之中预知了这最后的告别。此刻,除了大门旁玻璃后半块烧焦的门板是原缘缘堂的唯一遗物,丝雨、墙垣、芭蕉、地上的蚂蚁、孩子们的笑声,都不是从前的了。我站在南方的冬雨里默默想,还有多少人知道缘缘堂和丰子恺?一钩新月,能护佑普天下像瞻瞻、一吟、阿宝一样天真的孩子们,来保全他们的赤子之心,健全他们的人格,成全他们也许并不辉煌、但让人尊敬的人生吗?

夜渡莲岛心染香

莲,自一亿三千万年前已然褪尽铅华,它,还可能再淡?

此时,在江南富阳的香莲岛上,一注沸水、一朵干莲花、一个玻璃壶,三分钟后,一缕极幽的清香引路,一朵极淡的莲花轰然盛开。

莲没有迎面朝我们盛开,而是顾自垂首向下。当我将玻璃壶高高捧起,仰脸细看,正热烈聊天的三五好友突然噤声。

透过玻璃壶底,我们与莲面面相觑。片片花瓣,比宣纸更薄、更透、更淡。细软如珊瑚的白色花茎花蕊,随着水的微流齐齐摇曳。一朵莲,仿佛一条绝世独立、自在游弋的鱼。

平时所见的莲,已然最高洁脱俗的了,却原来,还可以再褪。褪尽一切一切的铅华后,便有了鱼的魂魄,有了真正的自由、自在。

香莲岛上的莲,是有些来历的,名"九品香莲",五六前来自台湾,有金、黄、紫、蓝、赤、茶、绿、红、白等九个颜色,花朵直径很大,花瓣重叠繁密,有"千重莲"之称。爱莲人将九品香莲遍植岛屿,香莲岛便成了一个名副其实的莲的世界。每年五六月间,花开时,随手采一朵新鲜的莲花蘸着蜜生吃,唇齿之间清香回味无尽,亦可以泡茶,入菜,还可酿酒。

莲最常用来作为宗教和哲学象征。传说佛祖诞生时,下地走了七步,步步生莲。佛教六字真言"唵嘛呢叭弥吽"中,"叭弥"的意思便是莲花。而在中国传统文化中,"莲"与"联""连"谐音,"荷"与"和""合"谐音,台湾友人相赠莲种,寄托着一个多么深切的愿望啊。想必,台湾宝岛上的莲,也快开了吧?

香莲茶让人思绪游离,香莲酒却会让人沉醉其间。入口,先是一股醇香,感觉酒是烈的,热的,回味却是一缕甘甜,如转身后一个温暖的目光。配上岛上自产的农家菜,如香椿头、水芹菜、野荠菜、野兔、山鸡、山菌类等野味,效果却是清火的,似乎,几口过后,感冒已久的鼻息也通畅多了。

在茶与酒的冰火交织里,香莲岛的夜,随着湖面上的薄雾蜿蜒而来。零星的灯火,清冽的空气,无边的寂静,已看不到向晚时分看到过的湖水,水里的鹅卵石,湖心一动不动的船,一层比一层远的水墨般的山,远山那边隐约可见的油菜花田,水杉林,水潭,廊桥,小木屋,还有我想象中的杜鹃花。天地只一岛,我一人。

此时,茶与酒换掉了我的血液,使我恍惚间成了此地的原始岛民。此时,我眼里,油菜花只是农作物,而不是城里人为之雀跃的观赏花。我种粮食,种莲花,也种时髦的巴西桑果、日本樱桃、七彩番薯、油桃,等等,吃自己种的养的东西,住自己造的小楼,一群鸡鸭、几只土狗承欢膝下,日子散淡而厚实。

城里人一定喜欢极了这里,热闹着他们的热闹,割蜂蜜、喂山羊、磨豆腐、挖地瓜、烧烤、钓鱼、攀岩、打牌,我一边在心里善意地嘲笑仿佛从牢里放出来的他们,一边深深地理解和同情……明天,一离开,我就是他们。

这一夜,我是浮在水上睡的——茶里,酒里,湖水就在窗外。这些水,一波一波漫卷着梦的边缘,"出淤泥而不染,濯清涟而不妖""人来间花影,衣渡得荷香""留得残荷听雨声"……一句一句、一阕一阕,先是波光闪现,再是顺势蔓延,荡涤了脑海里占据已久的俗事俗物,留下一片澄明。

这一夜,我是浮在香味上睡的,整座岛,像一朵浮在水上的巨大的绿莲花,吸收着天地日月精华,倾吐着缕缕暗香。我的呼吸、酣眠,都随着这朵花吐纳,自然,舒缓。

这一夜,我是浮在空中睡的。真静啊,连风声都没有,如同太空,偶尔有几声夜鸟的低鸣,才像人间。晨起时,居然能听到隔壁小楼里的人语声。

这一夜,我经过香莲岛,像经过一个渡口,像一朵干莲花经过一场沸水,滤下铅华凡尘,带走一颗余香缭绕的心重新上路。

这种香,就是香莲茶的味道,居然是一种出人意料的,略带青涩的,最本真的谷香。

灵魂私奔的地方

覆卮山,念 fuzhi shān,意思是倒过来的酒杯,因东晋山水诗人谢灵运"登此山饮酒赋诗,饮罢覆卮"而得名。而我更喜欢它的谐音,"福祉","福至"——我轻轻念出声,又把它慢慢咽了下去,像咽下一口酒,然后拾级而上,去拜访那些住在酒杯里的人。

其实,我对上虞的山毫无期待,最高的山只有八百多米,会有什么呢?车子离开市区开了半小时还没到,我已经有点烦躁,大热的天,爬山是不可能的,看寺庙?看风景?酷热的天里,看什么都没有诱惑,此刻,我只想找一个清凉的地方,躺一躺,静一静。

我问陪同的当地人,我们去看什么?他说,如果不爬山,是没什么好看的。

我愕然。我知道覆卮山有一个很特别的地方,是"石浪"——石头像浪头一样层层叠叠蜂拥而起,对于喜欢攀岩登山的人,其乐无穷。然而,不爬山呢?

终于抵达山顶一个叫东澄的村庄。天蓝得很通透,太阳和羽毛似的白云都静止不动,却有山风吹到皮肤上,凉凉的,显得特别善意,仿佛一个主人,应该是个农妇,看懂我心里的烦躁,轻柔而无语地迎上来,让我顿觉内疚。我迎面向风,像端过一杯她递过来的凉茶,端过一座山、一个古村的好意。

这是一座石头村。石头垒的台阶一直蜿蜒向上,连接着整个村庄,所有的房屋也都是石头垒的,特别整洁,藤蔓交缠,古树婆娑,很有一种味道。来自远古冰川遗迹的溪水从石阶和房子的缝隙间顺流而下,很细,但很清,能想象春天哗哗奔涌的样子和声音。

一排巨大的石臼,散落在村的高处,积了前些日子下过的雨。目光从雨水出发,沿着倒映在水里的一根树梢往上,再向远处,能穿越层层叠叠的千年梯田,望得很远,是望,不是看,还能听到从春天传来的千亩油菜花灿烂开放时蜂蝶的嗡嗡声。

石头垒砌的墙头冒出各种结果的树,橘子树,樱桃树,桃树,梨树,李树。

一位黝黑瘦小的大爷,光着上身慢慢劈着柴,看我们走近,坐到木桩上,点燃了一根烟。

喃喃的念佛声由远而近,堆满木柴的门内,一位老妈妈在念佛,她穿着曳地长裙,显得格外端庄,据说这儿所有的女人只要念佛都要穿上长裙,有一种仪式感。她回头看了我们一眼,继续念。

有很多狗,几乎和我们看到的人一样多。年轻人都出去了,狗成了陪伴老人的年轻人,几声欢叫,成为宁静山村里跳跃的音符。

一根粗毛竹被劈成两半,架在一座正在修建的寺庙的上下层,两个民工正用来运砖头,砖头从楼上滑下来,直接落到地上的车斗里,他们一边干活一边说笑,是此时无比静谧的山谷里唯一的声音。看到我们走过,他们停下手里的活,给我们让路,说,这么热的天,你们来看啥?

为什么身在其中的人们都说没什么好看的?为什么我觉得这儿每一步一扭头一转身全是美景呢?

为什么我很想住下来?住在这个倒着的酒杯里长醉不醒呢?

为什么当年的梁山伯祝英台,不来一场私奔,住进这个世外桃源?

从玉水湖畔祝家庄的英台楼远眺,应该能遥望到覆卮山。这座山,也许她从未去过,也或许去过。此刻,我站在英台楼上眺望远山,想象着一场从未发生的私奔——假如梁山伯不是文弱书生,他闻听英台被许配马文才,第一反应是愤怒,第二反应却不是气急攻心吐血而亡,而是一把抓过祝英台的手,说,英台,跟我走,咱们私奔,随便去哪里,就去对面那座山也行,我们砍树,搭屋,种杨梅,种樱桃,打猎,生孩子,苦日子也罢,穷日子也罢,有我在,不要怕。走!

然而,两个书生能干什么?怎么谋生?就算马太守的官兵们不会搜出他们,他们能在山里自食其力生存下去吗?假如可以,一对家庭背景迥异的贫贱夫妻,能幸福一辈子吗?

梁祝无法私奔。我们呢?都说城市的脚步很快,其实不是的。城市很慢,因为远——从一个地方到另一个地方,从一个人心到另一个人心,从一句话到另一句话,都那么远,那么堵。我们无时不在奔波,抵达幸福的速度却很慢。

而乡村里什么都快,人与人说话,人与牲畜说话,人与空气,与白云,与水,与庄稼,与日月精华,与祖先,都那么近,于是,一个灵魂抵达幸福的速度,也快。

覆卮山下,一坛高粱酒刚刚打开,新采的二都杨梅被投入52°烈酒的一刹那,整个山真的变成了一只酒杯,浓香四溢。我们无法和谁私奔,但这是个适合灵魂私奔的地方,适合它放肆一下,休憩一下,并且养养伤。

所有的安如磐石

据说,从太空往地球看,中国东部有一块最绿的地方,叫"磐安"。

当我以"生态"的名义,踏进那片古幽的绿,融入它原始的呼吸时,像突然摆脱了一个魔,什么都不一样了——呼吸,心跳,步履,思考,一切。

是一种从容不迫、安如磐石的幸福感。

一、那些醒得最早的眼睛……

这是磐安的乡下,没有比露珠睁得更早的眼睛了。

如果在城市里,这时候,加夜班的、泡电脑的、泡夜店的、失眠的,都还未曾合眼,双眼红肿,浑浊。

而在这磐安乡下的清晨,所有的眼睛都如露珠一样清澈。人的,牛的,羊的,庄稼的,花的,草的,叶的,还有一汪汪碧水……到处都是初生般纯净的眼睛。

这些眼睛的主人,都在晨光中自然醒来,起身,开始一天的平常生计。晨雾慢慢散去,阳光慢慢亮起来,水慢慢流过来,火慢慢旺起来,炊烟慢慢升起来,饭慢慢焖熟,庄稼慢慢拔节长高,牲畜慢慢长大……不急,不躁,安常,处顺。

仿佛,所有的一切,都在同一种亘古不变的舒缓节奏里,在负氧离子含量比城市高150倍的空气里,一起做深呼吸。

而城市一旦醒来,便会被一个"魔"控制、驱赶——快快快!忙忙忙!效率!效率!无论大人、孩子,都有太多事要做,实在累极了,急喘几口气,却忘了,可以慢下来,停下来,深呼吸一下,把肺里的积垢呼掉,把心里的积垢排掉。

快一点,是能得到多一点,却不知,无数更为宝贵的,已随风而逝。

而在磐安的乡下,时间的概念已完全不同,时间,掌握在他们自己手中。

站在晨间的田野上远望,视野的左边,隐约可见晨雾里修旧如旧的老村,炊烟袅袅升起;视野的右边,新建的一排排三层小洋楼,筑成另一个崭新的村庄。有着几千年历史的磐安,名副其实的首批国家级生态示范区之一,无论新的旧的村庄,都没有任何污染,没有乱扔的垃圾,没有边拆边建的工地。

如果以为,古老的就是陈旧的、腐朽的,那就错了。磐安的身体很古老,它的血液却很通透,它的呼吸很清新。

如果以为,这儿没有贫穷与艰难,那也错了。也有沉重,也有困难,有"保护"与"发展"永远的矛盾,有要不要"快"的困惑。它有时会是一滴有点苦涩的泪,却绝不是一滴污浊不堪的地沟油。

一丛野菊花,无比鲜黄的一声婴儿啼哭般照亮了整个初冬的田野。

时光恍惚回到了三十年前。我也曾是这山野中的一员,上学必经的山间小径,处处开着野菊花,一个小女孩独自走着,唱着歌,即使有时饿着肚子,有时冒着雨雪。她和她的父母,从不像现在的家长,担心会碰到什么坏人,少学了什么,吃了什么亏,落下什么好事。

多少年了,多少人和我一样,在城市这个第二故乡里,仍然从未习惯那一个个急促错乱的节拍。

此刻,我在已三十年不曾走过的、带着露珠的田野上,慢慢走,深深吸气,轻轻呼气。

眼睛映照着露珠,眼睛也变得清澈透明。

露珠映照着山野,身体和灵魂也变成了一颗露珠,映照出一个,离尘世无比远,忘了自己是谁,身边有谁,头皮贴着天,脚心贴着地,脸贴着空气,一个最简单的灵魂,契合着大自然最简单的节奏。

路旁,一头老黄牛,慢慢咀嚼着草料。它抬起纯洁的眼睛,像一颗巨大的露珠。眼一眨,睫毛上一串露珠吧嗒吧嗒落进土里。

农夫过来看看,并不催它。他的手里没有牧笛,也没有鞭子。

我忽然觉得,这粗壮的农夫,是几千年前的孔孟,用无言诠释着"五谷不时,果实未熟,不粥于市。木不中伐,不粥于市。禽兽鱼鳖不中杀,不粥于市"这一"取物顺时、合乎礼义"的自然法则,他懂得,在满足生存需要的同时,爱护自然万物,合乎自然法则。

"走吧。"许久,农夫孔子或孟子站起来,说。

"走。"我听见牛答应了一声。

"走。"

大家继续走,慢慢悠悠,散散落落,炊烟般舒缓、自然。

二、那杯千年前的茶……

上午九点半的阳光。

海拔五百米的泉水。

三五片来自晋代的"婺州东白"。

四合院,白墙青瓦,精雕细琢的两层木楼。

天井砖石缝隙里苔藓的绿意……

全部一起,注入透明的玻璃杯底。

绿茶,在汩汩的水声里翻飞,我忽然听见千年前的喧嚣。

这是中国茶文化史上的一座丰碑——全国罕见的玉山千年古茶场遗迹。

这儿的茶,晋代开始声名远播,唐代开始进贡朝廷,宋代实行榷茶制度和茶马交易两项重要国策,自那时起,这灵秀之地,便有了榷茶之地——玉山古茶场。

春秋两季,茶农们来此祭拜茶神、兜售茶叶,官家在此征税、专卖,五湖四海的茶商来此住宿、品茶、买茶卖茶。

那些已然作古的人,曾经坐在二楼的雕花椅子里,一边看戏,一边谈笑风生,一边细品一杯杯新茶,定出等级、价格,交与伙计。

楼下的人们则侧着耳朵,盼着伙计走下楼梯一声吆喝:"贡茶——马路茶——文人茶——"

有的脸瞬间苦了,有的脸瞬间灿烂,如同千年后九点半钟的阳光。

假如下雨呢?

雨淅淅沥沥下着,蓑衣斗笠的茶农,任凭雨怎么下,都不言不语地等候着他们的生机。家里人在家等急了,便冒着雨送饭过来,正好听到伙计报的自家茶的价位。夫妻俩隔着雨,对望一眼,笑了。卖完茶,他们挑着空篓,踩着泥泞一起回家。

雨从古代一直下到现在,那份幸福也是。

我听见满足,虽然只是贫贱的山里夫妻。

我听见茶香,在他们说出的私语里。

最陶醉的,是我听见了最真实、最自然的风雅,在这山野之间,在平凡、地道、自然的每一个生活细节里。

我们几个人,各自手捧一杯热茶,靠着,坐着,听着或什么也没有听。不知谁偷拍了一张几个人闷声不响喝茶的镜头,包括沉浸在某种声音里的我。同行的龙一看见了,说,真像地主婆啊。

是啊,多么享受。

如果没有人叫醒我,我愿意一直捧着一杯热茶,窝在太阳底下,一坐一千年。

三、那些古村的王……

从一个长着千年古树的村庄,嫁到另一个长着千年古树的村庄,该算是一个新娘最好的归宿吗?

当我远远看见屹立在古村头的它时,我觉得,它,就是古村的王。

这棵七个人才合抱得过来的银杏树,已有一千四百岁。它看见庄稼青了又黄、黄了又青,看太阳月亮交替,看村里的屋子破了又建,建了又破,看芸芸众生悲欢离合。雷劈电闪过,风吹雨打过,牛啃过它的根,鸟在它头上拉过屎,金榜题名的文武状元和十八位进士,在它脚下玩耍过,世界在它面前新,在它面前旧……

一切都是浮云,唯一不变的,只有天空、大地、它——古村的王,时间的王。

当我走近,像一只蝼蚁,匍匐在它裸露在地表的黑色根茎,匍匐在满地的绚烂中时,我觉得,它,是我的王。

是我最爱的银杏树,是我见过的最古老、最美丽的银杏树。它的美,不仅在它参天覆地的树干、古老而娇嫩的叶子、雍容而素朴的气质,还在它身后斑驳的石墙,黑色屋背上覆盖着五分之四的金黄,它脚下那满世界静谧的、纯粹的金色。

最美的,是它站在村头,在天地之间、万物之上那王者一样的气势,却与它周围一切的相依相傍,惺惺相惜。仿佛所有生命,随时愿意与它一起,旋转轮回,上天入地。

我也愿意。

远处传来沸腾的鞭炮声,整个古老的村庄,正为一个姑娘送嫁。嫁妆从刚刚修旧如旧的石屋里抬出,大卡车上,已堆满大红大花被子。

她会嫁到哪儿?

在村的另一头,我们又遇见了很多古树,好几棵同根生的,像"两口之家""三口之家",最有趣的是,其中有两棵树合抱在一起,树根像极大腿,像在合欢中的男女。

大家都笑了,多么祥和,连树也是。

我们行走在一个又一个长满古树的村庄,拜谒着那些沉默的王,傍晚,我们栖息在王的脚下。

沸腾的鞭炮声突然又在不远处响起,村主任说:"走,带你们闹洞房去!"

真巧啊,白天出嫁的那位姑娘,嫁到这个村来了。新郎和她一样,都在青田打工,雕刻石头的。

多么般配,同样的土生土长,乡里乡亲,同样的古树,是他们无论走到哪儿,一生都不会变的相同的乡望。

我们一个个像孩子一样把衣角兜起,兜回一大捧喜糖、花生、香烟、膨化米棒。

走在初冬的冷风里,嚼着一颗生花生,在别人的故乡,我忽然闻到自己故乡暖暖的味道,不知道为什么,眼眶慢慢热了起来。

在越来越洋气、越来越亮丽的故乡,我已经很久没有闻到这样的味道了。

我们有几个人,还能嫁娶乡里乡亲、知根知底,每天与故乡相拥而眠?

四、那份真诚劳作的香……

磐安的每一口食物,新鲜得像直接从土里到嘴里。印象最深的,是两顿早饭,以及"顺"来的一堆野食。

"吃早饭啦!"主人纯农村的大嗓门,是绝美的引子,引出一大海碗鸡蛋猪肉青菜香菇蕨根粉,热气腾腾,香气腾腾。

我似乎看见,鸡蛋刚从还热着的鸡窝里掏出来。生它的鸡,可能就是昨天引起我们围观的那群土鸡,它们自己排着队,亦步亦趋地走过一座架在溪流上的石桥,觅食,闲步,吵架,交配。它们不会被关在暗无天日的地方,像上班族一样拥挤,按钟点吃规定的饲料,打抗生素针,被催肥,催长,催生。

我似乎看见,猪早上还在跑,它临终前的每一天,都很快乐,不用吃掺了什么精的饲料,不用接受人工授精,不用站在大卡车上痛苦地长途跋涉,它们一生都没有被谁摧残过。

我似乎看见,青菜刚从地里挖起来,还带着露水、泥巴、菜虫。

我们曾经在暮色中看见,一座大桥下,一对夫妻在两个大得像谷仓的木桶旁劳作,我们隔着河问他们在干什么。他们笑说,在做蕨根粉,要挖地三尺,挖出蕨根,再晒干,打成粉,在溪水中一遍遍过滤,再晒干,再做成粉条……

这碗蕨根粉,像直接顺着河水流进碗里。

油是菜油,自家榨的。

水是山水,后山接的。

仅仅是一碗面,所有的来龙去脉一清二白,那么直接,那么新鲜,没有危险,没有污染,真实得让人落泪。

我把面汤都喝了个光。

几天后,我们在另一个村庄吃过一顿极为丰盛的早餐。我们寄宿的几户主人,将自家做的早饭全部集中到一户——玉米饼、蕨菜饼、野猪肉炒香菇、雪菜炒笋、炒野菜、酱萝卜,还有羊杂蕨粉羹、玉米羹、白稀饭、烤番薯、烤芋艿、烤馒头……没有油条,也没有任何其他油炸的东西,整个房间里浓香馥郁,吃过早饭的每一个人,呼吸里都散发着新鲜食物的香气。

主人们非等我们离席了,才接着吃,几个女人抓着饼,端着大碗,站在门口吃,吃得很香。其中一个女人见我看她,粗糙黑红的脸上突然绽开一个笑,散发出被阳光晒透了的干香。

多么知足啊,此刻,仿佛我不是客人,而是她们中的一个。

每一天,我和同行邹园都形影不离,走着走着,总想"顺"点什么。在一个门口有水车的屋主人那儿,发现了生栗子,偷吃了一个,出乎意料的甜!主人见了,硬往我们兜里装,还硬塞给我们大半袋葵花子,奇香无比,是我们这辈子吃过的最好吃的瓜子!

我们一路还"顺"了几根农民晒在野地篾竹排上的番薯丝,很甜,刚出炉的香榧,很脆,还有漫山遍野的野草莓,酸甜后的回味是不可思议的鲜。据邹园交代,她还"顺"过农民晒的干菜,特别鲜美,可惜我没吃到。

当我们不得不以那些来路不明、成分暧昧的食物为生时,这里哪怕粗茶淡饭,都显得格外香甜、珍贵,不仅因为它们直接来自田间地头,还因为,每一个环节,都渗透着真诚劳作的芳香。

五、那座长满药的森林……

从太空往地球看,最广袤最深邃的葱茏,就是我们祖先的老家。

早在五万年前,人类在森林中横空出世,"树叶蔽日,摘果为食,钻木取火,构木为屋"。他们在土地上最大的生态系统中孕育,诞生,成长,繁衍,壮大。

依赖它,崇拜它,爱它,感恩它,懂得保护它。

后来,人类走出了森林,带着森林赋予他们的一切——

森林之美、绿、香、氧气,还有至今未找到答案的特殊刺激物,给人类肉体和精神以双重享受,以及梦想。

森林之品格,大气,坚忍,固守,包容,无私。

森林之智慧,吐故纳新,自然从容。

人类从森林出发,一路挥毫泼墨,画着丝绸蚕桑、男耕女织,画着江南丝竹、黄钟大吕,画着琴棋书画、铁马金戈,画着人类历史文明的壮丽长卷。

从太空看,中国东部那块最绿的地方,就是磐安的森林,覆盖了磐安近百分之八十的土地。和其他所有的森林一样,它拥有无数珍稀动植物和风景名胜,但最独特的,是它举世闻名的中药材。

自宋代起,磐安便因中药材而蜚声中外,有"药花开满若霞绮,万国皆来市"之说。这片神奇的土地,得天独厚,山水土质和气候条件特别适宜中药材生长,动植物药材 1200 多种,品种多、门类全、产量大、质量好,享有"中国药材之乡""千年药乡"的美誉。

然而,再丰厚的宝藏也经不起无休止的挖掘。有一天,一个磐安人意识到什么,停下了采药的手,第二个磐安人,停住了上山砍伐的脚步。紧接着,一个个,一户户,一村村,一镇镇……都停了下来。

不上山采药,靠什么过日子?

自己种!

于是,"家家户户种药材,镇镇村村闻药香"。从此,磐安的中药材种植成为传统优势产业,产量占全国五分之一,在国内外市场举足轻重,悠久的历史还积淀了丰厚的药乡文化、养生文化。

森林也终于缓过了元气。

儿时,最喜欢闻的就是中药味,幽幽药香,袅袅热气,带着母亲的体香,喝了,人就舒坦了。

"大德无言",一碗沉默的中药,是磐安对世人无言的爱,也是森林母亲无言的乳汁。

森林,这个巨大的生命体,永远像母亲眺望着、守候着远行的孩子,看着自己的孩子累了倦了回来歇歇,即使被无尽地索取,也从无怨言。

自然科学伦理学家图尔明说:"在宇宙中有在家的感觉。"

当"啃老族"们变本加厉盘剥着大地母亲时,磐安是个孝顺孩子,没有忘记自己的老家,老妈。

六、那些过去和现在的他(她、它)……

理想与生存,几乎永远矛盾。无论是时间深处,还是当下这一秒。

淅淅沥沥的冬雨,落在榉溪村孔庙黑色的瓦檐上飘下一线线银色游丝,仿佛飘忽不定的时光。

我想,世上有几个人,能像孔子四十八世裔孙孔端躬那么幸运,来到磐安这福祉宝地,既能继续他繁衍生息的幸福生活,又能实现传承儒家精神的美好理想呢?

八百多年前,北宋被迫南迁,孔端躬背井离乡,挈族避难。他携带一株来自孔林的红豆杉苗,行到婺州榉溪时,因父亲病重不能再行,便在这灵秀之地种下了红豆杉,弃官为民,从此以山水为伴,日出而作,日落而息。但是,他没有忘记他的理想与责任,他兴办学堂,教化民众,传授儒家文化。

其实,磐安,本就不是乡野磐安。早在南梁,昭明太子萧统曾隐居大盘山编写《文选》并种药救死扶伤,唐朝诗人李白曾漫游好溪,宋朝诗人陆游、明朝文学家屠隆都曾到磐安旅居,留下千古诗文,为磐安的山水增添了无限神韵。

如今,20个乡镇,363个行政村,随便哪个支书、村主任,几乎都能出口成章,对历史文化、天文地理娓娓道来,对庄稼地里的事,更是熟络得如家常便饭。

这儿随便一个并无书生相的人,却出人意料地写得一手好字、好文章。

这儿随便哪个山丘,都有可能葬着文人进士。

这儿路边普通的一座坟墓,墓碑上不刻名字,而是"山水知音"。

这儿随便一个村,几乎都有庄重肃穆的祠堂。人们供奉祖先,不仅用仪式,还用自己的一言一行。

那些逝去的人,享受着比生前更隆重的尊敬,即使他们只是平凡的农民。尊敬便意味着,活着的人是清醒的,知道什么是对的,什么是错的。

当我们无数人,将"欲望"误读成"理想"时,走在磐安的古村古道古巷,浸淫在它隔世般缓慢古老的节奏里,我常想,这儿的每一个平凡人,会有什么样的"理想"?

假如,他们从小生在这儿,长在这儿,从来不曾离开,从来不曾去过外面的世界,一定不会有所谓的理想,一定每天很知足、很充实吧?

像她,那个坐在门口削着番薯的老农妇,在我们一群城里人的众目睽睽之下,怡然自得,旁若无人。

像她,那张照片里的百岁老人,照相前将头发梳得溜光,笑得那么美。

像那只狗妈妈和它的三只小狗,太阳下,尽情亲昵嬉戏,一点不怕我这个陌生人。

像她,两岁的小女孩,在挂着红灯笼、堆着稻草和柴、码着大缸酸菜的进士府邸,并不懂得曾经的荣耀,捧着半碗没有菜的煮粉条,一边挑到嘴里,一边和两个小男孩玩得起劲,他们空着手,没有玩具,却那么开心。她突然抬起头,笑着叫我阿姨,像叫一个每天都来他们家的亲戚,又自顾自玩。我掏出包里所有吃的给他们,他们接了,也不抢,也不说谢谢,继续玩。

像他,中年木匠,在傍山傍溪的街旁,听到我们赞叹花雕椅精致和圆润时,露出雪白的牙,笑说:"不是我刻的。我油漆。"神态相当自豪。

……

这里,没有人为掌声而活。

也许,只为内心而活,也许,从来没有想过为什么而活。

多么简单,又多么智慧。

最后一晚,我们住在一户山里人家。

不知道为什么,墙上冒出很多黑色的小飞虫,我们奋战了好半天才消灭干净。后来想,大概是房间里开空调热,山里的夜太冷。

这年头,连虫子也喜欢空调,明知那是不真实的空气,明知是赴汤蹈火。

我们又何尝不是那些虫子?人生和虫生是一样的,无非两种选择:

一是老老实实做不要空调的虫子,山野村夫般自由自在,自给自足,自生自灭,知足常乐;二是做有空调的虫子,为所谓的"理想"努力奋斗,废气得吸、压力得扛,哪怕头破血流,都是平常正常。

选好了,是好是坏都认了,何必患得患失?

这样想,心就开阔多了。

七、所有的安如磐石……

两天后,我去了香港。车子飞驰过青马大桥,进入灯火璀璨、高耸摩天的钢筋水泥的森林,感觉像穿越梦境,不由得叹:反差真大啊。

人类的进步发展,说到底是从森林到"森林",这对于人类,对于地球、宇宙,到底是福是祸呢?

我一直不懂。

有一个网站,可以看到世界各名牌大学的视频公开课,我第一次打开,便被《幸福课》吸引。"我们来到这个世上,到底追求什么才是最重要的?"被誉为"最受欢迎讲师"和"人生导师"的哈佛大学心理学讲师TalBen Shahar无比坚定地认为:"幸福感是衡量人生的唯一标准,是所有目标的最终目标。"

此刻,当我以"生态"的名义,重新回望磐安时,我想起,磐安县名出自《荀子·富国》:"为名者否,为利者否,为忿者否,则国安于磐石。"多么不简单啊,一个小小的王国,任世界变幻,始终磐石一般,坚守着自己那份最深的"绿",让无数颗心灵,安如磐石。

但我深知,为此,它不仅付出,还在失去,生态背后,一定是生计之艰难,是贫穷、落后,还有沉重、伤感。

歌里说,"从未感到过孤寂,就算这尘世颠翻天地……光阴逝去,命运点滴,唯一不变的是一起。因为坚信,我们敢去,哪怕远方看不清"。

磐安,你慢慢走,做你自己。我和你一起,你所有的子民,也永远不会弃你而去。

时代与时代相连,历史与历史轮回,仿佛是个圆,你看似走得很慢,其实,也许,你正走在最前面。

辑二：唐诗来过

唐诗来过

天姥山下,班竹村口,陆布衣接过我递给他的一杯木莲花豆腐,问卖木莲花豆腐的女人:

大姐,你知道李白吗?

我不晓得李白的。木莲花加了蜂蜜,吃了好的。

然后,她专注地核实着手机支付宝里我们转的木莲花豆腐的钱。她大概以为我们在找一个叫"李白"的村里人。

木莲花豆腐果然好吃,被初秋的暖阳轻轻裹着走了一段山路,这一杯清凉正合心意。踏上谢公古道,一张黛绿色的浙东唐诗之路地图立在道旁,曾被历史短暂悬置的巨大空间,此刻清晰地、具象地铺陈在我们脚下。

司马悔桥下的枫叶尚未红透,被阳光照到的一小部分,通透明亮,从黛绿色的山林背景中凸显出秋色令人惊艳的部分。另一个惊艳的部分来自我的脚下,一些细碎的阳光正落在谢公古道石头路毛茸茸的青苔上,钻石般的光芒,被一个个脚印覆盖,又一一闪现。

这里的一草一木、一尘一土,曾一起承载过千余年前盛大的行吟，一首首唐诗、一桩桩往事、一个个传说，任斗转星移、沧海桑田，如脚底下的一片片光芒，细碎，璀璨，斑驳，如露如电，如梦如幻。从杭州至绍兴，自镜湖向南经曹娥江，入剡溪，经沃州、天姥山，最后至天台山石梁飞瀑，一条长二百多公里、方圆两万余平方公里的浙东唐诗之路，被千年时光冲刷得有点面目模糊，却依然古意悠悠。

一千五百多年前，谢灵运在京城被贬后，带领家仆几百人，从上虞南山一路披荆斩棘，伐木开径，自制前后齿可装卸的木屐，经新昌，过天台，至临海，打通了越州与台州、温州的通道。他未曾想到，他留在这条古道上的屐印，将被阳光、落叶、积雪覆盖，将被纷至沓来的一个个脚印覆盖，李白来了，孟浩然、杜甫来了，卢照邻、骆宾王、贺知章、元稹、罗隐、崔颢、刘禹锡、贾岛、罗隐、温庭筠、孟郊、陆龟蒙、皮日休来了，四百多位唐代诗人荟萃沃州，漾舟剡溪，穿越古道，驰骋会稽、四明、天台三山，击节高歌，留下了一千五百多首东海般恢宏壮丽的唐诗，也留下了一条逶迤绝美的唐诗之路。

看看李白们晒的"朋友圈"吧——"半壁见海日，空中闻天鸡""雪尽天地明，风开湖山貌"（李白），"越女天下白，鉴湖五月凉"（杜甫），"漠漠黄花覆水，时时白鹭惊船"（朱放），"孤云将野鹤，岂向人间住"（刘长卿），"苔涧春泉满，萝轩夜月闲"（孟浩然）……一幅幅浙东山水绮丽画卷撩拨着世人的心魂，转手便点赞，便转发。

假如唐诗是一个人,在那段梦境般的时光里,他见证着一次次人与自然的一见钟情、深情相拥,见证着每一位诗人的狂喜、痛哭、低吟、长啸,并将他们孩子般紧紧揽进了怀里。

可是,面积仅占唐朝国土近八百分之一的浙东,为什么有八分之一唐代诗人游弋讴歌,并将唐诗之路的内涵扩及书画、音乐、哲学、伦理、民俗、经济、宗教、建筑等各个领域呢?它的魅力当然不只在山水。

这里是史前传说中"仙人所居"的蓬莱,亦是佛家圣境、道教福地,更有魏晋遗风与汉及先秦文化的深厚积淀,早被南朝刘勰赞为"六通之胜地,八辈之奥宇"。这里流传着无数美妙的神话和传说,如刘晨、阮肇天台山采药遇仙子的爱情故事,鲁班刻木为鹤的传奇,任公子钓巨鳌的寓言,支遁买山而隐的雅闻,谢灵运自制谢公屐的趣谈,石僧护城的幻境,等等。因此,李白们不仅醉心于这片山水,更痴迷于寻访古人踪迹,效仿古人雅事,李白"入剡寻王许",杜甫叹"王谢风流远",王勃效王羲之行修禊事,于濆等效戴颙携斗酒,往树下听黄鹂之音医"俗耳"……

在这条著名的古代旅游线上,李白们的游法也是五花八门,有李白、杜甫、孟浩然式的"壮游",有宦游、隐游、避乱游、经济考察游,还有白居易的"神游"、李白的"梦游"。据考,李白曾四入浙江、三入剡中天姥山、二上天台山、一上四明山,第一次在726年夏秋之交,第二次在747年初寒时节,47岁的李白奉诏入京又被放逐还山后,自淮南南下越中,临行前挥笔写下了传诵千古的《梦游天姥吟留别》,一句"安能摧眉折腰事权贵,使我不得开心颜"响彻天宇,在几乎每一个中国人的内心激起了涟漪或巨浪。

一条唐诗之路,不仅是诗歌之路,而且是延续着无穷生命力的精神之路,与万里长城、丝绸之路、茶马古道遥相呼应,千古遗韵在后人们的舌尖上、耳蜗里、笔尖下、灵魂深处日夜回响。

班竹村深处的尽头,是一条通往天台山的必经之路。领我们走的村里人说,以前这个村叫斑竹村,村里人日子特别苦,觉得斑竹泪渍点点,寓意不好,后来改叫班竹村了。

有人说,还是斑竹好听。

有人说,总是日子好要紧。

昨日在下岩贝村路过一家客栈,见一把旧铜锁,拴着一枚铜钱和一个绣着莲花的蓝荷包,静静地躺在客栈门廊的木台子上,像是被谁遗忘了。客栈敞着大门,楼上楼下没有一个人,仿佛一个忙累了的主人,摊着手脚躺在阳光里打盹,静等着周末的又一波热闹,等城里人沿着古道上来,在此栖息一夜,看穿岩十九峰的平流雾,拍日出或日落。一把旧铜锁,一家小客栈,一碗热汤面,某个旅人面朝大山发着呆,某个瞬间,突然再次相信美好,相信远方,相信每一个生命都是一首珍贵的唐诗。

60多岁的菊莲将一条卡其色的背带裙晾到家门前的竹竿上。

我问是不是她自己的,她不好意思地笑着说,是她年轻时穿的,现在胖了穿不了了,舍不得扔。她邀请我到她家里坐一会儿,说要煮一锅红薯给我们吃,她自己种的,刚挖的,特别甜。她邀请的姿势是一边侧着身往家门口走,一边笑着伸出手像要牵住我的手。

毕竟曾是士族文化的荟萃之地,一个普通的村妇,温文尔雅,古道热肠。半小时后,红薯还未熟透,我往土灶里添了一把柴火,看火苗软软地舔着锅底,看菊莲揭开锅盖时,蒸腾的热气使她变得像一个仙女,我是她人间的妹妹。我拿着半块红薯走出她家,走在下岩贝村的暮色里,闻到了整个村庄弥漫着煮红薯、晒稻谷、晒小米、晒豆子、晒红薯干混合着的香气,听到了鸡鸣狗吠和很土的方言,还听到了一些与唐诗格格不入的名词,比如"握手言和"工作室、"微法庭""老娘舅""民宿贷""草莓贷",等等,与我们追寻的诗情画意相去甚远,却能感觉到与此时此地菊莲们的日常息息相关。

村口的空地上晒满了金黄的稻谷,几位闲坐着的老人脸上的褶皱里窝着一团一团金黄的阳光。忽然觉得,那些名词也有了某种诗意。比起奇山异水,这里的人间烟火是否曾给过李白们更多抚慰?

从班竹村的尽头往回走时,见一位白发老妪站在家门口含笑看着我们,身旁晒着两大竹筛红枣。

我问她,老人家,您知道这里是唐诗之路吗?

她笑了,知道知道,你看墙上画了好多诗,可惜我不识字的。

我的母亲,每年从家乡海岛玉环前往新昌礼佛,一路向北,经温岭、黄岩、临海、天台,抵达新昌大佛寺,她从不知道自己走在唐诗之路上,走了那么多年。

年少时的我,从玉环前往杭州求学,大巴车一路向北,常于风雪交加的深夜,在天台山会墅岭下车吃一碗面,继续漫长的车程。那时,我不知道自己正走着李白们走过的路,吃着李白们吃过的面。

假如唐诗是一个人,他一定很高兴这些年自己的名字在此被频繁提起,在更远方被更多人惦记。我想,他一定也不介意自己的名字在此被乡野的老人们忘记。这个宇宙,这个星球,李白来过,唐诗来过,人类来过,但地球上所有的文明终是雪泥鸿爪,即使铭刻在石头上。每个生命都独自奋力承载着自己的萌芽,挣扎,绽放,凋零,对于乡野平凡的人们,唐诗当然可以像卖木莲花豆腐的女子想的一样,只是一个认识或不认识的普通人而已。李白是谁?唐诗是谁?他们自己就是。

繁诗似锦,哪及眼前的半点温馨?要紧的,是将日子过成一首好诗。

临走,天姥阁从事诗路研究且热爱写诗的友人夏荷送我红薯干小京生,极新鲜的丰收味道,令人口颊生香。心想,来年初春新雨后,古道上会响起孩童们吟诵唐诗的声音吗?

玉苍山南

缘分,有时是一场漫长的相认。千山已暮雪,风雨已一生。

五十年前,讨海的姨婆用一长条蓝印花粗布将我缠在她背上,深一脚浅一脚地走在黑滩涂上,蓝色粗布,蓝色海水,摇篮般摇着我。

四十年前,卖鱼的祖母从碗柜深处掏出一只蓝花边粗肤碗,盛起一碗热气腾腾的海鲜面递给我,又掏出一只画着公鸡的粗肤碗,盛起一碗番薯丝饭给她自己。

时光穿过半个世纪,在与家乡玉环岛隔海相望的苍南,我第一次与它们相认。原来,植物染就却有着大海颜色的蓝印花粗布叫"苍南夹缬",曾是浙南民间婚嫁必备用品,而盛满田园气息和海洋味道的粗肤碗,来自匍匐在玉苍山南的"碗窑村"。

盛夏午后,龙窑如一条沉睡的巨龙匍匐在碗窑村心脏的位置。熄火多年的一孔孔碗窑内部,窑壁经高温已呈琉璃状,在窑孔外漏进来的阳光下焕发着异彩。六百年前某个深夜,群山寂静,云雾袅袅,东海之滨一个叫"蕉滩"的深山野坳里,火光冲天,依坡而筑、层层叠叠的18个"阶级窑"连成一条火巨龙横空出世,开始了它史诗般的旅程。

成千上万碗窑人和外乡人日夜不息，收集着太阳和月亮、土地和大海赐予的瓷泥、溪流、泉水、竹林、兰叶以及匠心与勇气，制成了一个个带着泥土气息、海洋气味的质地粗犷的大圈碗、小圈碗、点心碗、酒盏醋碟、调羹汤盆、中间画有青花"鹅头"常用来盛稀饭的"五奎"、文房四宝等等。

怎么运出去？卖给谁？碗窑人硬是找到了一条自己的路子，于是，千千万万摞碗盘乘上了竹排，顺着溪流，去了碗窑人都不曾去过的远方，甚至漂洋过海去了中国台湾和东南亚。最接地气的碗盘，终身携带着土气、水气、火气、豪气的基因，深藏着苍南人的智慧、敢闯天下的气魄，在远方踏出了咚咚咚的响亮脚步声。

70后碗窑人阿泽端上一碗撒了虾皮、紫菜、榨菜的秉记豆腐脑，对我说，古龙窑烧起来特别壮观，二十几个窑口同时出火，好看极了。小时候一到冬天，就盼着烧窑，开窑后里面还热热的，大人小孩拿着水桶到里面洗澡，一点儿都不冷。

阿泽又说，我最大的梦想就是有生之年能再次看到古龙窑点火。

从阿泽的秉记豆腐坊木窗向外望，古戏台和三官庙默默相对。戏台下的竹椅上，坐满了摇着蒲扇凝神看布袋戏的游人。我看见盛夏的阳光下走来一个一百年前来此购碗的外乡人，穿着长衫，背着褡裢，提着一只夹缬布袋，从竹筏上轻轻跃下，布鞋蹭掉了青石板上的一块青苔。他穿过芭蕉叶般覆盖着山岭的一扇扇屋檐、一座座吊脚楼，悄悄在古戏台前最左边的空竹椅上坐下，跷起了二郎腿，瞬间被台上的戏吸引住了眼球。

同样穿着长衫、摇着蒲扇的阿泽祖父笑呵呵地走上前，问，客人你从哪里来呀？先喝一杯我家自采的红茶吧！

碗窑手工出品慢，商人们为了屯足货，常常一住半年。于是这个地图上都找不到的小小村落一度客商云集、客栈林立，古戏台上夜夜好戏，名动江南。《平阳县志》载："民国九年（1920），碗窑所产土碗旺销，至民国十九年，最高年产量达316800筒（每筒10碗）。"阿泽祖父是碗窑最大的东家，负责18条龙窑一半的销售量。

古戏台的飞檐上，泥塑的上古神兽们日夜聆听着古戏台上的布袋戏、渔鼓、提线木偶剧、越剧、昆曲，鼓乐之音在巧夺天工的藻井回旋，代替人们感谢神恩，祈求消灾避邪，也见证了碗窑最后一次熄火。

每天清晨，回乡继承父业五年的阿泽都会离开城里的家，沿着石头路上来，将秉记豆腐坊的门板一爿爿卸下来，然后去巡山——他的碗窑博物馆、艺术馆和手工作坊，像当年的父亲——碗窑最早的解说员、终身文保员——给寥寥几个游人介绍碗窑历史一样，把碗窑的前世今生讲给纷至沓来的游人们听，把父亲捐的一只只碗盘指给游人们看。黄昏时分，阿泽将门板一爿爿装回去，关门，下山。周末,女儿会缠着他上山学做碗,她喜欢和泥土混在一起。

碗窑村每户人家都会在自己的物品上用红墨水写上记号。"秉"字,是阿泽祖上的一个记号,比世世代代转动着的水碓还要古老,水碓吱吱呀呀地说,阿泽,"秉"的意思,就是你要拿着,不要放下啊。

碗窑村的阿泽们于是不放下。

下山时,阿泽常心疼自己夕阳里瘦瘦长长的影子,看上去有点累,像多年前和小伙伴们打完雪仗后那么累,又那么快乐,钻进窑膛取暖,听老人讲鬼怪故事,爬上碗窑的穹隆顶棚,对着群山大喊大叫。生命里的上山和下山,都是一场修行,阿泽们走过的每个脚印,都在向碗窑承诺着:不离不弃。

黄昏时分,我与碗窑的一个个"独门暗器"相遇。

那双被泥浆包裹着的手,灵动而有力,与碗坯浑然一体,"手随泥走,泥随手变",像不断变幻着形态、兼具柔美与刚毅的雕塑,散发着最原始的魅力。然后,它拈起一枚柔细的水草,双手拇指与食指合拢,四个指尖轻轻捏着水草两端,将水草轻轻贴向碗坯口。柔细的叶子与湿泥最轻柔的摩擦,在碗口泛起一道道光滑的柔波,涟漪般扩散。这一枚细叶来自溪边,在制碗匠人的指尖下,变成了世世代代父教子传的传承。

碗窑传统工艺分18道工序,道道艰辛。"鸡未头啼就爬起,天天爬尽无头岭"说的是采土和挑土；水碓碓泥要碓至一定的细度，制碗人便需半夜三更起来巡视、翻土。淘漂、晒泥的一双双粗手，最后都长成了一个样子，手指上满是皴裂的口子，老茧厚得像脚后跟。拉坯工序最有看头——拉坯师傅用铜刮子、箎弓、销角，来切离成型坯器与泥坨，拓展坯器，修饰坯器内表。那根细柔的水草，就是最后用来修饰碗缘光整度的。

寒冬腊月，滴水成冰，碗窑人使出另一个"独门暗器"，在陶钧旁支起一个小铁锅，整日烧着热水，匠人们时时把手放进去热一热，以免冻僵双手。

晾晒碗坯最怕雷阵雨。碗窑村世代有个不成文的行规，暴雨一来，不管哪家手头忙着啥活都得放下来，帮着抢坯，哪怕是冤家对头的。

然后，女人们登场了。她们穿着粗布衣裳，静静坐在工坊里绘花、浸釉。碗窑粗瓷制式以青花瓷碗为主，绘蓝、红、绿墨花饰，动物有龙凤、麒麟、鸳鸯、鸡鹅、游鱼等，植物有松竹梅和牡丹、莲花、兰花、灵芝、瓜果等，辅助纹饰多为卷草、莲瓣、古钱、海水、回纹、朵云、蕉叶等。总之，都是吉祥喜气的物事。阿泽的母亲13岁起画花，一画就是一辈子。

"独门暗器""三足橙"是烧窑师傅专用的。烧窑一般需七天时间，师傅们废寝忘食是寻常事，实在累了困了，便在窑边歇歇，他们坐的不是一般的凳子，是三足橙，一足短，二足长。依坡而坐时，不可走神，不可打瞌睡，否则便会跌倒，与古代读书人的"悬梁刺股"有得一拼。

终于等来出窑、开碗的丰收景象。妻子用錾子开碗，丈夫用草绳将碗一摞摞捆起，清脆的叮叮声，有节奏地回响在工坊里，夫妻们忙碌着，藏不住心里的美，忍不住相视一笑。

碗窑人阿堡的记忆里，定格着父亲多年前制碗拉坯的神情。父亲端坐在陶钧前，双腿自然分开，搁在陶钧两侧的枕木上，右手中指食指并拢，插向陶钧边沿的小凹孔槽一扒拉，陶钧便飞速转动起来。每当一个碗坯出型，父亲的头便微微歪着，双眼微微眯起，嘴角微微翘起。简陋的工坊棚瞬间变成一个仙境，父亲沉静在他自己创造的仙境里，脸上发着光，透出内心无限的满足。

年幼的阿堡长久地、静静地看着陌生的父亲，那是他记忆里最美好的画面，也是无数碗窑人记忆里最美好的画面。此刻，轮到他们自己，阿泽、阿旺、阿钊、阿堡、阿德、阿腾……传承并超越，把更美好的画面带给更多远方来的客人。

霞关的夕阳下，我咬一口刚出炉的戚继光饼，听到了早已远去的金戈铁马之声。一柄夹缬创意团扇，轻轻摇动着，驱散了盛夏的暑热，蓝底白花间两只对称的小鹿，美好如我初见的苍南。和我的家乡玉环岛一样，苍南自然条件并非得天独厚，且一度为防御倭寇的军事重镇。兼具江南灵气与东海豪气的苍南人总是别出心裁，物尽其用,一只碗、一块布、一座矿、一方印章、一枚校徽、一爿书店、一碗肉燕馄饨和鱼丸里,都自有大乾坤。我想起阿泽说,古龙窑不可能点火了,我在与多方对接,想法再造一条龙窑,让当年烧窑的壮丽景象得以重现。

我端起酒碗,敬浙江最南端升起的初月。月光落入粗瓷碗,听见东海的涛声在碗底轰鸣。

夏履之履

沿着一条古道上山，并没有什么让人震撼的景色。初次见面，感觉绍兴的夏履镇像一壶温和的黄酒，也像一个爱咪两口黄酒的温和的江南人。

刚从泥里翻出的红薯，浸泡在溪水里，呈现丹霞地貌雨后的质地，薄透的胭脂红，是我见过的最美的红。溪水在红薯凹凸的表面激起浪花，琉璃般的波纹里浮现一张女童的脸，她用筷子偷偷蘸着姨公的黄酒喝，脸颊飞起两朵胭脂红。是岁月很远很远那一头的我。

晨光呈现黄酒的质地，琥珀色，透明澄澈，竹林浸泡在晨光里，呈现最纯粹的绿，像一个呱呱坠地的婴儿第一眼看到的江南。往高处再走几步，晨光已长高，变成金色阳光在竹林间跳跃，如奔走着无数匹少年的鹿。

鸟鸣是这个隐秘之地的呼吸，清冽如黄酒的成色，让我想起昨夜感受的这一年的第一场秋风，秋风从后山竹林泗过来，从夏履镇双叶村周家祠堂的雕梁画栋间吹来，又从每个人的脚底心盘旋而上，裹着越剧的袅袅之音，问候了端坐在祠堂里听戏的每个人，重点问候了《爱莲说》作者周敦颐年迈的后裔们。我用毛衣裹紧自己,想起这一天是鲁迅先生的祭日,我是应该带一壶烈酒上山的。

我们沿着一条古道上山,前往夏履唯一未通车的自然村——双叶村的叶家山顶,山不高,路有点陡,古道边有不少怪石;让我震撼的,是骡子。

第一次遇见时,骡子正在下山。从古道口望去,石阶绵延而上,隐没在高处的竹林间。随着哒哒哒哒的蹄声,古道尽头出现了一个牵着骡子的中年男子,披着迷彩上衣,口里叼着一根烟。一头白色的骡子,然后是一头棕红色的骡子,再然后是三头黑色的骡子,排着队慢悠悠地从古道上下来,轻快的蹄声,温顺的眼神,湿漉漉的鼻子,轻柔的呼吸,像一群害羞的少年。这是江南难得见到的景致。它们的身后,古道蜿蜒着通向透着亮光的山顶和山顶上那个古老的村落。

早在新石器时代,夏履一带便有人类活动,后因《吴越春秋》载大禹治水"冠挂不顾,履遗不蹑"而得名,有勾践"栖兵于此"的越王峥、陆游晚年"卜居遮翠岭"的车水岭等古迹。海拔四百多米的叶家山顶,则因一千多年前宋南颖太守叶石令辞官来古越龙山隐居而闻名于世,至今留存了许多遗迹,如鼓楼和下七间民居,采石造屋的一字岗,生产鹿鸣纸的作坊。传说曾有一位造竹纸的先人,常常又累又饿在石臼旁或烘室里昏睡过去,竹林间的梅花鹿便会呜呜长鸣来唤醒他,后人把这种竹纸叫作"鹿鸣纸"。千百年来,叶姓一族在此繁衍生息,自己筑水库,用竹管引水到家,造纸,辟茶园,编竹筐,种香榧、种高山蔬菜,高山云雾茶,晒笋干,自给有余,也挑下山去卖,或送人,一如他们的姓氏般枝繁叶茂。

一位久居都市的叶家山顶人曾在一个网站留下过他的童年记忆,引起了无数人的共鸣和向往。他说,儿时出门有三条岭:一是倒挂岭,通向型塘、柯桥;二是干岭,通向店口、诸暨;三是双桥岭,通向夏履、萧山。倒挂岭最险最难走,他和姐姐小时候上外婆家,都是先由父亲背下去,回来时,父亲背不动,他们就爬。父亲总是说,前面有亮光的地方就到山上了,于是姐弟俩追赶着竹林斑斑点点的阳光,不时抬头仰望光亮,直到脖子发酸才到家。下雨天,小伙伴们钻进祠堂捉迷藏,偏房里放着柴草和老年人为自己百年之后备用的棺材。他们打赌躲猫猫,他躲进棺材里,小伙伴们翻遍柴草也没发现,直到他被母亲从棺材里揪着耳朵拎出来。

和无数中国村落一样,如今叶家山顶住的大多是老人和狗,不同的是叶家山顶长寿老人特别多,最高寿者已有100岁,80岁以上占全部人口一半以上,秘诀呢?除了山好水好空气好,老人们有"三能":能吃,大碗吃饭大块吃肉;能喝,每天绿茶不离身,黄酒也都能喝点;能干,天蒙蒙亮就上山割草、种地、背毛竹。

两扇敞开的雕花木窗后,99岁的阿婆正在灶台前切芋艿做饭给儿子吃,儿子去地里干活了。她耳朵聋了,使劲侧过头倾听我们的问话,听不清,便害羞地笑,满脸的皱褶里盛满阳光。

87岁的老翁腰间扎着一根布带,肩上斜扛着七根粗毛竹,神情专注地在一个斜坡上健步如飞,拖在地上的毛竹梢在山道上哗啦啦响了一路。61岁的叶江夫和他打了一个招呼,低头默默往山下走,他是这个村里有名的孝子,在山下上班,几乎每天都要给90多岁的老母亲洗脚。

土灶里火光熊熊,几位老人坐在祠堂外的门廊前晒太阳,另几个老人在对面自家门口谈笑、择菜,一只白色小狗绕着他们的腿撒欢。我坐在祠堂里喝茶,凝视阳光一寸寸在幽暗的祠堂天井里前行,看到了天黑下来后老人们披着棉衣坐在黑暗里的样子。秋风起时,雪落时,村里某个熟识的老人故去时,他们会伤感吗?会更想念外面的儿孙吗?门口经过来此寻找童年记忆的城里人,他们高兴吗?如果叶家山顶被改造得更美,越来越多的外地人来玩,甚至住下来,他们欢迎吗?

此刻,他们看我们的目光里盛着笑意,我感觉他们是愿意的。

坐在叶家山顶午后的阳光里,像被裹进了绍兴黄酒馥郁的香味里,昏昏欲睡。绍兴黄酒越陈越香,所以称"老酒",这个古老的村落,也像喝多了老酒的垂暮老人,让人担心它这一睡再也不会醒来。

下山时,第二次遇见骡子,我觉得我的担心纯属多余。

先听到从山脚传上来的哒哒蹄声,明显比之前下山的蹄声沉重很多,断断续续,像一阵阵急雨。终于,它们出现了,骡背上装满黄沙的竹筐,地球引力,山的坡度,合力几乎要摧毁它们。它来了,原本走在最后的那头小个子黑骡,昂首拱背往上猛走几步,每一步都像有千钧之力在往后拽它,它停下来张大着鼻翼和嘴,呼哧呼哧急喘几口气,又昂起头,抬起似被无形力量捆绑着的腿,挣扎着往上迈步。当我们擦肩而过,整个山谷里万籁俱寂,只听到它呼哧呼哧的喘气声,它暴突的青筋和眼珠,喷出的热气,被汗水黏在眼角的鬃毛,让我的脑海里闪过一个可怕的念头:它会不会猝死?

据说骡子合群性强,胆大,机警,勇敢,活泼,性情执拗。此刻,它们每挪动一步都竭尽全力,但看见我们几个下山的人,居然主动挪开步子避到一旁。牵骡子的那个人走在最后,嘴里发着啾啾的声音,并没有大声呵斥或鞭打,它们却只停歇那么几秒又自觉地继续前行。我呆立很久,觉得它们特别可怜,同时心里生出敬意。多么像负重前行的人们啊,多么像夏履镇想把自己的家乡建设得更好的人们啊。一筐筐黄沙,一根根木材,一块块砖石,都是运到山上用来改造古村落的。我的大学师弟赵建兴是夏履镇的官员,他和搭档朱国庆以及同事们,几乎每个周末都奔走在夏履的山水之间,一遍一遍徒步到山顶,帮古老的村落舒筋换血,返老还童,让它们不要老去,不要睡过去。

小溪,竹筏,水仗,在夏履,童年离我们如此之近。从竹筏的缝隙间看下去,水深处隐隐有水草,有神秘的生物从水底滑过。我想起一个纪录片,世界上最勇敢的鸟,是非洲中南部的水石鸻,把巢建在尼罗鳄巢边。尼罗河巨蜥偷取雌鳄刚产下的蛋时,水石鸻会为尼罗鳄报信,而作为回报,尼罗鳄从不吃水石鸻,还甘当卫兵,当水石鸻和鸟蛋受到攻击时,它随叫随到。万物相生相克,大地之上,一切生存繁衍,需要智慧,更需要勇敢。夏禹治水,勾践复国,钟灵毓秀的绍兴乃非常之境,多非常之人,鲁迅、陆游、黄宗羲、陈洪绶、秋瑾、蔡元培、周恩来……绍兴人睿智,圆通,内敛,最突出的性格是坚韧,他们认定一件事,会执着到底,越挫越勇,夏履人自然不例外。

"履"的字形,多么像一头骡子在负重前行。"履"是鞋的意思,也是行走、实行、担任的意思,和它相关的很多成语,此刻一一来到眼前,仿佛都和夏履有了某种关系:安常履顺,步履维艰,履险如夷,戴天履地……夏履是一杯温和的黄酒,却有着比烈酒更猛的后劲,这股后劲,才是夏履这一杯老酒里的风骨,醇厚,绵长,带劲,回味无穷。

桃源六记

一

"出叱溪河,桃花开时始见,有红白二种,花落后即无。"

十余年前,一个桃花灼灼的春日清晨,一位渔夫独自泛舟湖上,忽见清澈的湖水中,悬浮着成千上万朵"桃花",薄如蝉翼,晶莹透亮,一翕一张,时聚时散,如一群神秘的精灵。桃花水母——这一地球上存活了五亿五千万年的活化石,竟然在此地惊现。

古时舜王在此授百姓以渔的湖叫余湖,位于萧山浦阳江畔,曾名"渔湖",后渔米有余,改名"余湖"。古人记载的"桃花鱼"即桃花水母,"以桃花为生死,桃花既尽,则是无物矣"。

后来,余湖的桃花水母时隐时现。这种濒临绝迹、古老珍稀的腔肠动物,是生态环境的一个风向标,它是无性生殖与有性生殖世代交替,螅状体对水环境要求极低,而一旦分离出水母则对水环境要求极高,否则它们宁愿永远蛰伏于水下或岩缝。

此刻,浦阳江畔已迎来初夏时节,我问村里人,现在能看得到桃花水母吗?

看不到了。

是躲起来了,还是消失了呢?这是一个谜。

二

桃北,临江,径游,桃源,尖山,灵山,蒙山……

浦阳镇的路标上,一一闪现着诗意的地名,我的眼前一一浮现宫崎骏的动画片画面。中国广袤乡村的景观已日新月异,古老的乡村美学渐行渐远,在大多数村庄里,老旧的房屋和实用主义内饰用具以及人们的生活方式形成了强烈反差,无数人梦里的桃花源镜像日益模糊,尤其是年轻人,更愿意在宫崎骏的动画片里寻觅乡村的意境之美、信仰之美和人文韵味,思考人与自然的关系。

我跟着老倪在桃北村里走走时,把自己想象成了一位目光挑剔的画家。天空很蓝,阳光很猛,我的影子在繁茂的树木花草投下的阴影和地上白花花的阳光之间穿行,我的目光所及之处,是整整齐齐的一排排仿徽派建筑,白墙黛瓦,三层楼房,两户一体,花园里种着蔬菜,庭院里晒着笋干,楼房外立面装修格调、晾晒的时装、停在门前的轿车电瓶车,都散发着年轻的气息,一切看上去干净、舒适、富足。这个三千多人的村庄,其景象与我走过的只有老人和狗的古村不同,但我此刻的审美是愉悦的。

一只燕子无声地从视线里掠过,停到了一户人家的屋檐下,那里筑着它们的巢,探出了几张鹅黄色的小嘴,传来几声呢呢喃喃。耳边传来一个被扩音器放大了的低沉男声,声音的来处,是村里的礼堂,礼堂门口摆着血压计,墙上有几幅书法,写的是:"说一句好话如出口莲花""得人退一步,爱人宽一寸"。

一位老农站在讲台前拿着话筒讲述着,黑板上写了很多字,天干地支三合之类,还画了一张太极图,各种属相的名称之间用粉笔勾连了很多线。

几十位老人静静坐在课桌前听着他讲述,专注,甚至虔诚。我从墙上的全年农民讲堂课程表里,找到了今天的课程,是《易经与生活》,讲课人就是本村人。每个月,这里都有三五场讲座,大多是由本村人讲,也请外面人来讲,有国学解读等传统文化类的,有老年痴呆早发现、痛风的前世今生、中风早知道等养生类,还有环保类,甚至有朝鲜半岛问题研究。

此刻,我想坐下来,成为他们中的某一位,什么都不想,就静静听讲,感受他和他们的幸福。毫无疑问,这些人,会在一种有品质的生活里慢慢老去。

三

老许大概把自己当成了《桃花源记》里的主人,把我当成了误入桃花源的渔人。他领着我穿行在灵山村,指着小径旁、湖水边、瓦墙上的一行行古诗,说,这里就是《桃花源记》的缘起地,陶渊明的外公孟嘉当年结交了东晋名士许询,听他讲述浦阳山前许(今灵山村一带)有如仙境的桃源洞后,回家告诉了陶渊明,几年后陶渊明路过永兴,沿桃花溪进入桃源洞,所见果然如外公所述。

他认真说,我姑且听,一万个人心中有一万个桃花源,他是灵山村的当家人,自然他说了算,何况灵山村的每一个角落确实出人意料的干净且美,没有死角,连人迹罕至的小径都铺满了鹅卵石和铜钱草。杨树池边,一位女人在水边洗衣服,一棵巨大的樟树依水而立,在初夏的阳光下散发着幽香,他说,我们小时候都把水牛系在这棵树上。

我们穿行在村庄里,看到偶遇的村民们互相打着招呼。想起纪录片《假装这是座城市》,女作家弗兰·勒博维茨游走纽约,发表对一切事物的看法。她说,从前,在街上走路,人们不看手机,不做别的,人们看向彼此,点头,微笑,或者鄙夷,而不是低头漠视。

我们穿过一道拱形的绿色长廊,像穿过一个时空隧道,藤蔓间漏进来的斑斑阳光,蝴蝶般灵动,我跟随着蝴蝶回到了某个春日,春风吹放万树桃花,南宋官窑、非遗馆、连心艺苑掩映其中,半间书屋散发着书香,灵山村的独特气息,让我相信陶渊明真的来过,当他虚构心中的理想国时,他的鼻翼间浮动的定是浦阳江畔某一个春日的桃花气息。

老许满头大汗地陪我走着、讲着,来到一块他平日里负责捡垃圾清杂草的绿地时,我仿佛看到了他蹲在地上满头大汗干活的样子,仿佛看到了一千六百年前那位采菊东篱下的诗人,忽然觉得,小村并未将自己当成桃源梦单薄的承载。

四

霉干菜、咸鱼鲞,是老谢的最爱,无论去多远的地方,去多久,总是念念不忘这两道家乡菜。

女儿笃笃的高跟鞋声与焊丝车间新设备的金属铿锵之声,形成强烈的反差,女儿的一头秀发与焊丝的银色光泽相互映照,坚毅之美与柔韧之美,构成他眼里最美的风景。

他匆忙收拾着出差的行李,交代女儿说一会儿有位作家来,你也一起坐着听听不同领域的声音。

很多人不知道,小小浦阳镇竟是藏龙卧虎之地。十三年的艰辛研发,五年的艰难营销,国内铝合金焊接材料高端领域被国外垄断的局面竟被老谢和他的团队打破,用自己生产的焊丝效力自己国家的航天航空、军工,高铁领域的轨道交通,新能源汽车、压力容器、船舶等各行业,未来之门被他们打开。

铝合金焊丝高端领域被欧美少数几个国家卡着脖子的时代一去不复返了!他说。

闲聊中,他从未说出过"家国"两个字,但我看到了,这两个字刻在他的心里。

很多人亦不明白,这样一个高新科技的国内隐形冠军,为何不把企业搬到"更大"的地方?他不搬,生于斯长于斯,祖祖辈辈都在这里,时时在心里涌动的,不只是眷恋,而是浓浓的乡情,更是感恩这一片土地,以前没搬,现在更不会搬。

他的女儿为我沏了一杯龙井新茶,一片片茶叶在玻璃杯里如眉头般渐渐舒展。谁能真正懂茶呢?最懂茶的,只有水。

女儿又为她的父亲续上茶,她是他的接班人,这个厂的未来。她神情严肃地聆听着我们的交谈,直到她带我走进车间,伸出细长的手指指着那些银色的焊丝如数家珍时,我看到她眼里的光和笑意。

五

红烧肉、炒青菜,则是老孙的最爱,儿时家里穷,最刻骨铭心的味道,便成了最深的乡土情结,使他在国外待的时间从不超过一个月,也决不在国外买房、投资。

20来岁跟着父亲学做密封件,30多岁接手厂子,从七个人到七百人,直到如今成为世界填料静密封领域生产规模最大的企业之一,父老乡亲兄弟姐妹们一直跟着他走,像一家人一样。有更大的空间来邀请他搬,他不搬,有更大的项目邀请他做,他宁可不做,只是为了厂里的乡亲们晚上都能回家住,家里老人有人陪,孩子有人管,每天能团团圆圆吃个晚饭。

石墨蠕虫是什么?是虫子吗?我站在一个玻璃柜子前,盯着玻璃瓶里黑乎乎的石墨蠕虫看,无法将它与流体密封系统联系起来,更无法将它和高新科技的宝藏企业联系在一起。

他说不是虫子,是一种膨胀石墨,由天然石墨鳞片千锤百炼而成的蠕虫状物质,除了具备天然石墨本身性能外,还具有天然石墨所没有的柔软、压缩回弹性、吸附性、生态环境协调性、生物相容性、耐辐射性等特性。我忽然觉得,它其实就是一个活的优质的生命体,就像浦阳江畔他和父老乡亲们的大家园,偏安一隅,却呈现着龙腾虎跃之气象。

六

来自荷兰的熊蜂个头很大,在中国一个叫浦阳镇江南村的地方,完成了为小番茄授粉的使命。春天已远,立夏已至,千万棵一人多高的小番茄树结满了累累硕果,黄的红的,酸甜可口,关键是,不含任何激素。

小时候最喜欢跟着大人去围垦田采茶种地,对庄稼的痴迷,使小朱在十一年前下定决心从事业单位出来做自己喜欢的事,租了五百亩田地创办农庄,到以色列学习农业,回来天天泡在地里,将自己晒成了黑人。

他不怕苦累,怕的是天灾,开始时,结满果实的番茄地被大雨淹了,血本无归,排水系统等技术补救跟上后,农庄渐渐步入正轨。除了种水稻叶菜,还养羊,饲料里加中药厂的药渣,还种哈密瓜、日本橘子、火龙果,别人说根本不可能种活的冬枣也种,他就想试试,什么都想种种看。

冬枣花终于开了,他看着一只蚂蚁在花间爬来爬去,他能看很久很久。

骑着电瓶车到处看看,给桃树修修枝,是最放松的时刻。最开心的是暑假里带上儿子打着电筒到处看看,父子俩一起在地里打滚。儿子告诉他,地里那种长得像老鼠的,叫鼩鼱,是世界上最小的哺乳动物。

荷兰进口的熊蜂每只三四十元,授粉后就死了,但他觉得值,必须用生物来控制生态平衡而不是化学,虽然做起来很难。他想,总要有人先做起来,从我这一代人开始慢慢做起来,一定会慢慢影响到更多人、下一代人。

老谢有邀,早春花时,品浦阳土菜,看万树桃花,我还想乘一叶小舟,穿过缤纷落英,至湖心,赴桃花水母之约。中国广袤大地上的一个个村镇,作为人类极小的社会细胞,因着一代代人的守护,因着一些人的不离不弃,如桃花水母这一地球上最古老最独特的生命般美丽纤弱而又如此顽强,书写着一页页新桃花源记。桃花水母,人类文明发展历程的见证者,它们会如期而来吗?愿一路相伴吗?

前路,有无尽浪漫。未来,有无限可能。

方寸田野

月光将村庄的影子拓在田野上,但相互遗忘是必然的,如同我与一个个曾经走过的、相似的、正在老去的村庄。

尚田是个意外。六人行,坐动车去奉化,其中三个人的身份证出了蹊跷:出发时,我忘带身份证了,回来时,另两位朋友把身份证落在奉化了,概率高得惊人。那个叫"尚田"的地方似有什么魔力,让人"忘我",连"身份"都不要了。

一

来,我带你们去看大树。

蓬岛村的鱼图腾前,70多岁的大娘用我们一知半解的当地方言说。

小暑时节的尚田,在我视线里仍铺满隔年春天的雨意。前年初春,初见尚田,抹茶蛋糕般松软而香醇的茶园叠在毛茸茸湿漉漉的田野上。隔着一支刚从雨里采下的映山红,我和因采访治水老人而一见如故的当地朋友们一人端一杯新茶闲坐。很平常的一个江南小镇，不到五万的人口，七十几个村庄。名字却极好，"尚田"，骨子里透着对土地的尊崇和敬重，做的事也应了"尚山尚水、福田福地"，将安身立命的农业按色彩排列组合——红色草莓，绿色鳗笋，黄色禽蛋，紫色桑果，黑色黑莓……跟玩似的，却玩得认真。

我们跟着大娘去村口看"很大很大"的树。是一棵百年老银杏树，并不比村口另一棵胡公后人手植的槐树有名，但她并不知晓。当年，吴越国尚书胡进思卸官后，携妻子一行至此，叹曰"此地埋骨可也"，遂起房造田，繁衍生息，瓜瓞绵绵。看树时，我们被蚊子咬了很多包。大娘说，来，跟我回家，我家有清凉油。抹了清凉油，她又说，来，我带你们去看溪水，可清爽了。她的语气和皱纹里始终荡漾着笑容。

一树被果实压弯了的梨从隔壁墙头探出头，一位大爷也从墙角探出头，露出缺了门牙的嘴，笑说，看梨啊。我们说是啊，没见过这么多梨，熟了有没有人偷？他说，有人采我也不管啊，让他吃好了。他用了"采"，而不是"偷"。

我们便"采"——溪边一座明清时期的老院子里，几个人的眼睛被晾晒在一堆柴火上的豇豆干吸住了，"采"了一小根嚼，鲜，咸，香，恨不得来一碗热腾腾的米饭。一位与我年龄相仿的女子笑着走过来，说，好吃吗？送你们。我们不要，她不肯，跑回厨房拿来保鲜袋，飞快地将豇豆干全都装了进去塞给我们。两位老太太坐在屋檐下方桌前打牌九,一位老太太在做布艺加工,都时时侧过头笑。一位年纪更大的老人歪在竹椅上,他一言不发,眼神和干瘪的嘴角始终透着笑意。回头看到,心里猛地一暖。

尚田遇到的每一个人都在笑,这与我在别处村庄看到的不同,而在城市的小区里、斑马线前、地铁上、医院的电梯里,更鲜见如此密集的笑容。让我想起故乡玉环的外塘村,小时候,我和弟弟从楚门镇出发去姨婆家,沿着一条叫直塘的小路走进去,一路会遇见很多村里人,每一个人都笑问我们去哪里,孩子们已经笑着跳着去告诉姨婆来客人了。那时,所谓的乡下人,好奇,热情,甚至谦卑,莫名地将城镇人高看一眼,孩子们一起玩闹,他们也总让着我们。

此刻,这些仍藏在乡野的真诚笑容,意味着什么呢?难道他们过得一定比我们幸福?还是"礼失而求诸野"的又一个例证?毫无疑问,这些笑容是当年胡公也曾遇见的笑容,是自古以来乡野的表情,也应是人与人陌路相逢最本能的反应。

停在尚田的一朵白云下,我忽然想:来这里,于我潜意识里就是走亲戚,太放松了,所以连身份证都忘了带。

二

90后小伙陈亮亮坐在笤宅村布龙手工作坊的一张小凳上,专心扎着荷花龙头。他块头挺大,戴一副黑框眼镜,白色T恤灰色短裤,气质、舞龙比赛国际级裁判的身份都与手里粉红色的绸布荷花、膝盖上沾满胶水和颜料的围裙不太协调。他大概不会想到,这个夏天的午后,他差点在六位陌生人面前流泪。

奉化布龙迄今已有八百多年历史,这个国家级非遗项目由敬神、请神、娱神演变而来,是极富特色的传统民间舞蹈,由"形、舞、曲"三部分组成。"形"就是做龙,以彩色布为主要原料,配以竹、木等辅助材料,制成威武雄壮的布龙,逢年过节以舞龙的方式祈求平安和丰收。

从祖父到父亲再到陈亮亮,一个享誉海内外的传家宝,如同一条源远流长的河流,流到他的手上时,变成了他不想伸手接却不得不接的烫山芋。陈亮亮和姐姐陈晶晶一样,都是大学毕业,原本一个做艺术设计,一个在汽车4S店当主管,却生生被父亲从城里"喊"回了农村。

一条纯手工布龙,三百多道工序,龙头最要紧,要用小年长的竹子扎成框架,竹子不能有甜味,水浆不能太足。后屋堆着的竹片篾条,都是他和父亲去山上砍来,一片片一条条削成的。从他和姐姐手里出去的一条条布龙,经电商平台,已远销大洋彼岸。

最苦最难的不是做布龙卖布龙,而是带舞龙队,如今有几个年轻人感兴趣并愿意吃苦呢?陈亮亮得求着他们。

你怎么肯回农村?我们问他。

爸爸的手不行了,但布龙得传下去。他淡淡地说。

手?

这才注意到,他的父亲陈行国,这个国家级布龙传承人忍着咳嗽向我们介绍布龙文化时,右手一直窝在裤袋里。

陈亮亮说,他藏起来了。我小时候家里太穷,又不许个人生产布龙,爸爸只好去工厂做,右手被机器轧断了,只剩下手掌了,现在他老了,做不动了,我们怎么能不回来呢?呵呵,呵呵。

在两个呵呵之间,他突然哽咽了一下,并不明亮的日光灯下,镜片后有泪光一闪而过。

在尚田,和陈晶晶陈亮亮姐弟俩一样,被故乡"喊"回来的年轻人很多。尚田+青农创客空间进门右手的墙角,立着一张奇特的营业执照:

注册号:8888888888888

类型:青年创业店

注册资本:人民币0元整

经营范围:让天下没有难实现的梦想

登记机关:怒放青春为梦想而生

这是一百多个回乡创业的年轻人的"家"。上午十点,空间里弥漫着咖啡和水蜜桃浓郁的香味,书柜里静静地立着很多书,十来个年轻人静静地忙碌着,将凌晨两点采摘的水蜜桃装箱打包,火速发往全国各地。更多的年轻人,正散落在凝结着先辈汗水的田野上,草莓俱乐部、黑莓基地、羊羔仔农场、鸣雁村集装箱民宿……到了夜晚,他们在这个孵化器、加速器里喝咖啡,办分享会、书友会、乡创课堂、公益行、帮帮团,他们喝的不是咖啡,是知识、眼界、创意,还有情怀。

我将桃花香氛滴入融化了的皂液里试做桃花皂时,听见同行的园说,喜欢尚田,舍不得走了。

蹊跷的是,后来回程时,她的身份证果然替她留下了。更蹊跷的是,同行的斌也把身份证落在了宾馆。

从战国时期的照身帖,到唐宋时期的虎符兔符鱼符龟符龙符麟符和鱼袋,再到明清时的牙牌、腰牌、民国时的居民证、1949年后的户口簿和单位介绍信,直至1999年我国为每个公民从出生之日起编定唯一的、终身不变的身份代码,身份证不一定关乎高低贵贱,却烙刻着一个人的地理轨迹甚至生命轨迹。我想,陈亮亮的身份证上,已然抹去了曾经的城市身份,但并未回归纯粹的农民身份,而是以一个全新的姿态在乡野立身——农民的肉身,具有现代文明意识的灵魂,寻找着、创造着一种新的生活方式,并且,仰仗的是他们自己。

三

隔了一年的灯光,依然熟悉的眼神。假如一个地方有别致的风物、几个投缘的人、一段温暖的回忆,再相见时心里有亲人般的亲近是必然的。

奉化三味书店老板卓科慧将一盘水果沙拉端上桌,如同去年9月的一个清晨,将豆浆油条和肉包端上溪口三味书局的四楼餐桌。这是宁波最大的民营书店,有着浓郁的民国风味,是我见过的最美的书店,老板是我见过的个子最高的老板,有一米九。

从一家10平方米的弄堂小书店,到2200多平方米的文化书城,卓科慧走了二十年。从一个国企下岗电工,到拥有十大类八万余种文化产品的"放心书店"和"良心书店"老板,身份的转换,他也花了二十年。自己爱书,让所有的人也爱书,是他最想做的事。

前年春天,去年秋天,我都来过,之前之后,海内外无数专家、学者、作家也都来过。去年9月的一场新书分享会后,热爱文学的人们意犹未尽,在溪口三味书局顶楼月光迷蒙的屋顶花园,围茶畅聊直至深夜,就像此刻,我感到幸福。一月一次的"三味文学之友"沙龙在低低的吊灯下开启,一双双眼睛因同一种热爱而熠熠发光。当地文友们彼此熟络抢着发言,老作家汪老师专门从乡下赶来,坐在轮椅上的文友燕颤抖着声音拥抱了我,还有他们——我的眼前浮现去年9月的新书分享会,原奉化治水办林主任如今的鸣雁村顾问,还有尚田镇镇委周书记,像亲戚似的带着猕猴桃过来看我,自始至终坐在读者席,像小学生一样听着我们的分享。

"晴耕雨读",是我能想象的人类诗意地栖息在大地上的最好方式。一张犁开启了农业革命和日益辉煌的文明,也开启了无穷无尽、无所不在的竞争。较之远古先民,我们的身心更健康快乐吗?多少人从三岁起便将日子过反了?多少人深陷忙碌、焦虑、失眠、恐惧的旋涡无以自救?人人在拼,是为了快乐还是面子?快乐仅仅来自优越于他人吗?

即使速度最快的动物,也不能完全依赖于速度。猎豹最多只能极速奔跑三分钟,超时会因身体过热而死;世界上飞得最快的尖尾雨燕以食鱼为生,但它绝不吃浅海鱼。"一切福田,不离方寸",追求终极幸福的路上,需要速度与激情,也需要冷静。

此时,月光将村庄的影子拓在江南这块并不辽阔的田野上,我看见了另一种明亮:古老的美德与年轻的汗水、梦想、智慧交织迸发的明亮,也是一种巨大的可能性:中国九百多万平方公里的大地上,一定有无数古老的村庄,正被注入这种明亮,孕育着人类真正向往的生活。

朋友在朋友圈里问我,你又去乡下了,那边有亲人吧?

我说,是啊。是我自古以来的亲人。

时光蝶影

一

中国南方,安吉。碧凤蝶蛹如一粒星,深嵌在竹海无边的暗夜。一阵风过,它晃了晃,将自己紧紧钉在一片食茱萸叶上。破茧成蝶之前,是它最脆弱的时刻,也是最危险的时刻,随时可能葬身天敌的口腹。又一阵雨过,它将体内的液体涌向胸部,挤爆蛹壳,体液在两分钟内顺着翅脉注入了翅膀。它的复眼紧盯着离它最近的竹茎,拖着湿漉漉的身体艰难地攀爬上去,等待着清晨的第一缕阳光给予它展翅飞翔的能量。

竹海不远处,是安吉鲁家村,此时此刻,一个叫朱仁斌的中年男人,刚刚结束与"田园鲁家"一位投资商的谈判,伸手关掉了村委会大楼最后一盏灯。六年前,他也如蝶蛹般步步维艰,在无数个暗夜里,等待着清晨的第一缕阳光。

鲁家村,在浙北大地上显得过于平凡,甚至低于平凡。山不高,树不多,水不清,有名的穷,有名的脏乱差,最有名的是村口有个看守所,全县卫生排名曾倒数第一。村里全是黄泥路,毛竹从山上运下来,车子倒个车掉个头都难。像中国大地上无数古老的村庄,蜜饯般滋味复杂,酸甜的记忆里,弥漫着枯败的气息。

自小习武的朱仁斌,身材高大,做了多年建材生意,人脉广、肯做事,在老村支部的劝说下,勉为其难地答应回来接他的班。新官上任的朱仁斌去城里理发,理发店的老伙计是个同村的残疾人,说,阿斌啊,我都不好意思讲自己是鲁家村人,你把村子搞搞好,我在外面理发也有劲啊。

朱仁斌像被抽了耳光一样,脸上热辣辣地疼。别的先不说,把村子弄干净再说。说干就干。拆简易厕所,拆破烂草屋,买垃圾桶,雇保洁员,选妇女队长监督,挖污水管道。天天开车转悠,副驾驶座上放着宣传册,后备厢里放着扫帚和簸箕。慢慢地,村民只要看到被风吹到路上的垃圾就会弯腰拾起来。外来的泥水匠乱堆沙石,村民们一步不让直到对方把沙石清走。三年后,奇迹发生,鲁家村的卫生从全县倒数第一排到了全县第一。

大年初一,朱仁斌正在值班,亲戚打电话来说,怎么原来的破烂屋都没了,找不到进村的路口了,这么干净的一个村子,都不敢相信自己的眼睛了。朱仁斌放下电话,就去小店买了挂鞭炮放起来。没想到,村民们也三三两两去小店买了鞭炮跑到村委会门口放。烟雾弥漫中,朱仁斌听不清村民们在说什么笑什么,但他感到自己的眼角突然湿了。

二

　　清晨的第一缕阳光穿透了竹林。谁能在最短的时间内长得最高最快,谁就能享受充足的阳光,竹子是,碧凤蝶也是。蛹壳内六个月漫长的等候后,它循着太阳落在竹叶上的光斑,奋力爬行到最合适的位置,使阳光最大限度地照射到整个翅膀,在一两个小时内把自己晾干,并从阳光中聚集飞行的能量。

　　如蝴蝶翅膀般聚集能量,是朱仁斌和他的伙伴们让鲁家村羽化成蝶的最大奥秘。鲁家村太穷了,无好山无好水无古迹无产业,什么资源都没有,六百多户人家,两千多人,县里集体收入最少的村也有五十万元,鲁家村只有不到两万元,还负着一百五十万元的债。朱仁斌一心想把村子变成美丽乡村,让村里人过上好日子,不自卑,不羡慕别村人,就要修路、修河道、建幼儿园、造风景,哪里都需要钱,怎么办?

　　自己垫钱,自己担保,拍卖空置房,给外地的鲁家村乡贤们打电话求助……一个个苦思冥想出来的点子一个个变成现实,尤其是他花了三百万做的美轮美奂的鲁家村未来PPT,立即吸引了众多乡贤慷慨投资。但他深知,他走的都是"险棋",哪一步走错都将万劫不复,好在一直有政府扶持把关。后来,加上土地流转、政府奖励等,村民服务楼、村幼儿园、老年活动中心、篮球场陆续落成,还挖了湖,建了绿道,种了花草,造了铁轨,引来了观光小火车和一个个投资商。又穷又脏的鲁家村短短几年后,变成了全国创建美丽乡村精品示范村。

"花了一千七百多万,村委没有欠下一分钱。"朱仁斌说。

"你的白头发可多多了。"朱仁斌的妻子在心里说。

三

在阳光的蒸腾下,碧凤蝶的翅膀逐渐变得轻盈,身体变得柔韧,它轻轻打开了双翅,迎来了生命中的第一次飞翔。当它腾空而起,整个竹海立即虚化为模糊的绿色,像亘古的时光,而蝶影是天地间最美的主角。黑色的翅膀上下翻飞,缓慢而有力,翅尖斑斓的蓝紫色,在阳光里格外耀眼。碧凤蝶目标明确,羽化后三十天艰辛的飞行,只为了与另一只碧凤蝶美好的相遇相拥。

白手起家的朱仁斌和他的村民们艰辛地"飞行",也是为了以前想都不敢想的"美好"。美好,在鲁家村村民曾经的日常里,是一个不切实际的词语。

"这个村庄特别让我感动。"老同学三雄到湖州任职才几个月,就跟我反复说了好几遍这样的话。经不住好奇,2017年小雪前,我走进了正沐浴在一场冬雨里的鲁家村。

走过一些古村,写过一些乡愁,嗅觉里、记忆里总弥漫着一种陈旧的气息、伤感的情愫。而鲁家村,在冬雨里,如一个少年郎,蹦蹦跳跳地站到了我面前。它的相貌有春天般的葱茏湿润,它口气清新,举止活泼,有无穷的活力。

在色彩喑哑的冬季大地上,"田园鲁家"如一曲音色明亮的牧笛。

一辆貌似童话里的红色小火车沿着4.5公里长的铁轨,载着我和慕名而来的人们穿梭在万竹农场、葡萄农场、野猪猎犬农场等十八个家庭农场之间。油绿的蔬菜、茂盛的野山茶、波斯菊、竹林、药材,以及野山羊、野猪、鸡鸭、白鹭依次在我们视线里掠过,白墙黑瓦倒映在湖面上,青色的远山倒映在建筑工地某一片清亮的积水上。一切都是崭新的,只有人是旧的,朱仁斌是旧的,他的妻儿是旧的,外地回来的乡贤们是旧的,从村里走出去的年轻人也都是旧的,而他们脸上显露的自豪却是崭新的,一目了然的。

小火车载着我们穿过低丘缓坡,穿过春分、谷雨等二十四节气为主题的一段段时空,原本一穷二白的鲁家村,居然成了一个偌大的风景区,吸引了很多特别是亲子游的游客,来看山水,逛竹林,认动植物,看柴火灶上的古旧年画,采农场里的菜,钓农场里的鱼,自己在老灶头上做饭吃。一个传统的农业村,被纳入国家首批十五个田园综合体项目之一,村集体资产达上亿元,而一千七百万元的基础资金,已撬动了三十亿元的有效投入。

"这些钱,都是村民的。让我先吃口饭,等会儿要跟你们详细说说。"刚送走一批专家的朱仁斌,急急赶来陪我们已近尾声的晚餐,端起一碗已冷掉的米饭边吃边说。

"真了不起。只是您太累了。"告别时,我由衷地说。

"刚开始时,才叫累,太难了。现在好了,不算累。"我明白他说的累,是心累。

从无中生有,到风生水起,短短六年,需要的何止是心智?

四

竹海浩瀚,羽化腾飞的碧凤蝶完成繁衍的使命后,在三天后的一场大雨中死去。它短短的一生,看不到这片竹海的未来,但它的后代,后代的后代,会亲历这片竹海以及那些村庄的枯荣。

朱仁斌喜欢看美国电影,特别是西部大片。他无比羡慕片子里的田园风光:广袤的土地,无尽的草原,朴素的农舍,成群的牛羊,悠然自得的人……他没想到,有一天,这一切在自己的鲁家村也能看到。当然,他觉得鲁家村还不是他心中最美好的样子,无须过多的赞美。他相信有一天它会更美,他的村民们也信。

中国大地上,每一个村庄都在经历一场"蝶变",最终变成什么样子,那只在大雨中死去的碧凤蝶不会知道,但世世代代的碧凤蝶会知道。假如竹林是亘古的时光,蝶影是村庄的变迁,只有将它的飞翔放在历史的坐标里考量,才能看清楚,它的远方在哪里。

古村的心跳

一

鹅从溪边一丛芦苇后露出橘红的冠,再露出雪白的颈,再露出雪白滚圆的整个身子,然后扑腾着湿漉漉的翅膀一摇一摆向我走来,水珠在初秋上午十点的阳光下,如一道道弧形闪电。

65岁的福珠站在我身后说,每天上午鹅自己去溪里洗澡,我还有一只鸡。

福珠带着我,转身穿过一道柴门,让我看鸡。鸡是乌骨鸡,有暗紫色的冠,正吃着玉米。福珠说,它会生蛋,这几天热,懒得生了。

我问她家里人呢?她说,老伴出去干活了,他比我大一岁。又说,鸡比鹅大一岁。

这是2017年9月的松阳。一千八百年前,孟子、吕不韦、陈霸先、包公、刘基、宋濂等士族大家、英杰后裔及闽南族群先后落户于浙南山区的松古平原和高山深谷,一个个格局完整、建筑精美的村落像一片片叶子匍匐在大地之上、云端之下,成为江南的一个奇观。一千八百年后,我也像一片叶子匍匐在松阳一个个古老的村落之间,在一段段长久的静谧中聆听一些声音。

鹅的叫声,显然不是古村的第一个声音。古村的第一个声音,也许是犬吠鸡鸣,也许是柴门咿呀,也许是香火堂前谁轻轻插上一炷香后,双膝跪地的扑通声。

福珠住的敦睦堂外面有一个指示牌,写着"江南客乡,水墨石仓",旁边晾晒着她刚洗的衣裳。指示牌是给慕名而来摄影、画画以及像我这样偶尔驻足的游人看的,看似与福珠们的日常生活无关,然而指示牌的背后,是当地呕心沥血保护古村落的人们,他们用中医针灸、推拿般的手法修缮、改造、复活了一座座老屋,让古村的脉搏更强健、血液更新鲜,至少,一直活着。

柴火灶上有几个新鲜板栗,很脆很甜。福珠指指脚下的箩筐说,你看,刚采的,很多,拿去吃吧。福珠并不知道我是什么人,并不关心我为什么一个人在她的老屋里徜徉而没有跟着同伴们一起参观游览。她又拿起茶叶罐说,我给你泡点茶喝吧?我家自己采的茶叶。我连声说谢谢不用,拈起一片茶叶放入嘴里,嚼了嚼,有点苦,很香。

她对鹅对鸡对我的热情,大概缘于淳朴的民风,也缘于太过冷清。白墙黑瓦,翘角飞檐,曾经流光溢彩的建筑里,浮动着先人们的呼吸,此刻仍继续着依然朴素却比从前寂寥得多的日常。一个南瓜、两个南瓜……共七八个南瓜,依次从楼梯第一级台阶一个个被堆到楼上,楼上是儿女们的屋子,平日里空着。不久以后的中秋节,福珠在城里的两儿一女会带着孩子们回来,寂寥的老屋里,会响起年轻的心跳声。

二

无声,是古村的另一种声音。

猫就这样四仰八叉地躺在"酉田花开"客栈长廊外的一张椅子上酣睡,任我怎么唤它挠它,它都不醒。我摸到它的心跳,确认它活着,看到肚皮上的花纹均匀起伏,确认它在酣睡。客栈仿佛建在云端,窗外有一朵巨大的白云正俯身向着山巅,另一朵更巨大的白云正俯身向它,两朵云像一条船的本身和倒影,静静停在静谧的时空。某一个刹那,我的耳朵跌入了那个静谧的时空,听不到任何声音,而其时,同伴们正与猫聊天,与客栈的男主人林先生聊天。为了给小女儿朵儿一口纯净空气,他从省古建院辞职后把家从城市迁来这里。在松阳,有许多像他一样年轻的都市人,有的来了,有的正在来的路上。

我端了杯端午茶坐到窗台边,窗玻璃外的一丛狗尾巴草朝我点了点头。清凉的端午茶,是生于斯葬于斯的唐代道教宗师、享年107岁的叶法善发明的,他天人合一、辅国功成的修身养性之道,千百年后依然如端午茶的药理,在人们的唇齿间和内心里流转。当年,他和唐玄宗聆听月宫天乐,使其得《霓裳羽衣曲》,莫非也如我此刻坐在云端之上幻听幻觉?

去一家叫"云里听蛙"的客栈吃饭时,路上遇到了另一只猫。它斜着身子半躺在矮墙旁一张晒着番薯干的篾帘下,一动不动遥望着远山。篾帘漏下细碎的阳光,洒在它橘色的身上,像一只孤独的金钱豹,更像我自己常常幻想的隐居山乡、物我两忘的模样。番薯干是嫩黄色的,老屋的瓦片砖红色夹杂着青色的,云是白的,山是青的,它是橘色的。这些色彩,在古村万籁俱寂的午后,像一群正窃窃私语的古代村民。我听见他们说:来吧,留下来。

三

秋虫的鸣叫,是夜的影子,与长夜分秒相随。

从大山深处的"云端觅境"客栈厅堂到那间叫"觅云起"的客房,要穿过山坡下的一条小径。一只许是迷路了的蚂蚱,从入夜到黎明,一直停在小径的路中间,一动不动,亦没有被人踩过。

唧唧复唧唧,不知道是哪一声虫鸣,将我从五点半的梦中啄醒。赤脚推开门,凉意和云雾瞬间将我吞没。群山静默,云海翻滚,天地间仿佛只我一人醒来,无数过往亦如云海翻滚——消逝了的童年,消逝了的青春,消逝了的无数岁月和人事,大地上正在消逝的古村,以及正在试图挽留消逝的美好的人们,包括我自己,也包括这家客栈的七个主人,他们是从天南海北聚到这里的七个设计师,像来到云端觅山觅水觅境的七个仙人。昨晚,我遇到了他们中的两个,一男一女,穿着很休闲也很时尚,安静地给客人端茶倒水,擦肩而过时,我听得见他们年轻的心跳。

群山静默,云海翻滚,脑海里响起柴可夫斯基的《如歌的行板》。人类从森林到村落,从村落到城市,史诗般的迁徙就像一首首如歌的行板。村落最原始,曾经最热闹,如今最寂寞,随着老人们相继离去,一个个村落面前仿佛有个巨大的深渊,一不小心便会被时光吞没。未来,人类还会迁徙到哪里?未来,无论是高楼大厦还是茅草屋,令家园在时光中始终矗立的,一定不是建筑材料,那么,是什么?

四

小项师傅把我做的半截扎染丝巾浸到染锅里,另半截用手拎着,大约十秒钟后,又放下一小截。

365 天里有 200 多天云雾缭绕的"云上平田"客栈,已进入向晚时分,艺术家工作室的扎染坊里只有我和他。刚才和我一起做扎染的抗抗姐和小惠姐她们吃饭去了,我迫不及待想看到自己的作品,便央他先帮我染。

他坐在一张骨牌凳上,染锅在地上,他得一直俯着身子,看上去有点吃力,但我听到了他从容的呼吸。他说,松阳是中国绿茶第一市,我们还用茶叶做扎染,色彩很清雅。他很年轻,和云上平田的主人叶大宝一样年轻,在这深山老屋里,他们要待多久?能待多久?

叶大宝拂开夜色和如夜色般迷蒙的一条条扎染丝巾向我走过来,美得像仙女一样。她头发很黑很长,声音低柔,眼神明亮,服饰永远是红白两色的中国风长裙。她原来在杭州工作,有一天突然想回来多陪陪父母,也想做点自己喜欢做的事。这件事很简单,也很难,就是让松阳的古村里多一些年轻的心跳声。

她做到了。一个、两个、三个,一共十三个80后、90后,与她一起住进了深山老屋,有的早上来晚上走,有的一住一整月,将古旧的村落变成了一个享誉中外的"云雾上的天堂",可吃,可住,可耕种,可扎染,可看云,可摘星……身心俱疲的都市人来了,会觉得自己真能变成仙人。

叶大宝站在随着夜色愈来愈浓的云雾里与我们挥手告别时,美得像仙女一样。

五

即使夜深人静,站在松阳西屏老街,仍能听得到古往今来汹涌的呼吸声、心跳声。

松阳 70 后作家鲁晓敏站在老街的红灯笼下,为我们讲述一爿爿百年老店鲜为人知的历史细节,他是古民居保护的发起人和践行者。在打铁声、制秤声里,在煨盐鸡和炭火烤酥饼的香气里,在偶尔飘过的一两声松阳高腔里,不断有电瓶车急急穿过,有老街人驻足某家小店,买点生活用品或工具,再聊会儿天。拐角的农具店摊前,摆放着锄头、镰刀、柴刀、耙……每一种农具都在夜色里闪闪发亮,以静默的姿势坚守着什么。

松阳 70 后诗人何山川曾在诗里写道:

> 打铁的还在打铁,煎中药的还在煎中药
> 祖父在蝉鸣中酣睡
> 而雪,继续落在雪上的那个童年
> ……

这是一条活着的古街,古老的、年轻的呼吸和心跳都在,生生不息。而在老街的一条条辐射线里,摄影主题休闲园、写生创作基地、养生休闲园、大木山骑行茶园连绵起伏的茶垄间,穿梭着更多年轻的心跳。

距鹅、鸡和福珠夫妻住着的敦睦堂不远处,是余庆堂,九厅十八井的巨大建筑里住过两百多个族人,无论是横梁、牛腿还是窗棂甚至椅背上,都雕刻着"耕读传家"的图案,松阳无数本厚厚的家谱无一例外记录着"务耕读"的家规。每一座老屋的中轴线上,都是供奉祖先的香火堂。祖先杳然,人们供奉的,其实是敬畏和虔诚本身……

松阳的古村,是中国无数古村的缩影。越来越多鲜活的心跳和年轻的呼吸,正领着自古以来活在板栗、茶叶、南瓜、稻谷里的神灵、祖先、阳光和月光,从村口归来。

去山里看海

这里的每一朵莲,至死都保持着盛放的姿势。

深秋的径山,径山寺所在的径山。一壶鹅黄色的香莲茶递给我们一行七人第一声问候。我想起多年前第一次见它时的情景:"透过玻璃壶底,我们与莲面面相觑。片片花瓣,比宣纸更薄、更透、更淡。细软如珊瑚的白色花茎花蕊,随着水的微流齐齐摇曳。一朵莲,仿佛一条绝世独立、自在游弋的鱼。"

午后的阳光照进枯败的荷塘,大部分用来做种的莲藕已经被起出来,去海南过冬了,到了春天,会被运回来,种下去。最后几朵不动声色盛开着的莲,紫色的、黄色的,与这个叫千花里的地方所有花卉一样,淡定而诱人。我们努力牢记着那些陌生的花名,比如粉黛乱子草,比如醉蝶香,瞬间又遗忘,又去问。如同人到中年,穿梭在所谓的重要场合中,努力记住重要的面孔和名字,转身又忘了,记住的总是一些无用的感觉、味道。

在荷塘水面的反光里,我想象那些莲藕种子,带着泥土,圆滚滚地倾泻进千里之外同样大小的荷塘,安静如一群离开母体的胚胎,蜷缩进临时胚胎管。冬天过后,它们回到母体,春分时节抽出第一枚新叶,新叶在水里亭亭玉立,蜻蜓在新叶尖尖角上亭亭玉立,像诗里写的那样。然后,它们开出了绝美的一朵莲、两朵莲……然后,它们被一双手两双手采下,送进机器,烘干,定格,保持了最美的颜色和姿态。最后,在一注热水里,它们活过来,盛放如初开,释放被定格的所有部分,成为此时此刻我们七个人眼前的这七杯香莲茶。

这是径山递给我们的第一道茶。空灵,绝伦。

径山递给我们的第二道茶,叫"水丹青"。黄昏五分之四轮月亮照见径山脚下一个叫"径茶"的地方,一位未施脂粉、着一身铁锈红微旧中式对襟衫的女孩,为我们分茶。没有音乐,没有絮叨,她慢慢地、默默地做着茶,仿佛忘记了我们七个人正眼巴巴盯着她把一小盏抹茶分给我们。她用茶筅搅动茶沫时,速度极快,手机都无法捕捉。最后,她拈起一支新牙签,在茶碗里作起了画,一棵梅树,两只飞鸟。大家都说,第一次见。

"水丹青",是古代茶道的一种,自宋代由径山传到日本,又传了回来,让我想起那些辗转千里的莲花种子。我问她,每天都有表演吗?

她说,不是表演,是切磋交流,以茶会友。越好的"水丹青"消失得越慢。

晚餐时,我共起身三次,舍下无比美味的农家菜,去看隔壁茶桌上那碗"水丹青",淡了没有,消失了没有。趁四下无人,我拿起牙签,学着她的样子,蘸上深色抹茶,在画上加点梅花。第一下,没有点上,第二下,有了,我点了七下,为每一个人,不知道为什么。

后来她说,你把屋檐也点成了一树梅花的样子。哦,原来那是屋檐。

向来对一切博大精深、繁复精细敬而远之。我总觉得,世间万物,原都有属于它们自己的日子,我们人,是否介入得太深了?对于茶道,我也是极抗拒那种正襟危坐、煞有介事,不如一个玻璃杯、一把茶叶、一壶热水,随便一靠、一躺,多简单自在。径山茶道,尤其是国家级非物质文化遗产"径山茶宴"起源于唐朝,盛行于宋元时期,具有禅文化、茶文化、礼仪文化等多方面价值,有击茶鼓、张茶榜、设茶席、礼请主宾、煎汤点茶、分茶吃茶、谢茶等十数道仪式程序,想想都繁复得要命,而此时此刻,径山茶道因为一个朴素的女孩、一群相投的文友、大半轮月亮、我偷偷点上去的梅花,却有一种可亲近之感,觉得它与你是不隔的,它像天空那么深,像大海那么大,但它离你很近。

两道茶之后,我想,任何领域都藏着千山万水,没有深入,你便永远不解它的美,而介入太深又不好,怎么办呢?

第三道茶,海拔八百米,爬山耗时一个半小时,耗能一碗稀饭一个小馒头一个鸡蛋十几粒山核桃肉,以及爬山时的微喘、微汗,以及等待径山寺一位年轻法师用斋后迎向我们的五分钟。终于,他坐定,我们也坐定。唐玄宗天宝元年(742),江苏昆山高僧法钦遵师嘱"乘流而行,遇径即止",行脚至径山,于喝石岩畔结庐修行,是为径山禅脉开山之祖。南宋嘉定年间,径山寺被钦定为江南五山十刹之首(五山即径山、灵隐、净慈、天童、阿育王),并日渐成为儒释道三家精神融汇之处,源远流长。此刻,我们坐在法钦、宗杲、无准、紫柏等大德僧人坐过的地方,坐在日本名僧俊芿、圆尔辨圆、无本觉心、南浦昭明等坐过的地方,坐在陆羽、苏东坡、李清照、徐文长、吴昌硕等坐过的地方。坐在瓶子里开着三朵茶花的屋檐下,仿佛坐在云海之下、竹海之上。

苏东坡与径山有着不解之缘,他临终前作的最后一首诗,就是《答径山琳长老》,参透生死、物我两忘的他两日后便驾鹤西去。他一定很爱径山茶,但他是喜欢绿茶,还是和我此刻一样,更愿意紧紧捧住一盏红茶的暖意,去抵挡人间的寒凉?

我问眼前为我们泡茶的年轻出家人,是否去过很多庙宇?为什么在这里落脚?有什么不同吗?

他说,也没有去过特别多的地方,但这里静。

他说话时,语调很静,正往茶盏里续着的茶水也如他的语调,没有一丝一毫晃动。

我低下头,盯着他刚刚为我续的那盏茶,看到的是一道牵山绕水、缠古绕今、海一样宽广深邃的茶。

海,是心海。

茶足饭饱的七个人,从径山寺一路逛到千岱山居时,天阴了下来。在云雾渐起、翠竹环绕的巨大露台上,大家高低错落地拍了一张合影,两男五女,春祥、伍斌、袁敏、鲁敏、向黎、陆梅、沧桑,取名"七闲图",以作分手后的念想。径山绿茶在一个通透的玻璃杯里,收拢了整个山林,影影绰绰的,让我想起去年春天,也是五女两男——母亲、舅妈、姨妈、姐姐和我,父亲和他的学生——时任家乡玉环龙溪书记的施明强,在施明强一手打造的极富人文气息的村庄"山里",也这样错落有致地坐在一个巨大的露台上喝茶,也这样错落有致地拍了合影。那个叫"山里"的地方,能俯瞰浩瀚的东海,还有万亩盐田,还有比海平面更远的远方,那里有来自五湖四海的音乐人聚拢而成的"放牛班",以"山里"为家,创作、演奏、唱歌,看萤火虫,看一整条银河从海平面冉冉升起。

那个春天前更早的深秋,我回家乡待了十天,刻意体验了一次故乡的"劳作"——我18岁离开家乡前和离开家乡后均从未做过的事情:和渔民们一起剥虾,补渔网,烧土灶,挖红薯,酿桂花酒,做番薯圆,我还想出海捕海鲜、晒盐。这所谓的"寻根之路",让我不由得想,家乡还有多少人在从事着古老的劳作呢?如果不离开家乡,作为一个女子,我的人生本来应该是什么样子呢?大概是这样吧:到海涂上捡海螺蛳、抓弹涂鱼,剥虾不会半小时手指就发白;在海岸边补网,时时向着海平线眺望,右手穿网孔,左手用拇指压住网丝不让它逃掉,穿孔两次,锁住,把重叠的部分展开,周而复始,而不会织了两眼网就手痛;还会在太阳下山后用小铲铲下晒在篾席上的鱿鱼干,而后一个人或一家人吃晚饭,然后在灯下继续补网。我应该会有一个皮肤黝黑、酒量惊人的丈夫,他们叫他"酒雕""酒缸""酒棺材",或者"酒刹"。只要没有遭遇不幸,日子虽苦也甜。

但我现在是什么样子呢?一个在城市生活中浸淫了三十年的女子,笑容里还有最初的一丝纯真和羞涩吗?我们像不像繁复茶道里的那一盏茶,永远失去了最初的野性和自由?

在老家的沙滩上,躺着一条老死的野狗,看上去很可怜,但我想,至少它没有被豢养,并老死在自己的家乡,而漂泊的人常常如落叶般扭曲,不知最终会落在哪里。人本来应该是什么样子?径山的每一朵莲花,至死都被定格为盛放的姿势,的确绝美,而人非莲花,还是自然地开放,自然地枯萎,像火一样慢慢暗下去,最后熄灭在土里好吧?

那一晚,我们住在径山稻田中央的一幢民房里。稻子刚刚收割完,斜阳与稻田相视而笑,如两位老人。夜深了,茶凉了,民房的主人回家了,狗不叫了,围坐在并未生火的炉前的一行七人互道晚安,鱼贯上楼。我自国外回来后整整两个月的失眠,终于沦陷在大海般浩瀚的稻秆子气味里。

神仙的日常

脚尖碰到云,云像被犁开的土地,翻滚起很多比喻——一个人走进五月的仙居,像一根银针刺进一幅锦绣,一片落叶惊动静湖,一个声音跌进树的年轮……脚尖带起的气流,涟漪般慢慢扩散,一幅叫"仙居"的巨画也慢慢醒了过来。

我已经厌倦走一个地方就讴歌一个地方,厌倦眼里只有修图的美丽而故意无视种种缺憾。诗人荷尔德林说,做一个诗人,你要忍受那些必须忍受的,歌唱那些应该歌唱的。此刻,我不想歌唱仙居,但站在这个"仙人居住的地方"、李白梦里的天姥山,却很想大声唱歌。

"上河里的鸭子下河里的鹅,一对对毛眼眼照哥哥……"差点脱口而出的这首西北民歌,与此情此景完全不搭调,然而就是这么奇怪,可能因为这是我唱得上去的音调最高的歌了。唱什么不重要,就是想大声唱,因为此地的神奇,也因为它的日常。

后退,是仙居给我的第一印象。我是躺着进入仙居地界的,腰部不适,便将车座放平,车身平稳,躺在车上就像躺在船里,我的整个视野,便是车窗上方越来越明净的天空。云朵在往头顶上后退,路在往耳朵后退,盘桓于脑子里的诸多杂事杂念在往身后退,仿佛整个世界都在往后退。我想,平躺的姿势并非主要原因,不同寻常的地名"仙居"本身就具有强大的蛊惑力。何况,它是"沧海桑田""一人得道,鸡犬升天"等成语典故的发生地,有距今七千多年的下汤文化,有皤滩古镇,有蝌蚪文、春秋古越文字,有理学家朱熹送子求学的桐江书院,等等。

真正做神仙的感觉,从脚尖踏上"神仙居"的第一个石阶开始。我们遇见预料中的负氧离子极高的空气,遇见预料中的溪水、瀑布,遇见预料中的南方红豆杉、香果树、长叶榧、浙江楠、杜仲、厚朴木、金刚大、八角莲,还遇见一位石将军和一位睡美人,一个气拔山河,一个恬淡悠然。如果说神仙居是一部长篇小说,他们俩就是意味深长的引子,一左一右,一阴一阳,一文一武,一张一弛,在山脚迎着你,将你带入一个预料之外的深处。

出乎预料的,不是没有遇见传说中的金钱豹、穿山甲、五步蛇,而是那些神出鬼没的奇峰、断崖。远处或者近处,会突然出现拔地而起、巍兀独立、险峻无比的山峰、悬崖,它们有时隐在云雾里,有时骤然闪现,当你左右环顾时,会有草木皆"峰"的感觉,一座座都像是活的。这些奇峰、奇山、奇石、奇崖,让人惊艳,又让人匪夷所思,因为,仙居群山迤逦西行,绵延不断,唯独神仙居周围的山峰如刀切斧削,耸然独秀。

其实也不是特别高,一千多米,但当你和群峰一起在云雾里行走时,便觉得离人世很远了。云雾缭绕着山峰,也缭绕着你。山峰俯瞰着大地,你也俯瞰着大地。山峰静默,你也会不由自主地安静下来。你会觉得,自己成了其中的一座,自己在这里已经站了很久很久,几千年几万年那么久。然后,她出现了,确切地说,是她一直在——观音峰,静静背对着你,双手合十,眉眼低垂,俯瞰苍生。在民间,人们总是将快乐逍遥与神仙相连,总是将"大慈大悲"与佛菩萨相连。站在高山之巅,我既没有快乐逍遥的感觉,也没有大慈大悲的念头,我只是觉得,站在这个"神仙居住的地方",遥望着她,心里特别特别静,特别想多待会儿。

没穿袜子,裸露的脚背时不时会碰到野草,碰到树根、岩石、青苔,碰到阳光、溪水、云雾,我觉得是它们在叫我,所有的生命,都在跟我打招呼,让我多留会儿。我也想叫住它们,用我不成曲调的歌声,叫住云雾,叫住这个清晨,然后叫住黄昏,叫住一切美好的时光,一点一滴都不让它们溜走。

飘飘欲仙的感觉,最后被山顶一碗极其普通日常的浇头面带至高潮。清汤、笋丝、肉丝、鸡蛋丝、豆腐干丝以及柔滑的米粉,热气腾腾地摆在面前!这么一碗极富当地特色的浇头面,居然能在山顶吃到,加上一咸一甜两块麦饼,又累又渴的身体从生理上油然而生感恩之心。偷偷想,不食人间烟火的神仙恐怕也无福享受这份舒畅吧?

终归是俗人。生活的美好,本就由琐碎的日常与偶尔的神奇构成。只是在仙居,这两者的反差特别强烈。

飘飘欲仙的脚步离开山巅,踩上山脚的皤滩古镇时,千年盐运码头的日常以一种令人猝不及防的"亲热"汹涌而至。

"亲热"来自我脚后跟一阵细微的疼痛,极其细微,像被谁用牙齿轻轻玩似的咬了一下。随即,小腿被一团什么缠住了。一只白色的小土狗,很胖,绕到了面前,仰着脸笑着。我知道它在笑,它轻轻地抬起身子,想趴上来,果然就趴了上来,目光无比真诚,尾巴不断摇晃,所以我知道它在笑,对着我们这群突然闯入的陌生人笑。它来自古镇挂满灯笼又少有人迹的某个深处,它想玩,它喜欢热闹。它在人群里绕来绕去,又轻轻咬了我的小腿一口,湿湿的,像一个吻。

我有点相信,它是来自千年前的一只狗,它的前辈的前辈,一定见惯了这个古镇的繁华和热闹,它们的基因里,没有冷漠,没有警惕,只有友好,这多好啊。假如所有的乡村,假如所有的人与动物,都这样,多好啊。

过了一会儿,我在一个敞开的院门里看见一只黄猫和它刚出生不久的两只小黄猫。任凭我走近,隔着一丛野雏菊的距离对它们一顿乱拍,它们全体依然静静地看着我,这更坚定了我对它们古老基因的判断。

然后,我们在鹅卵石铺砌的龙形古街闲逛时,流连于唐宋明清及民国遗留下来的气势宏伟、布局精美的"三透九门堂"时,在来自大唐的针刺无骨花灯和九狮图的魅影里迷离时,想象赌场当年的喧哗时,把玩街边小店的一块块彩石时,买蓝印花折扇时,在绣楼前自导自演连续剧时,小白狗一直跟着我们,像一个欢天喜地的孩子。我听见它来自千年前小声的追问:我很快乐,你快乐吗?你们快乐吗?

卖石莲豆腐的大姐,坐在看不出年代的老屋门前,隔着窄窄的小巷,和我叙起了家常。她住在城里,周末来镇里陪陪老母亲,父亲88岁时过世了,母亲89岁了,喜欢自己在后院菜地里种点吃的。她每个周末都来,子女也会跟着来。这里水好,空气好,人长寿,他们喜欢来,很多外地人也喜欢来。我不忍心问她,母亲过世后,你还会来吗?你老了,会回来住吗?将来你过世后,你的子女,还会来吗?

一杯石莲豆腐,让整个古镇更加接近它本来的味道。它是用一种植物做的,清凉解毒,我在老家常吃。走时,我跟大姐说,石莲豆腐里再加点薄荷水就更好了。她就笑,说,好的好的。

其实,我本来想说,再加点薄荷水生意就更好了。我把"生意"二字咽了回去。

在一个被我忘记了名字的村庄里,一位大姐正蹲在溪边洗衣服。流水,捣衣,已经是很少遇见的场景,况且是雨后,有一只黄土狗,有古戏台和盛开着黄花的仙人掌。她专注地用捣衣杵捣着衣服,偶尔抬起头看我们一眼。我不知道她在想什么,但我忍住了用任何矫情的问题打扰她。溪水流过她的手、她的衣服,然后流过整个村子,流向远方。我甩掉拖鞋,将一只脚浸入了从她那里流过来的水里。溪水包裹上了我的脚尖,脚背上翻滚起细小的浪花,像送了我一只水晶鞋。清冽的感觉顺着脚尖爬到脑门,让我忽然又想起了"仙人"两个字。

仙居曾名乐安、永安,于东晋立县。一千年前,宋真宗以其"洞天名山屏蔽周卫,而多神仙之宅",诏改"仙居"。能感觉到山水依旧、世事沧桑,但也能感觉到一种由日常和神奇组合而成的美好,始终贯穿着这个千年古城。当溪水送我"水晶鞋"时,我突然想,这一路走来冒充"仙人"最强烈的感觉,就是一路想"放弃"——披上了云,就想放弃衣衫;沾上溪水,就想放弃鞋子,放弃赶路。看到观音山,想放弃尘世、工作、写作、新闻、朋友圈。看到古镇花灯,想放弃手机、包、帽子、眼镜。喝到石莲,想放弃荤腥,放弃高速公路,放弃车子、城市。俯瞰群山,想放弃抬头的姿势……如同每一个"容颜未老,心已沧桑"的中年人,面对人世间与山水截然相反的丑与恶,常觉无力,想出走,想做神仙,甚至,试着把自己逼上绝路,与某种食物断交,与某种习惯断交,与某种人断交。

然而,终归是俗人。生活的美好,本就是无数的琐碎、无尽的劳累、无涯的苦楚之后那一点点甜。既然"爱有万分之一甜,我宁愿葬在这一点",不如好好呵护每一个日常。

仙居一行,谁都不可能真正成仙,但可以肯定的是,来过这里,回到原处,我一定轻了很多。

那么,我能做点什么才对得起那个湿湿的吻,经得起来自千年前的那个小声的追问呢？我不想讴歌,但我写下这些真诚的文字,我的文友们写下发自内心的赞美,一定会诱导更多的人来此。这是我的矛盾。作为"江南的香格里拉"和国家公园试点县,今后,会有越来越多的"我",用身体、脚步、声音,像一把把犁,犁开这片神奇的山水,一定会打扰到它们和他们弥足珍贵的日常。只是,每个人出来时,最好像神仙一样悄然从画面里消失,让那个被"我"犁开的点轻轻合上,不留一丝痕迹。

夏至桐庐郡

一

钟声一停,我眼前的桐花便落了一地。桐庐人小华让我将耳朵贴近铜钟壁再听一下,于是,耳朵捕捉到了它从未听到过的一种声音:铜钟嗡嗡的余音,来自铜钟内部,又仿佛来自洪荒,浑厚,凝重,如此近,又如此远。

这是庚子年夏至将至的清晨,大雨如注的桐君山上,只有我和小华两人穿着雨鞋拾级而行。山顶的百令铜钟上系满了祈福的红绸带,钟声带着人们的祈愿,响彻富春江两岸,涟漪般散向更远处。

此时的更远处,不再意味着诗和远方。因新型冠状病毒的传播,姐姐一家三口已滞留美国西雅图半年,归期遥遥,留学美国的外甥女几乎不吃不喝转了三次机才回到弟弟弟妹的怀抱。

此时,雨雾将桐庐江南江北包裹在一个仙境般的结界里,静谧而美好。桐君祠前,满坡桐树盛开着淡粉色花朵,满坡花草匍匐在雨中闪闪发光,桐庐人小华说,都是中草药。

这些植物,沾满了江南闰四月的雨水,也沾染了我的目光。四千多年前,也曾沾染过一位老人的目光。

《严州府志》载:"上古桐君,不知何许人,亦莫详其姓字。尝采药求道,止于桐庐县东隈桐树下……或有问其姓者,则指桐以示之。因名其人为桐君。"春秋时代的《世本》和后来的《本草纲目》《桐君采药录》等,对"华夏中医药鼻祖"桐君均有记载。自古以来,华夏大地上几乎每一片土地都被瘟疫扫荡过,桐庐这样的世外桃源也未能幸免,桐君悬壶济世,"每乘绛云之车,唤诸药精,悉遣其功能"。百姓感恩,请教大名,他指桐为姓,指茅庐为名,便有了"桐庐"这个后来被镌刻进无数诗词的地名。

雨鞋踩在桐君山的石级上,踩到了一段雕刻着祥云的石柱残段。桐庐人小华说,自古以来,桐庐人三天看不到桐君山是要哭的。在桐庐人心里,这座不高不矮的小山牢系着一代代桐庐人共同的乡愁情结。桐庐人人均寿命82.7岁,桐庐是名副其实的中国长寿之乡,这归功于一方水土,也归功于他们没事就喜欢爬爬桐君山。前些天,已延续十年的桐庐"百姓日"宣布了桐君山对全球永久性免费开放,除了发放新生儿和60周岁以上老人千元红包、员工额外假期、免费旅游、免费公交、幸福餐等各式各样的惠民大礼包外,还让老百姓为提高免疫力多爬爬桐君山,开开心,怀怀旧,祈祈福。

在桐君祠旁的茶室屋檐下避雨,茶室唯一的服务员桐庐女子小尹说,你们写在红绸带上的字真好看。她说,雨这么大,我请你们免费喝茶吧。也不知道疫情几时过去,天天一个人待在这儿,太冷清了。

我说,会好的,会好的。

二

雨鞋踩在石阶的水洼里,发出叽咕叽咕声,空山寂静。想,一千年前范仲淹爬桐君山时穿的什么鞋?带着什么样的心情?

从森森古木错落的缝隙望下去,范仲淹笔下的"潇洒桐庐郡"如一幅巨大的水墨画,漫天乌云和滔滔江水一齐朝我滚滚而来,与我昨日初到时细雨霏霏苍翠欲滴的桐庐反差极大。"奇山异水、天下独绝"的桐庐山水,留下过古今无数文人墨客的足迹,七千多首诗词日日夜夜在桐庐山山水水间荡漾着隽永的诗意。然而,山水有两面甚至 N 面,人亦如是,夜读范仲淹,我读出了他心与魂的分裂。

1034 年春正月,46 岁的范仲淹执拗地站在宫门外请求宋仁宗赐对,力谏皇帝不要无故废后,被贬为睦州知州。才经朝堂之上的大风大浪,又经淮河"遇风""舟楫颠危甚"风波,范仲淹千里跋涉,终于抵达桐庐郡的州治所在地梅城时,绝美的山水、淳朴的民风瞬间暖透了他的心。在桐庐郡的短短十个月里,范仲淹迎来他人生的第一个诗词创作高峰,写就的《潇洒桐庐郡十绝》等诗词,在他一生所留的三百余首诗词中占到了六分之一。

> 潇洒桐庐郡,乌龙山霭中。使君无一事,心共白云空。
> 潇洒桐庐郡,开轩即解颜。劳生一何幸,日日面青山。
> 潇洒桐庐郡,全家长道情。不闻歌舞事,绕舍石泉声。
> 潇洒桐庐郡,公余午睡浓。人生安乐处,谁复问千钟。
> ……

他给恩师晏殊写信说"唯恐逢恩,一日移去",可见他对桐庐是何等热爱。让他深爱桐庐的,不仅是山水风物,还有时间深处一位在富春江岸日日垂钓的老人。

东汉著名隐士严光(严子陵)少有高名,与光武帝刘秀是同学亦是好友。刘秀即位后,多次延聘严光,授谏议大夫,严光不肯屈意接受,隐姓埋名,退居富春山,渔樵躬耕,享年80岁。范仲淹尊崇严光高风亮节,为他修复祠堂,撰《严先生祠堂记》,曰"云山苍苍,江水泱泱。先生之风,山高水长"。那么,范仲淹为何不效仿严子陵从此隐居桐庐呢?清代康熙朝大臣李光地有句话我觉得很有道理:"古来高隐人,不尽是忘世,多是志愿极大,见不能然,遂决意不臣人。"

潇洒,本义是雨落的样子,形容景物凄清幽雅,人物自然大方、洒脱不拘。"志愿极大"的范仲淹,第一志愿当良相、第二志愿做良医的范仲淹,身在桐庐心在天下的范仲淹,其实一点儿也不潇洒——他的心很累,想要栖息在此,灵魂却不肯囿于一山一水间。他志不在朝堂权位,而在天下苍生。多年后,他第三次被贬谪,到鄱阳湖畔饶州就任时,北宋诗人梅尧臣写了一首《啄木》诗和一篇《灵乌赋》寄给他,劝他不要像啄木鸟一样啄了林中虫却招来杀身祸,劝他也不要当乌鸦,要学报喜鸟。范仲淹提笔挥就了同题《灵乌赋》寄给梅尧臣说:"宁鸣而死,不默而生。"

如同大雨如注中的富春江注定是要奔向大海。桐庐和范仲淹短短十个月的缘分,对于彼此意义深重,但他终究是要走的,他真正的生命底色从来不是温润闲逸,而是凝重阔远。被朱熹尊为"第一流人物"的范仲淹,被韩琦尊为"大忠伟节,充塞宇宙,照耀日月"的范仲淹,忧国忧民、勇往直前、俯仰无愧的范仲淹,怎么可能真的"唯恐逢恩,一日移去"呢?

十二年后,58岁的范仲淹在贬所邓州写下了名动天下的《岳阳楼记》,"不以物喜,不以己悲""先天下之忧而忧,后天下之乐而乐",震撼人心,千古传唱。

这才是真潇洒。

三

从雨雾袅袅的桐君山下山,到曾经最热闹的东门码头吃午饭,人间烟火扑面而来。

我举着伞,隔着岁月般浓稠的雨幕,看见严子陵、谢灵运、吴均、李白、白居易、范仲淹、柳永、苏轼、陆游、杨万里、黄公望、袁枚、张大千、潘天寿、丰子恺、郁达夫、周恩来……还有当代桐庐乡贤叶浅予、沈图、陆春祥他们一一走下夜航船,侧耳聆听着风从远处送来的富春江渔歌:"喔、嗨、吔、嗨、哟……"他们或来就任,或来游玩,或来隐居,或来避难,或来探亲会友。他们穿过一个个村庄、一片片暮春的茶园,我看不清是谁走进了一条古街一片老店?谁对着始于南宋、被誉为"江南满汉全席"的"十六回切"家宴咽了咽口水?谁拿起一双合村绣娘做的新绣花鞋凑近鼻尖,闻到了鞋垫散发出的纯棉布和深山竹笋壳淡淡的香味?谁捧起了一副著名的东门油条大饼泪流满面?谁在打听传承了千百年的"江南时节"始于何时终于何日?

雨声里,我听见桐庐小姑娘雨雾般软糯的声音说,农历八月初一到腊月二十几,每个村三天,所有亲戚朋友都可以到任何一户人家随意吃喝,越热闹越好,谁家过生日做寿都要凑这个时间呢。

我问,现在还有吗?

桐庐人小华说，每年都有，下次叫你。

东门码头一角的小饭馆里，桐庐人小俞递上了他刚刚买来的东门码头油条。油条入口酥脆，嚼起来有股韧劲。块头很大的店老板端上了一锅热气腾腾的富春江螺蛳青鱼，鱼肉特别鲜嫩，微微的辣吊出的滋味恰到好处。他说，螺蛳青好不好吃有讲究，要长在不深不浅的富春江水里，十二三斤的最好吃。这让我想起小华说过的桐庐"四个不"——离杭州不远不近，城不大不小，江不宽不窄，山不高不低，我想还有水不深不浅，人不温不火，除了"奇山异水、天下独绝"，其他一切都刚刚好，在最舒服的度。中国优秀传统文化精髓渗透了桐庐，外化于我遇见的每一个桐庐人溢于言表的幸福感中。

穿过雨幕，可以看到东门码头停泊着几条航船。前不久的一个清晨，一条富春江螺蛳青看到码头上走来几个桐庐的"范仲淹"，戴着眼镜，斯斯文文的，依稀有当年老范的影子。随后，十来个被疫情打得垂头丧气的餐饮服务业老板，怀着复杂的心情登上航船，闻到了一股熟悉的香味。长方桌上，摆着东门码头的油条大饼等早点。螺蛳青听到船里先是传出喝粥的声音、咀嚼的声音，渐渐地，人声盖过了一开始的声音，最后，笑声盖过了所有的声音。它一点都不惊讶，每隔一段时间，这些航船上都会陆续响起这些声音，声音来自新"范仲淹"们和当地各行各业的领头人，包括著名的快递"F4"。一条船上的人，像一家人早起围着桌子吃饭，大饼一个个吃下去,困难像大饼一样一个个摊到桌面上,"范仲淹"们听着记着,帮着他们像干掉大饼一样把它们一个个干掉。

我轻断食时一个月未吃主食,父母急了,劝我说人哪有不吃五谷杂粮的,要强身健体,也要遵循自然规律。如同一个村一个镇一座城,过于纤弱的肌体是没有免疫力的。1700岁的桐庐为什么越活越年轻,成为中国最美县、中国快递之乡、剪纸之乡、蜂蜜之乡、制笔之乡、针织名镇等等,还通了两条高铁,仅旅游年收入两百亿元,外乡人纷纷要来桐庐做"神仙",绝不是因为神仙不用减肥。

夏至将至,大雨中的富春江和黄公望、叶浅予的新旧《富春山居图》一样,美得像一个梦,桐庐未来城过于逼真的3D酷炫视频像另一个梦,让人眩晕。人类本性爱山爱水爱隐逸,当代人理想中的隐居地,山水要最原始的,房子要最古朴的,室内的家居用品却要功能最现代、审美最时尚的,还不能离城市太远。桐庐未来城——未来的城市之心知道人们这么想,把自己变成了人们想要的样子:一个五分钟上班、十分钟上学、十五分钟健身休闲的高品质生活圈。有什么不对呢?如果将地球历史换算成24小时,人类在倒数第三秒才出现,不知第多少秒又会消失,对于宇宙而言,如此短暂,如此毫无意义,但人类如此努力,无非想过得舒服点,留下点什么。

"夏至雨点值千金",漫天大雨如火焰席卷着天地,滚滚乌云的后面,庚子年日环食即将上演。夏至自古有消夏避伏、祭祀祖先、祈求消灾年丰之俗,此刻,桐君山上又传来一声声悠远的钟声,是祈福,亦是警示。

大洋彼岸的姐姐发来一家三口在家包粽子的照片,说,提前过端午啦。我眼眶一热,她定是想家了。所谓"敦伦尽分,闲邪存诚",范仲淹非人人能当,把自己管好,把家料理好,安常处顺,便是尽了老百姓的本分。我将钟声录了下来,发给姐姐听。

夏至已至,未来已来。

竖桄杆的人

一

葛家村的活力，自每一条村巷、每一个拐角、每一户农家小院的艺术气息里涌现，在每一张风吹日晒的脸上弥漫，在每一双眼睛里发光。

丛志强走进盛夏时节的葛家村口，一如去年清明时节第一次站在葛家村口一样——一顶宽檐草帽，一双运动鞋，一个双肩背包，蓄着一撮小胡子，这里走走，那里看看，号称自己是"教授"，满嘴都是"艺术"，还拉着村民说咱们一起搞艺术吧。葛德土等几位村民斩钉截铁地判定他为"骗子"，说，搞艺术你就搞呗，干吗拉着我们农村人搞？肯定是打着艺术旗号搞传销的。

不同的是，这位中国人民大学教授，从一年多前被村民叫作"骗子"变成了如今的"丛老师"："丛老师你又来啦！""丛老师要是没有你，哪有现在的葛家村啊！"这源于因丛志强而起的葛家村一年来的巨变。

从村口往里走,依次能看到这样一幅幅别样的景象:

取自溪里的鹅卵石,垒成一垛波浪形的墙,墙上漆上了反差强烈的颜色,像谁家客厅里的印象派背景画;石块垒成的"沙发"上,铺着刷了清漆的木板,晒着谁家的两双布鞋;"沙发扶手"旁,高低错落的竹筒里,种着来自溪边的蕨类;"茶几"也是用石块垒成,粗细不一的圆竹筒将它隔成三层,上面摆着太阳花和多肉植物。这是葛家村的露天"乡村客厅"。

一口古井旁,卧着一个鹅卵石砌的躺椅,椅面和靠背也铺着刷了清漆的木板;躺椅旁,垒了两块造型别致的大石头,石头上立着一个涂成天蓝色的酒缸,里面钻出一丛水灵灵的蕨类。这是葛家村的"时光场域"。

石头屋的木窗外,或挑出一株吊篮,或挑出一盏旧马灯,或挂着几个竹筒风铃。拐角处的石墙上,像是随意散落着一些树根的横断面,一圈圈年轮仿佛一道道来自岁月深处的目光。

还有看得见炊烟的仙人掌酒吧,摆满了旧物事、布娃娃和玩偶的仙绒美术馆和粉小仙手艺馆,四户人家拿出相邻宅基地改造成的四君子院,花一般争相绽放的农家乐和民宿……

所有这些"艺术品",都是一年多来丛志强带着村民们用木头、竹子、鹅卵石、废布料、废酒缸、贝壳、麻绳,再和上心血做成的。

有着一千二百年历史的葛家村,是宁波市宁海县一个普通的小山村,也是沿海经济发达地区一个相对落后的角落,有六百多户人家。大山、毛竹、溪流、卵石、桂花林、充满年代感的石头屋,是丛志强对葛家村最初的印象。当丛志强第一次走进村里时,围坐在树下闲聊的老人说:"我们村的形状就像一条船,那里原来有一棵老银杏树,是桅杆,后来银杏树死了,没有桅杆了,船走不动啦。"

村干部的说法是:"每次请人过来投资,人家一看没投资基础,转一圈就走了。"

丛志强想帮他们把桅杆重新竖起来,让船走起来,他尝试的办法是——用艺术为村庄赋能。

曾被村民们误以为"骗子"的丛志强,清华大学美术学院博士毕业,身兼中国人民大学艺术学院副教授、硕士研究生导师、国家一级美术师等多重身份,一直在做"内生式发展理论"科研项目。在欧洲、日本乃至我国台湾地区,很多村子借助内生发展,由默默无闻甚至极度衰败变成了幸福村庄。作为一名高校教师,他一直希望通过自己的专业为国家的脱贫攻坚与乡村振兴做点儿事情,将理论付诸实践,通过艺术设计的方式让老百姓脱贫致富,实现乡村振兴。

求贤若渴、慕名而来的宁海县时任副书记李贵军与丛志强一拍即合。做公益、出科研成果,是丛志强的初衷。能成吗?不知道。李贵军宽慰他说,试试吧,万一成了呢!

于是,丛志强带着他的团队来到了葛家村。

第一步最难,人是关键。内生动力的有效激发,需要在设计者和村民共事的过程中完成。设计者必须快速取得村民的信任,挖掘村民个人资源,再转化为公共资源。因此,设计的艺术作品要好看,要有用,还要能赚钱。

在孩子的哭闹声、村民的唠嗑声和嗑瓜子声里,丛志强硬着头皮上了一堂理念课。第二天起,丛志强和学生们便带着村民做了两个"有用物"——"葛家椅"和"树虫乐园"。"葛家椅"可坐、可躺、可靠,令老人们惊喜;"树虫乐园"里可爬、可钻、可跳,孩子们乐疯了。村民们一下子感受到自己被"设计"这个东西关心照顾了,对丛志强的信任度大幅提升。

从此,葛家村每一天都在变化,都有惊喜。变化最大的,是村民自己。

曾叫丛志强"骗子"的葛德土迎了上来,拉他去看自己昨天做的贝壳盆景。院子里外都摆着他的作品,聚宝盆、荷花、女神……全是用海螺壳和贝壳做的。用贝壳、竹筒、菖蒲、水流和旧斗笠、旧蓑衣、旧油灯构成的"姜太公钓鱼"最有艺术感,让丛志强赞叹不已。一个从没读过书的牵牛娃,居然长了一身艺术细胞,且别出心裁,说要做就做和别人不一样的。夜晚一躺到床上,葛德土就使劲地想:竹子人家做过了,我不做,木头会生虫,石头拿回来呢,老婆要骂的。于是,他去酒席上讨来各种贝壳,去问修桥的人要边角料,把打年糕的废弃石臼搬回了家。家里后院的屋檐下,挂着一排每天都要操练的"武器"——锉刀、螺丝刀、扳手、榔头、皮尺、大大小小的剪刀,还有一件已经磨得看不清原来颜色的工作服。

二

仙人掌酒吧的窗口正对着一座石头屋。正午时分,石头屋的烟囱里升起袅袅炊烟。

丛志强坐在也许是中国唯一一家看得见炊烟的咖啡屋里,看见袅袅炊烟里逐渐浮现出袁小仙一家三口的脸。

袁小仙家是丛志强在村里的落脚处,也是他的第一件作品。

"设计?设计有什么用啊?"毫无悬念,50多岁的袁小仙同她丈夫葛国青还有其他村民一样,对"设计"这件事,一不懂,二不信,三不感兴趣。

"我不参加。我什么都做不好,会丢人的。"她羞涩地笑,两只手绞在一起。

"我很土""我很笨""我没文化",这些话是丛志强与村民初期接触时听到最多的。而能消除已渗透到每一个细胞里的"农民"身份焦虑的,便是赞美、再赞美。

夜幕降临,村子出奇安静。丛志强和袁小仙夫妇坐在院子里聊家常。当袁小仙无意中说起村里人都夸她厨艺好,逢年过节亲戚朋友都请她帮忙做面点时,兴奋地抬高了音调,眼眸里放出光来,与白天羞涩的她判若两人。

丛志强的目光紧紧锁住了那束光。他往前探了探身子，说："我们想用面来做一个作品，你能帮我们吗？"

"用面还能做作品？"袁小仙吃惊地问，回头看了一眼坐在身后的丈夫，呵呵笑道，"那我试试吧。"

丛志强迅速列了个材料清单和面点创意，请她丈夫用蔬菜和水果榨汁，鼓动她爱画画的儿子画面点造型和图案，袁小仙按图样和面做面点。作品出炉的一刹那，袁小仙一手拿着锅盖，一手捂着嘴，像个收到礼物的孩子一样又惊又喜。

"原来面还可以做成这样啊！"大家闻声围了过来，小小的厨房瞬间沸腾了。

得知袁小仙做过裁缝，丛志强又鼓动她用旧衣服给村里的孩子们做玩具。第一个作品是用布做了个一米高的巨型"竹笋"。他们打算包上真的笋壳以让"竹笋"更逼真。天还没亮，葛国青就自告奋勇去山上挖竹笋。为了让笋壳保鲜，袁小仙居然将竹笋冰在冰柜里。

"做得真棒！"

袁小仙得意地笑了。从此一发不可收拾，儿子画画，她做玩具，常常不知不觉做到深夜两点多钟。小小的家庭手工艺馆成了知名景点，来参观的游客近万人。她还学会了做比萨，农家乐生意越来越红火。

喜欢种盆栽的葛国青则做起了毛竹花插。在丛志强回北京的日子里,袁小仙几乎每天都会把丈夫做的新"作品"发给他看。这些新"作品",造型一次比一次有创意,制作难度一次比一次高。葛国青悄悄跟丛志强说,村里有的老人没有收入,等他练好了,教他们一起做,能卖点钱。

一年后的一个深夜,不善言辞的袁小仙从微信上发来一个几千元的大红包非要他收下,说了一句:你改变了我们家的命运。

想起袁小仙一家,坐在酒吧里的丛志强不由自主地微笑。正在读高中、暑假帮姐姐看店的小娜抬起眼看了看他。丛志强问小娜:"你将来是打算留在这儿还是出去?"小娜说:"我想出去看看。"

丛志强又问:"以后村里的年轻人会不会越来越少?"

小娜说:"不会,我姐姐他们会回来,我也会回来的,桂花林里有我画的小鹿。"

三

他们四十年前的雕花婚床,床栏和内壁的十几幅彩画是孩子舅舅亲手画的。衣柜、米桶、针线盒、梳妆台,都是她的陪嫁,针线盒还是她娘当年的嫁妆。三寸金莲和老油灯是她婆婆留下来的。

走进仙绒美术馆,一件件老物事里的旧时光涌上来,耳边恍惚响起鞭炮声。

每天起早贪黑种田打工的叶仙绒,最大的梦想是把新房子盖起来、装修好。丛志强发现了她家的三样宝贝,一是她丈夫的根雕和她的布艺,二是一件件老物事,三是她儿子、孙子和外甥的书法,便鼓励她开个家庭美术馆。

"这些东西可以吗?"

"太可以了。"

于是,叶仙绒和丈夫成了仙绒美术馆的正副馆长,与原本因土地纷争几十年不说话的邻里也尽释前嫌,一起建成了和美院。

在与村民的闲聊中,丛志强时刻搜嗅着深埋在泥土里的艺术气息。一个个家庭故事里,蕴藏着大量的资源——有形的物和空间,无形的技能和经验。做饭好吃、会缝衣服、喜欢挖笋等,都是一粒粒埋在泥土里的"珍珠""种子"。丛志强把"珍珠"穿成项链,把"种子"变成大树,意义并不在于物,而是人的改变。

一个个普通农民,被人们由衷地称为"布玩具大师""毛竹设计师""石艺高人"……他们给基层干部上课,还登上了大学讲台,上了电视节目。脸上的羞涩尚未褪尽,却已写满自信自豪。一个个全新的他或她,由内而外发着光,引领着古老村庄从观念到行动上的正向改变。

人们问叶仙绒,这么多人来你家参观,你要陪着,还要贴茶水钱,图啥?

她说,不图啥。从来没有这么多人来过我们村我们家,我高兴,特别高兴。

四

  第一次遇见葛念七,是在一个清晨。天刚蒙蒙亮,一位老人背着竹簸箕在河滩上走走停停,不时用手扶扶脸上那副用透明胶带包住断裂处的眼镜。他捡起一块块石头,先放到竹簸箕里,再背上岸,倒进三轮车,拉回村里。

  丛志强问他怎么这么早,他说自己每天四点多钟就睡不着了,干脆起床去河滩捡石头。

  后来,丛志强几乎每天都会遇见他。老人看见他,便会停下车,问:"丛老师你吃过饭了?"

  河滩的每一块石头,老人似乎都熟悉。丛志强团队和村民们实践用的所有石块,不管碗口大小的还是鸡蛋大小的,圆一点的还是长一点的,他都能从河滩捡回来。丛志强没来村里前,他就捡石头,却不知道拿来做什么,丛志强来了村里,他的石头们全都派上了用场。

  村里人发现,他的腰板直了,脸上的笑容多了。

  村里人悄悄跟丛志强说,那条河,他每天都会去走,已经走过千千万万遍。四十多年前,他的妻子就是在这条河里被洪水冲走的。之后很长一段时间,他天天沿河喊、沿河找……一年年过去了,他天天去河边,硬是把四十年前的妻子唤成了"老伴"。每一次双手与石头的触碰,都像是与妻子的久别重逢。

还有一对夫妻,70岁的葛太益和66岁的陈春梅,也让丛志强动容。

那天下暴雨,陈春梅一手撑着伞,一手拿着一把伞,急匆匆奔向桂花王院子的工地。葛太益正弯着腰在桂花树下垒花坛。已褪色发白的藏蓝色衣服被雨水淋湿,紧贴在后背上。雨水顺着衣角、裤脚、草帽边缘往下流。

"这么大的雨,你来干什么?"

"我就知道下雨你还不肯休息。"

"有树挡着不会淋到的。"

男人弯着腰继续垒花坛。女人不再说话。雨一直下,他一直弯着腰垒着花坛,她一直给他撑着伞,手酸了就换一只手,整整一个半小时。

他们结婚三十多年了,没有孩子。这些亲手做的作品就成了他们的孩子。

艺术的力量,无意中给了古老村庄里不为人知的特殊人群以疗愈和慰藉。这是丛志强之前没有想到的。

五

盛夏午后的葛家村礼堂,此刻,热闹了起来。十三位村民排成了一支队伍。袁小仙把自己最得意的八个布艺娃娃装进了行李箱,葛三军带了三棵小桂花树,葛德土带了三大袋贝壳……他们要去遥远的贵州定旺村布依寨里待半个月,把葛家村的经验带进大山,再把刺绣、木工、酿酒等手艺带回来……

出征的人们都走了,午后的葛家村瞬间安静了下来。丛志强觉得又热又累。每天早晨六点起床,夜里十二点后睡觉,是他在葛家村的常态。

路过礼堂旁的大树,丛志强想起第一次站在这里时,村里老人说的话——村子像船,银杏树是桅杆,桅杆断了,船走不动了。然而,短短一年零四个月,古老村庄的精气神已被艺术重新唤醒。这只船,又重新开动了。

而重竖桅杆的人,不是他,是村民自己。

走到"时光场域"时,丛志强不由自主地在那幅巨大的布艺画前停住了脚步。这是前不久来此取经结对的贵州定汪村村民和葛家村村民一起完成的作品。画的左下部分,是葛家村女人们用花布拼贴的桂花树;右上部分,是布依族女人们刺绣的经典图案树鸟鱼;正中,一条粉红色的盘扣衣襟将它们紧紧扣在了一起。他仿佛听到了遥远的崇山峻岭间,响起了迎客的动人歌谣……

知章村三叠

一

从思家桥墩一步步往窄窄的桥面上走时,我低头看见一双穿着皂色布靴的大脚从唐朝穿越而来,一步步踏上了被步履和岁月磨得发亮的石阶。桥墩边低垂的柳枝,轻拂着一位耄耋老人的白发,石阶缝隙间的青草,隔着布靴轻拂着他的脚踝,桥墩下粼粼的波光轻拂着他的泪眼。

"碧玉妆成一树高,万条垂下绿丝绦。不知细叶谁裁出,二月春风似剪刀。"

这是2021年阳春三月,杭州萧山蜀山知章村。假如船桩记得它的前身,定会记得744年同样一个阳光明媚的春日,嫩柳如金,细叶如剪,一叶小舟穿过纵横交错的河港,停在了石桥边,船夫将缆绳穿过石孔洞,拴在了它身上。

船舱里走出一位面容憔悴的耄耋老人。扑面而来的是二月春风,还有他魂牵梦萦了半个世纪的故乡,年少往事如河面的波光一一浮现。他颤颤巍巍一步一步挪上石阶,一步一步挪至窄窄的桥面,将手搭在额上,向着他的出生地和生活了三十多年的家园——文笔峰下的贺家园方向望去。

村里人没有注意到这位神秘的老者,不知道他是浙江第一位状元,盛唐的当朝重臣和文坛泰斗、蜚声长安的"吴中四士"之首、86岁的贺知章,一场大病后,抛却荣华富贵辞官回乡,唐玄宗亲自赠诗,皇太子率百官饯行。村里人更不知道他从长安到萧山三千多里的漫漫长路,经历了多少跋涉和艰辛,只有几个孩童好奇地围了上来。

水渠哗哗的流水声,听起来特别欢快,如孩童们在吟唱诗歌,大片黄绿相间的田野,苗木、麦苗、油菜花、豌豆、莴笋和褐色的正待播种的土地,仿佛也在发出欣喜的、蓬勃的朗读声。2021年阳春三月通往知章村贺家园遗址的小路旁,我看到一道道纵横交错的水渠、一座废弃的砖瓦房、一座旧烟囱、一块明代的甲科济美坊,感觉到贺知章来自唐朝的目光,正尽情地吞咽着葱茏绿意;他来自唐朝的耳朵,正沉醉在久违的鸡鸣狗吠声里。

几个孩童从一涧溪流边抬起身子,从柳枝后露出了黑亮的、好奇的眼眸,脸上带笑,尊他为客。

"少小离家老大回,乡音无改鬓毛衰。儿童相见不相识,笑问客从何处来。"

后人已无从考证这位"四明狂客"当时的神情,他的眼里是否又一次涌起浊泪,他在后来的隐居地绍兴镜湖旁写下的这首千古绝唱,朴素冷静的文字里,深藏的百感交集和人生况味,一次次穿越时空,让千百年来无数游子唏嘘沉吟。

二

文笔峰下,小臻和小田领着我,高一脚低一脚走在通往贺家园墙基的水渠坎上。她说,上次他们来拍纪录片《狂客·贺知章》时,正下着大雨,他俩只能双脚跨在水渠两侧一边走一边摔,从遗址出来时,脚上重了好几斤,全是泥。

小臻在她制片的这部纪录片里,还原了贺知章这位浙东唐诗之路上最重要的浙江本土诗人的波澜人生,在探寻贺知章在诗歌中蕴藏的文学世界和盛唐气象时,她一次次来到浙东唐诗之路的源起地知章故里,一次次为村里人感动,她没有想到,在这里,知章文化如此深入民心。千百年来,人们将石桥改为了思家桥,将贺家园前的路改为百步禁界,行人至此须文官下轿武官下马,将他故居前的山峰改为文笔峰,老老少少人人能吟诵他的代表诗作。首场拍摄时,三十多位村民自愿当群众演员,还自告奋勇冒雨挖出一块湮没在泥土里的旧石碑,请他们辨认、拍摄。一群孩子席地坐在樟树荫下齐声朗诵《回乡偶书》,另一群孩子安安静静端坐着参加儿童硬笔书法比赛,她觉得,一千两百多年的时光未曾改变这里的青山隐隐绿水悠悠,勤学重孝、情系家乡等"知章文化"早已融入百姓们的血脉之中。

此刻,我眼前的贺家园遗址,是一块搭着苗木棚架的空地,草木葳蕤。当年风烛残年的贺知章站在久违的故园里,想必眼前已是满目破败,绿草萋萋。当他跟随儿子隐居绍兴镜湖时,会意识到这是他对故园的最后一眼回望吗?生命的最后时光里,他还写下过《回乡偶书(其二)》,满纸都是对世事沧桑的感伤,他意识到自己已然是一片失去了故园的无根之萍吗?

公元744年,贺知章回到故乡不到一年便溘然长逝。

那一年,在长安紫极宫初遇贺知章被他称为"谪仙人"后"金龟换酒"成为忘年交的李白,带着无奈和遗憾离开了曾心心念念的长安。

那一年,33岁的杜甫在洛阳与44岁的李白一见如故,杜甫成了李白的挚友,"三夜频梦君,情亲见君意"等怀忆李白的诗就有十几首,主题就是李白我想你了,李白我又想你了,李白我又又又想你了。

两年后,杜甫初至长安,写下了《饮中八仙歌》,"知章骑马似乘船,眼花落井水底眠""李白斗酒诗百篇,长安市上酒家眠。天子呼来不上船,自称臣是酒中仙"。

三年后,李白到越中寻访贺知章才得知他早已作古,怅然写下了《对酒忆贺监(二首)》,"昔好杯中物,今为松下尘","人亡余故宅,空有荷花生"。

尔后,温庭筠东游吴越,至萧山拜访贺知章故居,留下了"废砌翳薜荔,枯湖无菰蒲"的深深叹息。

而后,从杭州的西湖、湘湖、知章村至绍兴,自镜湖向南经曹娥江,入剡溪,经沃州、天姥山,最后至天台山石梁飞瀑,一条长二百多公里、方圆两万余平方公里的浙东山水之间,渐渐响起一场盛大的行吟,李白、孟浩然、杜甫、白居易、杜牧等四百多位唐代诗人荟萃驰骋,击节高歌,留下了一千五百多首恢宏壮丽的唐诗,也留下了一条逶迤绝美的浙东唐诗之路,浩浩汤汤,蜿蜒至今。

三

在阵阵梵音里穿过百步禁界、走进百步寺时,我看见一位50岁左右面目清朗的男子,箍着裤脚、撸着袖子,正从一个偏房里抱出一床棉被,放到已经叠了十来床棉被的板车上,后来才知,他不是打杂的,而是百步寺的住持。百步寺是传说中贺知章"庙烛烷读""担母读经"的其中一个寺庙。贺知章年少丧父,信奉佛教的母亲因劳成疾无法行走,他便自制了一副竹箩,一头装着经书,另一头坐着母亲,挑到寺庙里,借着佛堂前的烛光读书,以斋饭充饥。住持来自江苏,慕贺知章名而来,一待就是十七年,原先荒草丛生的小庙成了如今有五个师父且香火渐旺的寺庙,他说,这都是缘分。

从大殿前看出去，正对着文笔峰。住持说，居士们也是慕名而来，为自己家读书的孩子们祈福，沾点贺知章的仙气，受点文化的熏陶，他们刚回去，这些睡过的棉被我们得抱去洗干净，下次再给他们睡。

门廊下一块看起来年份已久的云板在午后的风里微微晃动。每天清晨和午间，香火师父会敲击云板，告诉仅有的另四个师父来吃饭了。云板声很轻，像怕惊扰了文笔峰下的静谧和神圣。

离百步寺三公里之远的贺知章小学，一股清新蓬勃如嫩柳叶般的气流在我身边萦绕。多少年了，我没有在乡村看到过这么多孩子。正逢放学时间，成百上千个孩子排着队，溪流般向着校门口流动，溪流般流动的，还有他们突然响起的欢闹声。

我也从未见过如此诗意盎然的校园。从校门口布满青苔的明代上马石前起身往里走，大厅里外，回廊间，楼梯旁，教室内，墙壁，门框，放眼全是古诗，一间特别僻静的教室里，陈列着春风剪纸社的孩子们用剪纸剪出来的贺知章画像和诗书。一位身着汉服的五年级小姑娘站在贺知章文化陈列室里，神情庄严地为我们讲解，她说，学校每一年都会举办"走进唐诗"大型活动，老师带着学生们朗读经典古诗，用歌舞、短剧演绎知章文化典故。一个单元内容讲解结束后，像传递接力棒一样，她把讲解任务交给下一个男孩，男孩又依次交给下一个女孩。

中华优秀传统文化博大精深，它不是一些流于表面的、零碎而肤浅的元素。贺知章留给后人的宝贵遗产，不止他脍炙人口的诗句。生性旷达豪放、风流潇洒、自称狂客的贺知章，为何能在权力旋涡的中心安稳度过半个世纪，善始善终，万众景仰？从他的人生哲学出发，也许能寻到中华文化最精髓最根本的部分。

车子缓缓驶离学校时，小臻让我听听她手机播放的贺知章小学校歌，我听懂并记住了里面的一句歌词："诗意润泽我们欢乐成长，知书达理，是我翅膀，冲天一起，万里翱翔。"

在天籁般的童声里，我看见一千多年后的1975年，我的父亲母亲率全家坐上一辆大卡车从温州平阳回到故乡玉环定居。1985年，我的公公婆婆从成都举家回归故乡玉环定居。2019年春节前夕，83岁的二伯带着对故乡玉环的无尽思念永远留在了云南，北京90高龄的表伯把玉环的老房子送给了两个表兄弟，说他回不来了。2020年，我提前辞职回到故乡玉环，走进娘家小院，奔向耄耋之年的父母。

在天籁般的童声里，我看见万千游子正在奔赴或在梦里奔赴故乡，他们的脉搏和着"知章村"的心跳，齐声吟唱着永远的《回乡偶书》。

雨水从未停止浇灌

　　我常常在梦境里遇见现实中从未见过的绝美情境,比如渐变粉色系的流云瀑布从天际缓缓倾泻,我像一只鸟穿越其中。有人跟我说,如果梦有颜色,你就真的到过那里,你是另一个时空的真我在人间的投影。我半信半疑,我知道,科学已经证实量子纠缠,正试图证实宇宙只是某个生命体的大脑等奇思异想。

　　"时候频过小雪天,江南寒色未曾偏。"站在小雪时节绿意依然的杭嘉湖平原上,我想起了陆龟蒙的这句诗。连续的阴雨天和骤降的气温,使晦暗成了眼前所有景物的底色,大地即将进入休眠,如同大地上无数个村庄里的老人正在老去,村庄正在走向空寂。

　　奇怪的是,我走着走着,时时忍不住笑出声来。此刻,当我回想,记录,又忍不住笑出声来。失笑,也许有失一篇文字的审美,但我依然愿意回想那些让我发笑的画面,并享受着一份由衷的欢喜。

一

从木窗望出去,一大片金色稻田铺向远方,一阵浓郁的稻香瞬间逼近漫至鼻尖。将目光收回,一个古老的灶头、灶头上同样古老的一幅幅彩画落入了视线。

雪白的底色,浓烈的色彩,画的是神话故事、历史人物、花鸟鱼竹,也有百姓劳作、生活和民俗场景,勾勒的,是一屋、三餐、四季的回忆,传递的,是浙北水乡渔农文化和运河湿地文化交织的浓郁韵味。

"有家必有灶,有灶必有画",嘉兴古塘村的乡土艺术,是对生活的仪式感,也是对人生的慰藉。已过古稀之年的灶画艺人施顺观从18岁执笔至今,画过的灶头不计其数,收过的徒弟也不少,灶画艺术却濒临失传,让老人欣慰的是,去年夏天,三十名小学生第一次在古塘村认识了灶头画,当场拜了师。

灶头窝着两口大铁锅,冒着热腾腾的香气。主人揭开靠窗的锅,炖了几个小时的红烧鹅嘟嘟沸滚着,揭开另一个锅,所有人哇的一声凑了上去——细密的竹篱笆片托着一块约有两斤重的用稻草系着的红烧肉,已炖得酥烂,油光锃亮,热气腾腾,绚丽如花魁,令所有人垂涎欲滴。

晚饭马上好了。他砰地盖上锅盖说。

我将冻得冰冷的双手伸向灶里的柴火,柴火即将熄灭,微微的星火一呼一吸,像在说,屋后有田,锅里有肉,别急别急。

等晚饭的时候,我站在黄昏的桥边,看一群鸭子游水,一群鸡在水边的篱笆墙边喊加油,有几只飞上了结满红果的柿子树,伸长着脖子,一只小黑狗冲鸭子叫两声,又冲鸡们叫几声,鸡们鸭们像完全没听见一样,我站在桥上看热闹,呵呵笑。

桥的另一边,一个农妇在岸边锄地,身后也有一棵结满红果的柿子树。我远远看着她,想,村里的农耕文化馆里,是否有她公公捐的农具?盘扣工艺室里那对盘扣做的耳环,她也喜欢吗?绣娘工作室里,可有她的绣品?土灶园里那些画,出自她哪个亲戚的手?某个周末,会有一群城里来的孩子到她的田里跟她做农事吗?

她不知道我在看她,顾自锄地,顾自接手机电话。我又想,她家里一定也用上了煤气灶、抽水马桶,临睡前也会刷抖音,冷了也会开空调,过节了也会网购,她走的夜路,每一步都有路灯照亮。

稻草肉和红烧鹅太好吃了,估计东坡先生来了也会忍不住饕餮一番。嘉兴禾帮菜最大的特点就是"土",土得活色生香,此时此刻,应了离此不远的海宁徐志摩故居里的一句话:"我不想成仙,蓬莱不是我的份,我只要地面,情愿安分的做人。"

二

美宝站在油车港菱珑湾小巷入口的廊檐下,仰头看着脚手架上画着墙画的三个兄弟。零星的微雨飘过,打湿了她掺杂了几丝白发的短发和近视眼镜,一身藏青色棉衣裤,经一条色彩鲜艳的条纹围巾点缀,很有品位,毕竟是画画画了三十多年的农民画家。

已经画了三天了,要将整面墙画满。都是喜庆的题材,鲤鱼跳龙门、赛龙舟、粮仓、桃树。对面的墙已经画好,两个红衣汉子在贴着"丰"字的巨大粮仓前打年糕,四周印着朵朵桃花的巨大糯米团子快要将他们淹没了。

千百年来,源于逢年过节、衣食住行、生丧嫁娶等民俗而生、汲取了传统剪纸等民间艺术的嘉兴农民画成了江南水乡的一朵奇葩。20世纪80年代起,20岁左右的美宝们便开始涂鸦,这一群从田埂上赤脚走来的农民,有的原先是木匠、泥匠,有的是教师,有的是普通农妇,他们白天下地,夜晚作画,用最稚拙的笔法、最农民的审美、最无拘无束的想象、最真挚的乡情,把密布的河网、清澈的水流,白墙黛瓦、小桥流水,桑绿稻黄、蚕肥鸭壮,古木落影、古韵流芳和自己的生活都画在了房子里、围墙上、灶头上、画布和白纸上,令无数专业画家和国外友人赞叹。承载着中国乡村几十年巨变的一幅幅农民画,不仅是一种艺术,更是一种文化记忆,一卷史诗。

农民画馆里一架旧风车上的那些画是"油车港十姐妹"画的，其实是十二位农村老太太，最大的快 80 岁了，最小的也快 60 岁了。画的大多是劳动的场景，采桑，捕鱼，晒谷，收粮，车水，插秧等。有几幅印象派画风格的，是她们的老师缪惠新的画，他的画已在十几个国家展出，登上过《时代周刊》，我注视着他的《年轻时代的父亲》，看到了自己的父亲，即使皱着眉也藏不住山一般深沉的慈爱。

美宝的《月夜》画的是一个老人抽着烟斗，在长满菱角的湖水里张着网捕鱼，一弯月和一只狗陪着他，《新丝绵上市》画的是女人孩子们围着一个水缸剥蚕茧套丝绵兜，鸡鸭猫狗们围着他们，每个人每个动物都憨态可掬，让人一看就不由自主微笑。这些画，和老太太们的画，都曾在全国美展展出，并远渡重洋去澳大利亚等多国展出，她们的脚步仿佛也随着画，走到了很远的地方。

美宝家的小孙女 4 岁了，最喜欢用美宝的画笔蘸上红颜料，在白纸上画金鱼。

三

风很大，很冷，我绕着那棵巨大的、棕红色的稻穗走了一圈，感觉到了暖意，其实是错觉——红砖建筑，巨型粮仓，给人以心理上的暗示。

两边完全对称、中间高耸入云、线条奇特的棕红色建筑是运河畔陶家村旧粮仓改造而成的网红空间——陶仓理想村。一个月前,十多场艺术活动吸引了长三角上万游客来此打卡。嘉兴作为新石器时代马家浜文化的发祥地,七千年前就有先民从事农牧渔猎活动,这座建于秦朝的历史文化名城,自古繁华富庶,名人辈出。陶仓,曾是明清时期王江泾名门望族陶氏宅居所在地,后被征作粮站、植绒厂,闲置时经一场大火后废弃多年。一群年轻的80后保留了粮仓主体和红砖元素,将它变成了一个三千多平方米的艺术中心,像一棵高耸入云的"稻穗"。

中庭,一束天光漏下来,对比并不强烈的光影给人无限的想象。东仓和西仓,黑色铁质旋梯与砖红墙面,水磨石荷花图案地面,巨大的拱形落地玻璃窗,玻璃窗外层层叠叠的拱形连廊,都让人有一种穿越时空进入欧洲文艺复兴时期的错觉。

三位衣着艳丽的大妈在自拍视频,走来走去,看上去很开心。

颜值只是陶仓的一个元素,这里定期举办的艺术展览如"新陈代谢"当代艺术展、植物装置艺术展、新车发布会、创意市集、迪斯科舞会等,吸引了远方的年轻人和近处的居民,读诗,弹唱,烧烤,吹风,遛弯,看露天电影,住帐篷,看星星。

陶仓对面一幢小白楼里,住着十来个工作坊的年轻"新村民",大多做文创和艺术,彼此间已亲如家人。这里,高度契合了他们的生活理念和审美方式,他们将这里营造成了人与天地对话的乐土,人们最容易抵达的"诗和远方"。

就这样迎风走着,忘了是哪一个村庄,初冬的灰暗底色上,骤然亮起一片新绿,水边一畦畦萝卜芹菜莴笋如一群孩子叽叽喳喳围在老人身边。这个村庄已经很像一个城市了,甚至有花园,如果有一大片草坪就更像了。好在没有。村里将本该做草坪的地分给了家家户户用来种菜,围上了篱笆。乡村空间的重塑,不是简单模仿城市,而是与乡村风貌契合,菜地和村庄才是绝配,就像我走进一户农家,听到鹅齐声叫唤,随后听到一位老人问我"饭吃过了吗"而不是"你好"。

四

爆米花的香味随风弥漫了小雪时节的梅花洲,秀洲书局的落地玻璃上贴着顾城的诗:草在结它的种子,风在摇它的叶子。我们站着,不说话,就十分美好。

我们站着不说话,看那个卖爆米花的中年人坐在桥边一条石凳上悠闲地抽着烟,他将爆米花炉子的手摇柄通上了电,不用像以前那样用手去摇,省力多了。炉子在炉火上自动旋转着,手摇柄看上去多余而滑稽,我心里在笑,想,挺好,挺好。

"伍胥山头花满林,石佛寺下水深深。"千年石佛寺静静伫立,两棵千年银杏隔水遥望,满地金黄的落叶让我想起前日去过的位于秀水新区的银杏天鹅湖,水面上只有两只黑天鹅悠然游弋着。

我问,天鹅是候鸟,都飞走了吗?

有人笑了,呵呵呵呵,不会飞走,翅膀做了点处理。

我也忍不住呵呵笑,为了打造这个融自然、艺术、科学、生活、工作于一体的高品质空间,这里的人也是拼了。

天鹅湖边一大片栽种不久的银杏林尚未变成金黄色,就已经落叶了,和我们想象中的银杏林相去甚远,像正在发育的少年,倒是散落其中的小火车站、咖啡吧文艺范十足。我想象了一下这些树长大后的样子,眼前浮现了一大片和阳光般纯粹坚挺的金黄。

又想起一个忘了名字的村子,外人进去居然要收门票。进去才明白,不仅是个村子,还是动植物园,有猴子、天鹅、梅花鹿、羊驼,还有浮在水上一动不动以假乱真的野鸭,真是煞费苦心。我一边笑,一边提醒自己,这是一个村庄啊亲!城里人觉得好笑,但日日生活在这里的人该多么欢喜。

四十年前,父亲为了让三个孩子在绿水青山间长大,将家从楚门镇南门街搬到了山后浦村,门前通往小镇的小路,一下雨全是泥泞,邻居家住的是茅草房,吃的是咸菜就番薯丝汤。父亲下班回家见两个纤弱的女儿正从村口大水井打满一桶水吃力地抬回家,突然觉得心疼,他对"乡村乐园"的概念里没有这一幕,无数人对"诗和远方"的向往里,也没有这一幕。

四十年后,父亲深夜发微信给我,娘家小院通往小镇菜场的最后一条泥路也浇上了柏油。走在任何一个被现代化进程改头换面的村庄,我不会说哎呀以前的乡村多美现在的农村多丑。谁都有把日子过得更舒坦的权利,谁都没有将日子过给别人看的义务。谁都不愿看见村子里只剩下老人,谁都不能想象所有的农村人都待在村里哪儿也不去,炊烟袅袅地等着你来拍照。

村庄像一位老人,他的目光是黄昏时分村口亮起的灯,灯照见大地上无数个村口,一些年轻的脚印朝向村外,一些年轻的脚印朝向村里。行色匆匆的人们在无数个村口擦肩而过,每一个人都在用力生活用力爱,虽然,不是每一次浇灌都能迎来盛开。

小雪后,大地即将休眠,进入属于它的梦境,而后,又一次迎来春雨的浇灌。

辑三:孤山不孤

抵　达

雨夜,船潜入东河,像一束静静的光,潜入幽暗的历史深处。

从千年之前的五代开始,东河就像一曲丝竹,在杭州城最繁华地带辗转吟唱,一直往南,最后汇入浩瀚的钱塘江。

船,必定会惊扰到时光,以及安睡在时光里的人们。我们每穿过一座桥,桥洞浮雕里的千年市井百图,便在灯影里一一活了过来。四季河景,花街,花灯,百行百工,百姓……都有了颜色、声音。

"你好啊。"

"你好。"

"再会啊。"

"再会。"

这些人,这些声音,一次次轻轻簇拥着我们靠近,又簇拥着我们离开。

雨还在下,树影婆娑,灯影朦胧。一个水边亭台里,传来现代舞曲,两对中年男女,在雨夜里忘我地跳着交谊舞,如古老昆曲里美丽的幻影——仿佛,我们顺着河水,已经抵达清代,元代,南宋,五代十国,或是,更从前。

雨声里,船一次次挣扎着回到现实,而从历史深处被拽回来的我们,突然变得沉静。

其中一座桥,叫万安桥,是古代夜航船的停泊处。

船过万安桥的时候,我跟同船的朋友们说:"看,我妈妈家。"

母亲住在上城区的最北边,我住在上城区的最南边。十年前,我搬到凤凰山脚、钱塘江畔时,对清代李渔举家迁居吴山后所题"湖山招我,全家移入画图中"深有同感。

记得暮春时节,陪刚出院的父亲在东河边散步,过来一条挂着灯笼的小船,母亲说:"从我家门口的万安桥上船,只要三元钱,一直坐到梅花碑,上河坊街,沿南宋御街走,就是你家门口了。"

我愕然,原来,繁华喧嚣里,我们母女,竟然有这样一条静静的东河可以相互抵达。

于是,那个暮春的傍晚,父母执意陪我一起坐船,去体验一下母亲说的话。游客极少,两岸灯光次第开启,微风很慢很慢地吹过,小船在静谧的空气里很慢很慢地走。我想,这时候,岸上车水马龙中的人们看过来,我们多么像古代的人,慢慢地顺水而过,去生计,去赴约,去出嫁,去悲欢离合。这么慢,这么静,他们会羡慕吗?

"真幸福。"母亲说。她常常这么说。她这么一说,我心里就会真的幸福很多。

此时,母亲又回老家小住去了,我的思绪抵达母亲后,又随她抵达了故乡。故乡也有这样一条南门河,也是一座城镇的血脉,静静的,慢慢的。当我想着故乡的河水时,我的心是安宁的,因为,无论我在城市里走得多快,我的血脉仍是慢而静的。我想,无论以后走到哪里,只要有这么一条河,我的心便永远是安宁的。

雨继续下,夜继续深。然后,我像一个戴着听诊器的医生,听着东河的脉动,抵达了这座城市的心。

如果说杭城是一个巨人,那么,我家所在的这个杭城最有古老历史文化韵味的区域,应是巨人的心脏。

南宋皇城、御街遗址在此。

八卦田在此。

凤凰山、吴山在此。

城隍阁在此。

清河坊在此。

胡庆余堂在此。

万松书院在此。

历史与传奇在此……

下船后,我以伞为帆,让自己成为一条船,在一条又一条深夜的大街小巷里,游走,触摸,探究,感受。

我想起,每个清晨,我在此醒来,出发,一路向北奔波,一路目睹这个城市新鲜、时尚、生机勃勃的早晨。每个黄昏,我又匆匆向南,回到此地,蜗居,休养,生息。却从不知道,原来,当我枕着这颗城市的心入梦时,它,正一头枕着钱江潮的怒涛,一头枕着东河静静的涟漪。所以,它的身手如此敏捷神速,它的脉动却如此从容不迫。

午夜,终于在熟悉的家门前靠岸,仿佛又听见母亲说:"真幸福。"

是啊,我们总在路上奔突前行,焦灼疲惫。我们总在寻找,有什么方式,可以抵达安宁?原来这么简单,一个雨夜,一条船,一条河,就可以。

月上龙坞

一

圆月从后山升起,中间是耀眼的白光,周围是粉色的云,向晚的夜空仿佛一张微醺的脸。我们就着月色喝最后一口杨梅酒的时候,听见月色里亮起一声"老黄——"。

这是初春的龙坞,西湖之西、钱塘江之北,一个离杭州只有15公里的世外桃源,千亩茶园连绵起伏,散落着一户户茶农人家。离清明节还有五天,对于以西湖龙井茶为生的村民们来说,是金子般的五天。

茶农黄建春的炒茶坊里,蒸腾着这个春天最浓郁的香气。自从祖先与一片叶子在森林相遇,茶在波澜起伏的人类进程里扮演着各种风雅角色,而对于黄建春一家,茶就是茶,是土地的馈赠,安身立命的根本。

踏月而来的,是一位茶人——与黄建春家一墙之隔的求是茶园园主王如苗,跟在他身后的,是即将来杭攻读茶文化博士学位的美国小伙戴伦。

十年来,农历二月二过后的每个清晨,王如苗都会一个人沿着求是茶园旁蜿蜒的小路走一段,先经过比邻的黄建春的茶垄,慢慢下坡,走向开阔处,抬眼便是黛色的远山和一垄垄碧绿的茶园,低低萦绕着白色的云雾,一声声鸟鸣从经过一夜沉静的空气中穿行而过,而一夜之间冒出来的芽尖,也像一张张雀嘴在鸣叫。他常常想,一定不止我一个人知道,一杯茶里,藏着多么美好的清晨。

古时,将采茶时节上门来寻茶、留宿或相帮的朋友,叫作"茶亲",此时,王如苗是,我也是,戴伦也是。一见如故的三个人像古人一样,坐在黄建春炒茶坊前的空地上喝茶。普通的玻璃杯,几张顺手拉过来的骨牌凳和矮竹椅。用最舒服的姿势坐到一张矮竹椅上,感觉一左一右都是我多年的兄弟。围着我们的,还有十几个竹篮竹篓竹筛竹簸箕,还有老茶树们,以及一只脚受了伤的猫。

皓月当空,人在草木间,空气里有三种茶香———一种是炒茶的干香,一种是明前茶茶汤的润香,还有一种是茶树呼出的气息,在月光里暗暗浮动。我恍若觉得,此时月下喝茶的,不止三人,而是对影成六人、九人、无数人……是第一次与茶相遇的猎人或者神农,是留下划时代茶学专著《茶经》的茶圣陆羽,是首创"佛茶一家"的茶祖吴理真,是第一次写下"茶人"二字的汉唐诗人皮日休、陆龟蒙,是手书"茶禅一味"的宋代圆悟克勤禅师,是吟出"从来佳茗似佳人"等千古绝句的苏轼,还有宋徽宗赵佶,还有将狮峰山下十八棵茶树封为"御茶"的乾隆……一片树叶,与人类结盟后,用它小小的身躯占领了地球上3万平方千米的土地,一杯弱水,由实物蜕变为灵物,在历史时空里腾云驾雾,既左右着人类文明的进程,又让无数素昧平生的平凡人像家人一样坐在同一轮圆月下寻得清净自在,就像此刻的我、王如苗、戴伦,还有仍在炒茶的黄建春。

王如苗说,半个月前,下午三点,早春头一批西湖龙井刚炒好出锅,门外响起一个熟悉的声音:新茶好喝了吗?

进来的是一位山东大汉——他在济南开茶庄的茶友,居然独自一人开了八小时的车来到求是茶园,事先并没有告知任何人。

王如苗心里诧异,笑问缘由。答曰,只为品鉴早春第一泡西湖龙井。

王如苗问,你怎么知道今年第一泡龙井正好今天下午有?

他笑,昨天看到你朋友圈说今天开采了。

两人在茶桌前一一坐定。那个下午的第一口西湖龙井,王如苗尝出了与往年不同的滋味,和胃一起慢慢热起来的,还有眼眶,还有心。

二

月上柳梢时,她们已经睡下了。

惊蛰过后,春分之前,油菜花铺满江南大地时,采茶女们被村里的茶头带领着,浩浩荡荡从江西或安徽等地出发,坐十多个小时的火车抵达杭州,抵达一个个正在萌芽吐翠的茶园。

她们大多五六十岁,做了祖母或外祖母,大多不愁温饱,但一年一度二十天的采茶工收入,关乎她们的生活质量,可以补贴家用,零花,或攒足一根金项链、一对金耳环。拖着肿胀的双腿来到茶村后,她们被随机摊派到需要帮工的茶农家里,每天凌晨五点到傍晚五点,除了吃午饭,中间不休息,不敢多喝水,尽量不上厕所,晚上八点多就睡觉,睡通铺或地铺,如此,包吃包住,一百多元一天。

马达加斯加的卷尾猴有着独特的歃血为盟的方式:把手指放进对方鼻孔,让对方碰触自己的眼球,以示在性命攸关的战斗中保持极度信赖。1斤茶需要一双手采摘56000次,按照采摘嫩度的不同,分为莲心、旗枪、雀舌,构成龙井茶的品质基础。采茶工是否用心,直接关系到东家一家人一整年的生计。短短的二十天是一场"战斗",他们"歃血为盟",凭的仅仅是口头约定,还有良心。

午后寂静的时光里,滑过一声声鸟鸣,一朵朵云在天空默默无语,充耳不闻人间的悲喜。采茶女们双手戴着半截棉纱手套,每一个指甲都被茶汁浸染成黑色了,拇指和中指、食指指肚的皮很厚,指纹已经被一道道纵横交错的裂纹代替。这些手指上仿佛长着眼睛,左手落在一片叶芽上时,余光已经瞟到右手要落到哪片叶芽,右手落下时,左手又有了着落。用的是食指和大拇指指尖的巧劲,升上拔起,只轻捻,不紧捏,不用指甲掐,太嫩了不行,太老了也不行。

每年清明前后,戴着斗笠、穿得花花绿绿的采茶女们静静散落在云雾缭绕的龙坞茶园,成为江南初春最美的景色,被摄入人们的镜头。镜头年年记录着这种美,却无法记录斗笠下通红的脸、湿透的头发,还有腿脚的酸痛。

此时,月光照见她们已经熄灯的窗口,让我想起一张照片——是她们中的一位发在朋友圈里的合影,背景是一垄一垄绵延不尽的茶树和寂静的群山,她们大多笑得很腼腆,其中一位叫王中玉的笑得最开心,皱着鼻子,露着豁牙。

照片下写着:"七仙女下凡。"

三

月亮升到顶空时,月光落到龙坞茶农黄建春身上仿佛多了些重量,使得他的手势和脚步都渐渐沉重,像独自一人拖着一整个夜的黑。

"沙——沙沙"——筛子旋转,茶叶飞起来,在月光下悬停一秒,或十分之一秒,落下,瀑布般闪亮,沙沙沙地落回筛子,一些分量轻一些的碎叶,便经他手腕的巧劲,飞离了筛子,落到了地上。

村里人都睡了,采茶工都睡了,他的家人也都睡了,他还在炒茶。除了吃饭,抽几口烟,他没有过片刻的休息。他的手,是天生炒茶的手:五指合并,严丝合缝,从指根到指尖,有微微弯曲的弧度,与炒茶锅紧紧贴合,手工炒茶的"抖、带、挤、甩、挺、拓、扣、抓、压、磨"十大手法一一精通。黄建春是村里炒茶炒得最好的人之一,他炒出来的茶叶,色绿、香郁、味甘、形美,尤其是色泽乌润,手感如同摸在丝绸上,无比光滑,拿到茶叶市场卖,一般比别人的价格高一两百元。

第一锅新茶出来,叶底细嫩,如同花朵一般,他从来舍不得自己喝,喝的都是清明后采的老茶,卖相差的那种。不是喝不起,也不是死要赚钱,是太辛苦了,只有他自己知道,在每一片茶叶上,他从未吝惜过自己的体力。

巨大的老香樟树像一双大手覆盖着炒茶坊,让他常想起父亲的大手。睡在山上的父亲说,这是老天的恩赐,传了一千二百多年,不能白白扔了。是啊,祖上传下来的茶园怎么能放弃呢?祖上传下来的手艺怎么能放弃呢?他不太懂茶文化的博大精深,好好做茶,心无杂念,随遇而安,是最心安理得的谋生方式。

月光下,一丛丛老茶树站成了一块块沉默的石头。老茶树是祖上传下来的,年岁久了,乏力了,产量太低,味道较之新品种更为苦涩、浓烈,有人特别喜欢,但卖不出价格,几乎被茶农们放弃了,便任它们自由生长,也不修剪,越长越高,越长越瘦,无人问津,野猫随意出入。

月光下,茶农黄建春微微弯着腰,用畚箕畚着茶,那么瘦,像一棵老茶树。

四

我睡在月光下的龙坞,做了一个关于茶的梦。我梦见我在一个梦境里飘浮,如同立体的圆月亮在海平面上下浮沉。我在梦里捕捉着"它"——有时,它是一枚嫩叶;有时,它是一粒葵花子大小的绿光;有时,它是玻璃杯里千万个跳舞的精灵。它是解毒的良药,亦是喂给敌人的毒;是刀剑,亦是丝绸之路上的生命之饮;是禅院里的一缕青烟,亦是殿堂上的最高礼仪;是僧侣行囊中无上的佛法,亦是凡间最美的烟火;是诗人的酒,是酒的友,是他乡明月,是游子的根,路的尽头……

它在几近沸腾的温度里一次次涅槃,让万千生命在永恒的不完美中感受短暂的完美;比心脏更柔软的舌尖,为漫长的生命苦旅完成了一次次短暂的释放,哪怕只有一盏茶的时光。

而那些制茶的人,手掌上沾染着泥土的温度,在我的梦里转身,面目清晰,他们从未想过要释放自己的艰辛和坚忍,累到极点时,也只是轻轻地、轻轻地叹了一口气。

梦被一声鸟鸣啄破,隔壁房间采茶工们洗漱和聊天的声音鱼贯而出。打开房门，黎明前最后的月光四处逃散，月亮放弃挣扎，向着山坳渐渐沉沦。

路灯尚未熄灭，采茶女们又出发去山上采茶了。不知谁说了个笑话，她们嘻嘻哈哈的笑声瞬间占领了被晨雾和露珠管制着的田野。

孤山不孤

孤山的孤独，是一种充盈的寂寞。

一、从冬天说起

在孤山的时间深处，彳亍着一个人。

这个人四五十岁，很清瘦。胡须在柔韧的西湖风里，斜斜地指着一个方向，衣袂也斜斜地指着同一个方向。于是，他和他身边同样清瘦、同样指着一个方向的柳条一样，看上去非常飘逸，而且固执。

这个人从西湖北岸走过来，踏上西泠桥的一刹那，如一只光洁的鸡蛋从蛋壳中脱颖而出，一切繁华的背景被他抛在了身后。他走下西泠桥，往左拐，沿着一条小道，慢慢踱到了孤山的东北麓。

孤山是西湖北部的一个岛，因独处湖中而得名。它是湖中最低的山、最大的岛，离堤岸最近，仅一桥之隔。就是这一桥之隔，既隔开了喧闹和清静，又使人们在任何时候，都可以随意去孤山走走。

沿着平缓的绿色山坡往上走,踱进花树掩映下的幽深小径,就像走进只属于你一个人的心绪里,曲曲折折,明明暗暗,但终究会豁然开朗。停下来,放眼远眺,烟波浩渺的西湖和你隔着一层镂空的枝叶,感觉很远,又很近。随意找块山石坐下来,吹吹风,叹叹气,心便会慢慢静下来。

多少年来,人们把孤山当作放牧心灵的草原。当然,羊放过风,吃过草,总是要回家的。因而,直到一千年前,这个中年男人出现在孤山前,没有哪个属于闹市的人动了真心要在孤山住下来。

一千年前的那个早晨,一只飞鸟从孤山飞过,看见了这一时刻:一个人走下西泠桥,走进了孤山坦荡的怀抱。

这个人将手搭在已经有些皱纹的额上,皱起眉,朝山后的天色看了看。

孤山南麓的天比北麓的蓝,飘着单薄的几朵云,山顶的枝枝叶叶被八九点钟的阳光刻成了一幅巨大的剪纸。

那么,等太阳照到北麓,该是下午了吧?

他低下头,陷入了思考。

这时,有一种声音渐渐朝他逼近——是孤山南麓的湖水在金色的阳光下耀眼的光芒,是渔船丰收后的欢唱,是游人在错落有致的亭台间笑闹,是文人雅客们落地有声的咬文嚼字,是卷帘掩映后的江南丝竹……

他突然觉得有点烦。这些来自儿时记忆里的温暖的声音,他并非不喜欢,但此刻,他却想远远地避开它。否则,他没有必要从更加繁华的远方回到故乡钱塘为自己找一个安身隐逸之所。

就是这儿了!背阳的地方永远比向阳的地方清静。这个人在心里说。

从此,这个人留在了孤山,这一留,就是二十年,一段"梅妻鹤子"的千古佳话也随之拉开了序幕。

这个人就是北宋著名诗人林和靖。他生于钱塘(杭州,隋朝之前称钱塘),原名林逋,从小资质聪慧,立志为学。成学后,游学于江淮间,以诗会友。他作诗填词、书画绘画,造诣精深,但秉性恬淡好古,无视富贵功名,不求荣华利禄,自题"道着权名便绝交",一生不出仕,连宋真宗都请不动他。

历史的细节果真是我想象的那样吗?

不知道。

当我在一个雪霁的午后来到孤山,在刺骨的寒风里渴望阳光快一点从孤山南麓移到北麓来时,我实在匪夷所思:

生前死后,林和靖都将孤山东北麓作为自己的安身之所,那么,他为什么会对难得一见阳光的孤山东北麓情有独钟,而不是向阳的南麓呢?

他来孤山之前,孤山有梅吗?

他种下三百六十棵梅树,本意是为观赏,还是为生计?

历史永远只记住晦涩的结论,而忽略有血有肉的细节。书无法告诉我答案,我期望在梦里遇见他。

在相当长一段时间里,林和靖是忙碌的。他选了孤山东北麓一块高地,围了一个园子,在云树掩映下结茅为室,编竹为篱,美其名曰"巢居阁"。用他自己的话说:"绕舍青山看未足,故穿林表架危轩。但将松籁延佳客,常带岚霏认远村。"

又临水修了一个水轩,置了一些简朴的家具,便在那儿住了下来。

如果说,孤山是母亲的怀抱,巢居阁便是母亲的子宫,让他终于有了"回归"的感觉。

转眼,冬天到了,下雪了。

孤山仍然是他儿时记忆里的孤山,经历了几十年风霜后,如久违的家人,乍然相见,百分之二十的陌生感融化在百分之八十与生俱来的亲近感里。他一个人,孤山也一个人,孤山的一切,便成了他的伴。他凝视一棵草,草就是伴;他靠在一棵树上,树就是伴;他和一只乌鸦说话,乌鸦就是伴;他仰头看一朵云,云就是伴……不仅孤山,整个西湖山水,对于他,都是如此。

然而,闲放孤舟遨游湖山时,一种时有时无的失落感侵扰着他,总觉得,孤山——这天籁般美妙的乐章里,还缺少一种音韵,是什么呢?

一个雪霁的清晨,他从长夜中醒来,忽觉暗香盈室。他吃惊地推开了窗。一树梅花,正远远地依水而立,如他命里的知音,毫无预兆地猝然来到了他的生命里,并恰恰暗合了他内心深处最本质的秉性。他的眼里慢慢涌起了泪,那颗似乎仍在流浪的心,终于找到了最终的归宿。爱的潮水汹涌而来——是对女人、伴侣、妻子那样的爱。

于是,次年春天,他开始在屋子周围的山地上栽种梅树,第二年接着种,第三年还种……日积月累,整整种了三百六十株。

就像现今的文人,原先把写文章当作玩,后来慢慢当成了谋生的技能。林和靖一开始种梅是喜欢,后来梅竟成了他的衣食来源。他把三百六十株梅子所卖的钱,包成三百六十包,每日取一包,或一钱二钱,用作当日的开支。从此,这个人的生活不知不觉间进入了一种令古人和今人无比羡慕的状态——不富,但衣食无忧、清闲自在——一种特别"小资"的理想生活。有人说他作秀,有人说他是与现实过不了几招,败下阵来才屈身隐退……他不管这些,他喜欢,什么挡得住喜欢?

水墨屏风状总非,作诗除是谢玄辉。
溪桥袅袅穿黄叶,樵斧丁丁斫翠微。
返照未沉僧独往,长烟如淡鸟横飞。
南峰有客锄园罢,闲倚篱门忘却归。

这首《孤山后写望》,把他从容的生活活生生地展现在人们眼前。

这是平常的日子,而梅花开时,他便经月不出门,饮酒作诗。

是怎样的一个月夜?他来到湖边,站在梅下,吟出了流芳百世的那两句诗:

"疏影横斜水清浅,暗香浮动月黄昏。"

梅静静依水而立。

梅听懂了这一千古绝唱。

梅用芬芳的话语回应着他。

梅想,我是多么幸运的一树梅啊。

梅成了他的妻。

他永远坚贞的妻。

后来,他临终时,对满山梅树说:"二十年来,享尔之清供,已足矣。"他死后,梅林似有感应,慢慢荒芜了。到如今,孤山已找不到一棵古梅了。

当然,他还养了两只鹤。

林和靖虽然隐逸了,但声名远播。上自当朝者,下至达贵、四方百姓,对他钦佩有加,当时来造访的人很多。如郡守薛映特别景仰他和他的诗,因而政事之暇,时常到孤山来,与他吟诗唱和。当他外出游玩,或者踏访寺僧时,如果有客人来到家中,家童就会把客人请进屋,然后把鹤放出去,招呼主人返回。

鹤轻轻掠过天空。

鹤一眼就能认出他。

鹤停在他肩上,默默无语。

鹤成了他的儿子。

他永远孝顺的儿子。

后来,他临终时,抚摸着鹤的身子说:"我欲别去,南山之南,北山之北,任汝往还可也。"但他死后,鹤没有飞走,而是在他墓前悲鸣而死,后人将它们葬于主人的墓侧,取名鹤冢。

他走了,鹤死了,梅也死了,巢居阁也死了,留下空谷回声,如他的来处——母亲子宫里的余音,一绕一千年。

现在,他在时间的深处,睡着。

雪霁的午后,几株新种的蜡梅在他的坟边,隔着一条小路,散发着难以觉察的幽香。几个少男少女笑着叫着在他的坟边打雪仗。

墓碑上,记载着元代林和靖墓被盗时,发现棺中只有一块端砚、一支玉簪的事。有人说,他死后,便已"夜下玉棺葬湖水"。其实,他已与孤山融为一体,睡在土里,睡在水里,都是一样的。

我伸出手,轻轻触摸了一下被残雪覆盖着的坟头。

我的手冰冷冰冷的,他的坟头也冰冷冰冷的。相隔整整一千年的时空,此刻,我们却已心灵相通,因为这相同的接近零下的温度。

一阵风吹过来,树上的积雪纷纷而落。

我仰起脸,看见高高的雪杉树在下雪,在金色的阳光里下雪。

二、春意思

在孤山,在时间的更深处,徜徉着一个人。

春天,当我一个人沿着北山路,走到西湖边,在西泠桥畔,就会遇见她——一个才情兼备、风华绝代的江南女子。

她旁若无人地与我擦肩而过,小巧玲珑,巧笑嫣然,黑发飘飘,白衣飘飘,步履飘飘,仿佛一个影子。

的确是一个影子。是我心里那个永远清丽脱俗的影子,那个和我同姓苏却离我一千五百多年的影子。

她,就是南齐时杭州著名歌伎苏小小。

春天,当你一个人沿着北山路,走到西湖边,在西泠桥畔,会遇见一座和她有关的古亭——慕才亭。

"金粉六朝香车何处,才华一代青冢犹存。"

"千载芳名留古迹,六朝韵事著西泠。"

两副楹联,将你带回遥远的钱塘——

苏小小出生于钱塘一户儒商之家,是独生女儿,因长得玲珑娇小,就取名小小。她聪明灵慧,又深受家风熏染,自小能书善诗,文才横溢。可怜她十五岁时,父母就相继谢世,怕睹物伤情,便变卖了家产,和乳母贾姨移居到青山环绕、碧水盈盈的西泠桥畔,在松柏间造了几间瓦房。一院梨花,一墙书,一张古筝,几件朴素的家具,陪伴着她远离红尘的闲居生活。

　　妾本钱塘江上住。花落花开,不管流年度。燕子衔将春色去,纱窗几阵黄梅雨。　斜插玉梳云半吐,檀板轻敲,唱彻《黄金缕》。梦断彩云无觅处,夜凉明月生南浦。

　　一个女子,年轻加上才华已经是一种富足,上天又赋予她绝世美貌,让人心里隐隐地不踏实;上天再赋予她一个个自由而寂寞的日子,便注定了她生命的凄丽。苏小小,这位才貌双全的少女,以她的花容月貌和用以遣怀的诗词,令无数仕宦客商、名流文士心醉神迷,纷纷慕名前来造访,哪怕只与她对坐清谈,或远远地听听她的琴声歌声。

　　对于人们而言,苏小小就是那座孤山,自然、幽深、神秘、美丽、不俗,虽一桥之隔,想离开,却吸引着你,想深入,却婉拒着你。

　　每当春天来临,西湖边群芳吐蕊,嫩草如金。踏春的人们就会看到一辆装饰艳丽的油壁车,行在西湖边。习习清风里、杨柳碧波间,苏小小缓缓走下车,气定神闲,临风而立。湖山因她而成了仙境,她仿佛一位落入凡间的精灵,霎时照亮了整个西湖,拨动了无数人的心弦,在那个非同寻常的春天里,也拨动了名门公子阮郁的心弦。

他爱上了她,爱她的才貌,更爱她的内心,那种远离平庸和复杂的率真。她从来不在意世人的评说,她觉得,上天赐她美,她把美展示给世人,就像一朵花的开放,是自然的、美好的,而不是罪过的。

他们相遇、相知、相爱,尽情享受因山水而美丽的爱情,因爱情而更美丽的山水。

妾乘油壁车,郎骑青骢马。
何处结同心?西泠松柏下。

苏小小放声高歌,毫无保留地歌唱着她的第一次爱情,也唱出了她执子之手、与子偕老的深切愿望。

于是,贾姨妈做主为他们订下终身,选了个黄道吉日,张灯结彩,备筵设席,办了婚事。

不久,阮郁的父亲听说儿子在钱塘与苏小小混在一起的消息,恼羞成怒。虽然苏小小并不卖身,但在人们眼里,她终究是诗妓、歌伎。他立即派人将阮郁骗了回去,严加看管,不许阮郁外出半步。

从此,苏小小失去了此生唯一的爱情,也迷失在万劫不复的命运里。她一天天盼着他回来,却一天比一天失望,一天比一天心灰意冷。她的身边从不缺少爱她的人,但是,她纯净如初的心只装得下一个人。

她的性情变得更加孤傲,因而得罪了朝廷命官,以借诗讽喻、藐视朝官等罪被判入狱,关了数月,生了场大病。而对阮郁的苦苦等待最终换来的是伤心和绝望。

又一个春天来临了,苏小小穿过满院洁白的梨花雨,一个人来到西泠桥畔,孑然独立。她侧耳倾听着,仿佛真的听见了那熟悉的马蹄声。她朝着马蹄声飞奔过去,却被自己顿然醒悟的泪水绊住了脚步。

天下着蒙蒙细雨。孤山与她只一桥之隔,却像隔了一年那么远。春天的往事,虽然只有一年之隔,却已如同隔世,唯有那份伤痛,如同记忆深处孤山的曲径亭台,已经烙在孤山的灵魂里,每一步,都痛彻肺腑。

一阵湖风吹过,银针般的雨丝扎在她脸上,孤苦伶仃的水鸟的影子投进了她的心里,寒意浸入了她的骨髓。

小小的风寒,对于一颗枯萎的心,便是一场致命的风暴。18岁的苏小小,因这场调治不及的感冒而香消玉殒。临终前,贾姨妈问她还有什么未了之事,她微笑着说,我能在青春年少最美的时候死去,是上天对我的仁慈。此生别无他求,只愿埋骨于西泠,不负我对山水的一片痴情。

是啊,没有美的生命,仍然可以很精彩。没有爱的生命,即使长过百年,又有什么意义?

但青春年少死去,她果真心甘吗?如果她仍然拥有阮郁的爱情,她何尝不想与他白头到老,即使老态龙钟,难看至极,即使世人都离她而去?如果她仍然拥有阮郁的爱情,她会忽视那场小小的风寒吗?

"墓前杨柳不堪折,春风自绾同心结",世人怎知一个歌伎的坟里,埋着一颗怎样痴情的江南女儿心?后人怎知西湖水里,凝结着多少江南女子执迷不悟的泪?

我曾经在孤山固执地寻找苏小小的墓。后来在书上看到,其实她的墓早就不在了。如今的孤山是一个真正的公园,谁也不可能来这儿买块地,住下来,或者长眠。幸存下来的几位名人的墓都被修缮一新,成了有名无实的景点。但我知道,她在,在孤山的深处,睡着,"草如茵,松如盖。风为裳,水为佩"。

她在安睡吗?

还是,会时时从梦中惊醒,站在翩翩起舞的月光下,聆听远处那永远不会响起的马蹄声?

春天,我一个人,沿着北山路,走到西湖边,在西泠桥畔,又遇见了她。

她旁若无人地与我擦肩而过,小巧玲珑,巧笑嫣然,黑发飘飘,白衣飘飘,步履飘飘,仿佛一个影子。

定睛看,却是一位衣着时髦的妙龄少女,正轻盈地向着孤山走去。

游人如织,瞬间把我们分隔成了两个世界。

忽然想起在网上不知谁留的一个帖子,开头忘了,只记得让我动容的结尾:

半年之后,他决定启程回国,回来找她。他找遍了西湖北岸的旅馆,最后在孤山对面的香格里拉找到了一点线索。服务台的小姐说半年前的确曾有过一个像她那样的小姐来订过房间,306。他按捺着狂跳的心,走了进去。

湖水在一面墙壁的窗户外面蒙了层水雾,那是中午的景象,平和宁静,苏堤上柳树依旧,白堤上孤山依旧。她应该看到这些,在他所在的位置。

在窗台的角落里,留着一些极细的铅笔字。不会有人注意,除了他。那是她留给他的一首重见西湖的小词。

他呢喃地读过,边读边用食指仔细地擦去,读完后无力地抓过一把白纱窗帘埋首其中。纱帘中陈腐的灰尘堵住了他的鼻息,那些流出的泪水浸出很快就会阴干的痕迹,西湖上的夜灯渐渐地亮起来。

……

多么相似的两个故事,相隔整整一千五百年。一千五百个春天在西湖来来往往,却带不走一滴水、一丝垂柳、一片碧桃。一个一个脚印重叠着,一场一场相似的爱恨情仇还在上演。

我回过头,果然看见,西湖上的夜灯渐渐亮了起来。

三、夏·37.2℃

六百年前,孤山的古梅花又开了。

爱梅的冯小青却已一病不起。

孤灯下,她呆呆地望着挂在床边的一幅画像。画中的她斜倚在梅树旁,生动逼真,美轮美奂,呼之欲出。画外的她,病入膏肓,憔悴不堪,形单影只。

老仆妇已经无数次端进新熬的药,但都被冯小青拒绝了。老仆妇当然不明白,她拒绝服药,是已觉此生再无甜味,怎么还愿意喝下这一碗又一碗凄苦?

往事如梦。

十岁。广陵太守府中来了一个化缘的老尼,见了太守府唯一的宝贝女儿——秀丽端雅、聪颖伶俐的冯小青,转身对太守夫人小青之母说:"此女早慧命薄,愿乞作弟子;倘若不忍割舍,万勿让她读书识字,也许还可有三十年的阳寿!"

十六岁。朝政喋血,冯家成了新帝的刀下鬼,株连全族。冯小青恰随一远房亲戚杨夫人外出,幸免于难,随杨夫人逃到了杭州,寄居在曾与冯父有过一回交往的经营丝绸生意的冯员外家中。

十七岁。嫁与冯员外之子冯通为妾,只过了短短一个月甜蜜的日子,从此陷入了无尽的孤苦之中。

梦是什么?是生与死之间的必经之路吗?生命的最后,这个孤独的灵魂一直游荡在半梦半醒之间,一闭上眼,一幕幕不堪的旧戏就自动重演。

是梦,还是回忆呢?

……白梅开了。在广陵旧宅的闺阁前,她和侍女们一起,从梅花枝上扫下晶莹的积雪,烧梅雪茶,猜谜语,对诗……欢声笑语惊落了片片白梅。

……白梅开了。在杭州的冯家小院里,他们相遇了。那天,杭城下了第一场春雪,到处银装素裹,冯家屋外的几树白梅正迎雪吐蕊,清香溢满小院。漂泊异乡的冯小青又见到了熟悉的梅花映雪,忧郁的心空闪出了一片晴朗。于是,她找了一个瓷盆走出房间,从梅花瓣上收集晶莹的积雪,准备用来烧梅雪茶。这时,他——冯家少爷冯通从院门外走进来,走进了那个芬芳的午后,也走进了她的生命里。

他们相爱了,却如同雪与梅的缘分,注定了美丽,也注定了短暂。

冯通是有妇之夫。为了爱情,冯小青作为名门千金,嫁他为妾,毫无怨言。

那是一个多么温暖的春天啊!他们朝夕相伴,天地间再没有了任何苦难和酸楚,只写满了一个字——爱,爱,爱。冯小青以为劫难已过,否极泰来,在西子湖畔重新抓住了幸福的人生。

然而,短短的一个月后,劫难又来临了。迫于原配夫人崔氏的泼辣蛮横,冯小青被赶出家门,住在孤山别墅,只有一位老仆妇相伴,与心上人咫尺天涯。一开始,他还来看看她,但每次都来去匆匆,被原配夫人派来的人催逼回去,渐渐地,他的踪影越来越少了。

那是一个多么寒冷的夏天啊!葱茏的孤山在她眼里如沙漠一样荒凉。每一片绿荫、每一阵清风、每一声蝉鸣,带给她的不是清凉,而是直逼肺腑的阴冷。

那又是一个多么酷热的夏天啊!每一个漫长的日子,都是一团烈火,烹煎着一个字——等,等,等。

孤山的第一朵花醒来之前,她已经醒了。孤山的最后一颗星落了,她还没有合眼。空寂的孤山,让冯小青如此厌恶。如果说还有什么能令她想多看一眼,让她留恋片刻,就是那两朵刚刚盛开的并蒂莲了。

两朵花,生死相依,一样的幸福,写在两张一模一样的脸上。

……白梅又开了。孤山的梅花看尽人间盛衰,却无语安慰伤心的小青,无声的花瓣雨,和小青两行无声的泪,化成一首悲诗:

冷雨幽窗不可听,挑灯闲看《牡丹亭》;

人间亦有痴于我,岂独伤心是小青。

　　冯小青知道,人世间,有很多和她一样孤独的女子,从这个角度看,她并不孤独。然而,孤独是属于每个人自己的,世界上没有任何一个人可以分担另一个人的孤独。即使同样孤独的两个人紧紧相拥,孤独仍然在各自的心里,永远在。

　　也许只有自己才能分担自己吧,像泪,流到嘴里,又咽回肚里。

　　于是,小青重金请画师为自己画了一幅依梅而立的画像,挂在床边,每天呆呆地望着画中的自己,与她作心与心的交流:

　　新妆竟与画图争,知是昭阳第几名?
　　瘦影自临春水照,卿须怜我我怜卿。

　　秋天又来了,画中人光鲜依旧,画外人却已茶饭不思,缠绵病榻,日渐衰弱。看看画像中的自己,再看看镜中的自己,她掩面步出了房门。

　　多久没有出来看看孤山了?其实,一直默默承受自己所有爱恨悲欢的,是孤山。给她抚慰的,也是自己时刻想逃离的孤山啊。

　　乍然相见,秋光里的孤山,叶落了,荷枯了,草凋了,竟像洗去了一身凡尘,突然变得那么开阔、澄明、安详。

　　那一刻,冯小青什么都明白了,也把什么都放下了。

从此,她拒绝服药,直到死。

那一年,她还不满18岁。一个18岁的女孩,在如今,刚刚读上大学,刚刚开始风光旖旎的梦幻。而在孤山的时间深处,冯小青却已历经沧桑,受尽世态炎凉,再也不愿意继续一天比一天更凄惨的梦境,决绝地关上了自己的心门。

冯通,那个喝西湖水长大的暧昧男人,在听到小青的死讯后,才不顾一切地赶到了别墅,抱着她的遗体大放悲声:"我负卿!我负卿!"还是这个冯通,不但任她孤独地活着,任她孤独地死去,最后还将她安葬在孤山,让她一个人永远孤独地睡在那儿。

如果小青地下有知,她会怨恨他吗?短暂的一生里,她受了那么多苦,有谁比她更有理由去怨恨这个世界呢?

可是她没有。

稽首慈云大士前,莫升西土莫升天。
愿为一滴杨枝水,洒到人间并蒂莲。

爱情是一座炼狱,一念之差可以使人变成天使,也可以变成魔鬼。冯小青,这位世俗眼里的怨妇,爱情对她如此不公,她却在爱情的炼狱里超脱了恨与怨,将爱情升华成一种更为博大的爱,写下了如此动人的诗句。她看到的已经不是自己的痛苦,而是人世间夫妇很少幸福美满的事实,因此,她不求死后升天做仙人,而是愿化作菩萨净瓶中的一滴甘露,洒向人间,保佑天下伉俪情深。

是谁给了她这样的胸怀?

是孤山吗?

六百年后,我和朱、许、李坐在孤山对岸的上岛咖啡馆喝茶。

朱说:"文革"前,冯小青的墓还没有被平掉。小时候,我们玩得很疯,有一天天黑了,亲眼看到她的坟茔边燃烧着一种蓝色的火焰。我还记得当时我和一位小伙伴打赌说:那蓝莹莹的鬼火到底是热的还是冷的?

我说:结果呢?

他想了想,说:忘了。

我说:37.2℃。

他说:37.2℃?

我说:有一部电影叫《三十七度二》,是法国著名导演雅克·贝内克斯1986年的作品。医学上来说,三十七度二,是人正常体温的极限,是心脏骤跳的温度,激情燃烧的温度。

也是夏天的温度。

爱情的温度。

四、一个和秋天有关的名字

她来到孤山的时候,是躺着的。

她已经躺在灵柩中长睡不醒。但睡着的她来到孤山,却仿佛唤醒了孤山,它阴柔宁和的眉眼间陡然增添了一股英气。

曾经是一位养在深闺的纯真少女,有一个美丽的名字——"璇卿"。

她喜欢春天。柳树刚开始发芽,她便穿上凤头鞋和绣罗裙,和女伴一起去福州郊外踏青,听一听黄鹂的啼鸣,走一走芳草萋萋的河堤,望一望湾湾的流水,感怀水中飘逝的点点落红。她的内心无比明快,春天在她眼里是这样的:

"寒梅报道春风至,莺啼翠帘,蝶穿锦幔,杨柳依依绿似烟。"

她也歌唱夏天:

"夏昼初长,纨扇轻携纳晚凉,浴罢兰泉,斜插素馨映罩钿。"

即使是萧索的秋天,在她眼里也别有情趣:

"夜深小凭栏干语,阶前促织声凄凄。"

冬天更是喝酒、赏梅的好时节:

"炉火艳,酒杯干,金貂笑倚栏;疏蕊放,暗香来,窗前早梅开。"

她也曾经是一位满腔柔情的少妇、满怀爱意的母亲。

18岁,父亲将她嫁给湘潭的富绅王家之子王廷钧为妻。新婚燕尔,鱼水和谐,三年中生下一子一女。后因丈夫纳资谋到了一个部郎的京官,便随他来到了北京。作为一个旧时代的女人,她原可以做个本分的官太太,相夫教子,过完平淡而舒适的一生。

然而,她不是别人,她是"身不得男儿列,心却比男儿烈"的秋瑾。

国家都快完了,民族都快亡了,男人们却还在醉生梦死,她的心里燃烧起侠烈和悲悯两团烈火,把从前的秋瑾烧死了,一个叫"竞雄"的秋瑾诞生了。

秋瑾离开已形同陌路的丈夫,抛下一双儿女、东渡日本寻找革命同志。出发前,她改穿男装,特地留影,将一张男装的照片赠给来送她远行的挚友。

她说,女子不弱,国势才不会弱。

她说,女子要有学问。

她说,女子一定要自立,不应事事仰仗男人。

她洗去脂粉,并不是不要做女人。生不逢时,她只能像男人一样去拼搏,争一片真正属于女人的天空,让她们堂堂正正地活在自由、平等、尊严的空气里。

于是,她像男人一样,辗转东洋、上海、绍兴;像男人一样主持光复会在绍兴的训练基地,起义,失败,被捕;像男人一样经受酷吏的严刑拷打;像男人一样穿着破旧的白衫,游街示众,被蒙昧的人们唾骂"女匪"。最后,在那个血色黎明,在绍兴的古轩亭口,像男人一样被砍头,结束了她秋天般惨烈而绚丽的一生。

死时,她还不满33岁,身边没有一个亲人。

死后,她被抛尸街头数日。她的生前好友吴芝瑛等人冒着杀头的危险,历经艰险,按照她的遗愿,将她的尸骨收葬在杭州西泠桥畔孤山西麓。然而,她仍不得安宁,被平墓,棺木几经周折,送到夫家,又被拒留。直到民国建立后,由秋社发起,还葬西泠,才得以安息。

物换星移,又是一个春天。

孤山的杜鹃花开了。排成一列一列的小学生,冒着绵绵细雨,来到她的塑像前,献花,敬礼,朗诵。也有很多组织来敬献花圈,纪念她,在她面前举行入党宣誓仪式。

撑着伞,站在她的塑像前,我惶惑。

这分明是一位外表柔弱秀丽的江南女子,目光凌厉,却分明透着一丝温柔。那么,在她日夜奔波的年月里,某个夜深人静的时刻,她会突然想念远方的亲人吗?

她也会觉得累吗?

她会哭吗?

她,也需要爱与呵护吗?

生前,她便嘱托好友,死后,将她葬在西泠桥畔。为什么?仅仅因为仰慕岳飞,还是有什么别的缘由?或是,生前,她无缘做一个幸福的女人,又不甘做一个愚昧平庸的女人,因而,死后,她要重做一回无忧无虑徜徉山水之间的璇卿?

料峭的春寒渐渐带走我手指的温度。

没有人告诉我正确答案。

突然,我特别想回家。回家,把手放进另一双手里,那双能时刻给我温暖的亲人的手。

离开孤山,走上西泠桥,我回过头,用目光与她作别。

她,一个人,站在风雨里,很单薄的样子。

我深深祝福她,在另一个世界里,也有一双可供她暖手的手。

五

轻轻合上电脑,却合不上孤山的烟雨,满怀愁绪久久盘萦不去。恍惚间,印满字迹的纸,仍空冥洁白,若无一字。孤山,孤山,也许,从来没有人真正读懂过你,我又如何说得清,你本孤独还是我本寂寞?

还是什么也不说了。

今夜,风月无边。就让我坐在你身旁,与你一起,沉默。

青山不老

赖于岳于双少保,人间始觉重西湖。

——清·袁枚

一、知音少,弦断有谁听?

1142年农历十二月二十九夜,临安(今杭州)大理寺。

一杯毒酒穿肠而过,该有多痛?

比母亲将"精忠报国"四个字一针一针刺在背上还痛吗?比目睹山河飘摇时一声"还我山河"的嘶吼还痛吗?比"莫须有"之罪还痛吗?比严刑逼供还痛吗?比39岁英年最后的绝笔"天日昭昭,天日昭昭"还痛吗?

毒酒穿肠而过,在冬夜彻骨的寂寒里,岳飞轰然倒下,大地开始颤抖,整个南宋开始颤抖。

三十年前,母亲用我的第一笔稿费,买了四轴巨大的字画,挂满了三楼雪白的一面墙,从左到右,第一幅是岳飞的《满江红》,然后是苏轼的《赤壁赋》《水调歌头》,还有一幅我忘了。

从左到右,从上到下,我在心里一字一句地默诵着那些字句——

怒发冲冠,凭栏处,潇潇雨歇。抬望眼,仰天长啸,壮怀激烈。三十功名尘与土,八千里路云和月。莫等闲,白了少年头,空悲切。 靖康耻,犹未雪;臣子恨,何时灭。驾长车,踏破贺兰山阙。壮志饥餐胡虏肉,笑谈渴饮匈奴血。待从头,收拾旧山河,朝天阙。

念着念着,我听见一个懵懂少女心里有一个声音说:我爱他。

那时候,故乡靠山的南窗吹进来一阵一阵春风,混合着从山的另一边飘过来的海水的气息。那时候,我还没有去过杭州,不知道岳飞就葬在那儿,我也没有去过比杭州更远的地方,无法想象与江南小镇截然不同的大漠孤烟、飞沙走石、铁马金戈的时空。可是,那时候,我日日夜夜念着这首诗,看到他一次次从那幅字画中走出来,真真切切地站在我面前,他帽子上的红璎珞随着阵阵南风微微晃动。我在课外找寻他的《小重山》《五岳祠盟记》,在历史深处,找寻有关他的一切史实或者传说,像一个恋爱中的少女,想知道那个人的一切。是的,假如我是一个古代的女子,假如我可以爱一个男人,那个人就是岳飞。

不仅因为他是旷世奇才，他是中国历史上最著名的战略家、军事家、抗金名将，是世界历史上胜率最高的将领之一，是两宋以来最年轻的建节封侯者，他还是书法家、文学家，最重要的，在一个少女心里，他是一个懦弱时代最阳刚的男儿，也是最有魅力的男人。

公元1103年普通的一天，河南汤阴一户普通农家的屋顶上突然掠过一只大鸟，飞鸣着，盘旋着，与此同时，屋顶下一个男婴呱呱坠地。这户岳姓人家便给他取名"飞"，字"鹏举"。岳飞长大成人时，正值宋朝危亡之秋，20岁应征入伍。临行前，母亲姚氏脱下他的衣服，在他的后背刺上了"精忠报国"四个字。

带着这四个字，他出发了。他是一个伟男子，能"挽弓三百斤，弩八石，能左右射"，他武艺绝伦，勇冠三军，毫无悬念地不断得到赏识和重用。绍兴四年（1134），他第一次北伐大获全胜，被擢升为清远军节度使，全军将士欢欣鼓舞。那是一个秋天，骤雨初歇，江山明丽，本该志得意满的他，却陷入了更深的忧虑。他深知宋高宗一心议和，收复失地、洗雪靖康之耻的志向难以实现，凭栏远眺，感慨万千，一首气壮山河、传诵千古的名篇《满江红》脱口而出。

《满江红》余音未了，果然如他所虑，无论他怎样努力，担忧仍然变成了事实。绍兴十一年（1141），金国再犯淮西，岳飞率领八千骑兵驰援，而朝廷一味求和。金兀术致信秦桧，凶相毕露："必杀岳飞而后可和。"岳飞被召回，以"谋反"罪被关进了临安大理寺，受刑审、拷打、逼供。然而,自始至终,秦桧一伙找不到任何证据。韩世忠曾当面质问秦桧,秦桧支吾其词"其事莫须有"。韩世忠当场驳斥:"'莫须有'三字,何以服天下?"

天下不服又有何用?1142年农历十二月二十九夜,高宗下令赐死岳飞。岳飞部将张宪、儿子岳云亦被腰斩于市门。

不知道那个除夕前的夜晚,是否有大雪纷飞,是否有寒风彻骨,是否有亲近的人为他送行?临刑前,岳飞什么也没有说,提笔在供状上写下"天日昭昭,天日昭昭"八个大字。曾经,他的书法章法严谨,意态精密,又畅快淋漓,龙腾虎跃,气韵生动,此时,墨字无声,一笔一画,都是力穿纸背的悲愤呐喊!而那一声呐喊纵然惊天地泣鬼神,却撼动不了整个飘摇南宋的懦弱。

岳飞轰然倒地。夜深人静时,一个叫隗顺的狱卒冒着生命危险,将岳飞遗体偷偷背出杭州城,埋在钱塘门外九曲丛祠旁。直到死前才将此事告诉儿子,并说:岳帅精忠报国,今后必有给他昭雪冤案的一天!

岳飞沉冤二十一年后,绍兴三十二年(1162),宋孝宗即位,重振北伐大旗,下诏平反岳飞,加封谥号,改葬西湖栖霞岭。从此,一个最刚硬的男人,睡在了最柔软的母亲怀抱般的西湖山水里。西湖山水像一下子装进了主心骨,变得沉甸甸的了。

18岁,我来到了杭州,栖霞岭下,拜谒了岳坟,拜谒了心中的那个王。

"青山有幸埋忠骨,白铁无辜铸佞臣。"

这是西湖的幸运,也是我的幸运。我离他这么近,中间就隔着一堆土,一些空气,或者一阵风而已。一阵风吹过来,他石砌的坟头上一棵青草微微晃动,又一次,他从我年少时那幅南窗边的画轴上走下来,站到了我面前。

我的眼睛立刻湿了。

又一个十八年以后,或更多年以后,我常常开车经过西湖北岸,经过岳坟时,常常,我会摇下车窗,远远望向岳坟门口人山人海的更深处,问候我心里的王。岁月早已风干了我年少时的眼泪和梦想,我的眼睛告诉我,如今,这繁华喧嚣的真实世界里,再也不会有岳飞这样的男人了,更不会有很多女孩像年少时的我那样,奢望嫁给他了。

因为,嫁给他,做他的亲人,幸福吗?答案一定是否定的——

他的全家都只能穿粗布衣衫,有一次,妻子李氏穿了件绸衣,岳飞便说,皇后与众王妃在北方过着艰苦的生活,你既然与我同甘共苦,就不要穿这么好的衣服了。自此,李氏终生都没有再穿过绫罗绸缎。

念他劳苦功高,宋高宗曾要在杭州为他建造豪宅,岳飞辞谢说,北虏未灭,臣何以家为?

他乐善好施也就罢了,还经常化私为公,有一次,命令部下将自己家"宅库"里的所有物品,除了皇帝"宣赐金器"外,全部变卖,交付军匠,打造良弓两千张以供军用。南宋对军队犒赏极厚,岳飞从来不取一文,全数分给将士。

他的子女,丝毫没有沾过父亲的光,必须"自立勋劳",每天做完功课后,还必须下地劳作,除非节日,不得饮酒。长子岳云屡立殊勋,岳飞却多次隐瞒不报。直到风波亭事件,却遭父亲连累惨死。

但是,难道他不爱他们吗?答案也是否定的。

他不纵女色,旁无姬妾。蜀帅吴介曾试图以子女交欢,送名姝国色,被岳飞送还,说,国耻未雪,皇上都不安宁,岂有将士先取乐的道理!

他是极孝顺的儿子。母亲病了,他"尝药进饵",母亲亡故,他赤脚扶棺近千里。岳飞说:"若内不能克事亲之道,外岂复有爱主之忠?"

他爱兵如子,爱民如子。与将士同甘苦,常与士卒中地位最低下的人同食。士卒有伤病,岳飞亲自抚问,士卒遇到家庭困难,他让相关机构多赠银帛。将士牺牲,厚加抚恤,妻子李氏也时常慰问将士遗孀。如此赏罚分明官兵同心的军队,自然是"撼山易,撼岳家军难"。岳家军所到之处,"冻死不拆屋,饿死不打掳",民众无不欢欣,"举手加额,感慕至泣"。

这样一个完美的男人,他幸福吗?答案一定也是否定的。

岳飞虽是武将,但心思敏感,文采横溢,一个特别有才华有思想有抱负的人,注定一生都是寂寞的。他浴血沙场,赤胆忠心,不为功名,只希望得遇明君,实现抱负,却一腔热血空付东流。一首《小重山》便是这个寂寞英雄的内心写照:

昨夜寒蛩不住鸣。惊回千里梦,已三更。起来独自绕阶行。人悄悄,帘外月胧明。　白首为功名。旧山松竹老,阻归程。欲将心事付瑶琴。知音少,弦断有谁听?

"知音少,弦断有谁听?"陡见这一句,以为是深闺秋怨,谁能想象,这一句无奈之叹,竟出自真男儿岳飞之口?

多年以后,赏识他的明主登基了,太迟了。

一百年以后,一千年以后,无数景仰他的人来了,各种肤色的知音站在他面前,然而也太迟了。

18岁冬天后的那个春天,我开始了初恋。

北山路,岳坟旁,有一个老饭店叫香格里拉,是当时杭州最好的饭店。他第一次带我出去吃饭,去了香格里拉的一个咖啡厅,一场烛光晚餐,第一次吃到冰激凌香蕉船,味道甜蜜而复杂。

夜色深沉,西湖如历史般凄艳、凝重。烛光朦胧,我眼前的那个人也面目朦胧。那时,我不知道他最吸引我的到底是什么,阳刚?自信?霸气?仿佛都是同义词。我想,也许,都和那个永远活在我心里、那一夜睡在我们不远处的那个王有关吧。

春天,雨,午后,一位少女从西湖北山路两岸咖啡落地窗前的雨幕中慢慢穿过。她心里的王会是谁?

二、清风两袖朝天去

2013年春天一个下雨的午后,电影《悲惨世界》在一片唏嘘中临近尾声——一滴泪从垂危的冉阿让的眼眶跌落,却没有流下,瞬间被他下眼睑沧桑纵横的皱纹吸干了。

如同,一个又一个英雄在沧桑纵横的滚滚历史里湮灭。

1405年,钱塘(今杭州)。他7岁。一个和尚看了他的相貌,面露惊异,说:"这是将来救世的宰相呀。"

十年后,他已考中秀才,就读于吴山三茅观,写下了那首名垂千秋的《石灰吟》:

千锤百炼出深山,烈火焚烧若等闲。粉身碎骨全不怕,要留清白在人间。

陡然见此诗,有谁能想象,这是一个17岁的少年写的,这不是应该历经磨难饱经世事后才可能有的感慨和坚定吗?也没有人想到,一个17岁的少年在象牙塔般的书斋里写就的一首诗,后来果然成了他人格和命运的真实写照。

这个人,就是与岳飞并称西湖"双少保"的于谦。

在中国浩瀚的历史长河中,有无数大臣,有的是治理之臣,有的是乱世之臣,而有的是救世之臣,于谦、岳飞就是。他们受命于危难之中,力挽狂澜,如果没有岳飞,也许就没有后来的南宋,同样,如果没有于谦,也许大明朝早就灰飞烟灭。

于谦少年得志,官居高位,大权在握,却为官廉洁正直,曾平反冤狱,救灾赈荒,既受皇帝宠爱又受百姓爱戴。但一对兄弟皇位的反复更迭,终究连累了他。明英宗时,瓦剌入侵,英宗被俘。于谦拥立英宗的弟弟为景帝,竭力反对南迁,调集重兵,在北京城外击退瓦剌军,取得了著名的京城保卫战的胜利,使百姓免遭蒙古贵族再次野蛮统治。但是,英宗被释放回朝几年后,景帝重病而亡,英宗复辟,记恨他被俘时于谦居然拥立他的弟弟做皇帝而拒绝向蒙古妥协,在奸臣怂恿下,英宗终以"谋逆罪"枉杀了于谦。

性格决定命运,这话没错。于谦性格最大的特点就是"刚正不阿",为人称道,亦招人嫉恨。遇到有不痛快的事,总是拍着胸脯感叹说:"这一腔热血,不知会洒在哪里!"他看不起那些懦怯无能的大臣、勋臣、皇亲国戚,因此憎恨他的人更多。

手帕蘑菇与线香,本资民用反为殃。清风两袖朝天去,免得闾阎话短长。

这首写于正统年间的《入京》,很有来历。当时宦官王振专权,百官大臣争相献金求媚。而于谦每次进京奏事,从不带任何礼品。有人劝他说:"您不肯送金银财宝,难道不能带点土产去?"于谦潇洒一笑,甩了甩他的两只袖子,说:"只有清风。"

从此,"两袖清风"传为佳话。

其实,于谦作为一个臣子,是幸运的,至少,比岳飞幸运,在他有生之年,他得遇知音,深受重用。他奏对的时候,声音洪亮,语言流畅,皇帝都会很用心聆听,他所议论奏请的事几乎没有不听从的,包括用人,都言听计从。于谦自从土木之变以后,发誓不和敌人共生存,经常住在值班的地方,不回家,但一向有痰症病。景帝派太监轮流前往探望。听说他的衣服、用具过于简单,下诏令宫中专门为他打造,甚至亲自到万岁山砍竹取汁赐给他。

当他被诬陷时,连英宗都有些犹豫,说:"于谦实在是有功劳的。"但徐有贞进言说:"不杀于谦,复辟这件事就成了出师无名。"

于谦被处决,弃尸街头。一个叫朵儿的指挥官,把酒泼在于谦死的地方,恸哭,被鞭打,第二天,他还是照旧祭奠。都督同知陈逢被于谦的忠义感动,冒险收殓了他的尸体,一年后,送回杭州安葬在三台山。

此后,陷害于谦的一干奸臣连连事发,就连英宗也为于谦之死深感悔痛。弘治二年(1489),于谦冤案终于得以平反,孝宗皇帝赐谥"肃愍",并在于谦墓旁建祠纪念。

杭州三台山麓,乌龟潭畔,草木森森。一个春日的午后,我应朋友之邀前往于谦祠喝茶。之前,我从未去过那儿。我疑惑,那儿怎么会适合喝茶呢?车子掉头了两次,才在三台山路一个不起眼的拐角处找到了于谦祠的入口。

一个很大的幽静的院落,居然"静中取闹",散落着不少喝茶的人,杭州人总是很会找地方享受。然而,终究是太热闹了。坐了整整一个下午,我仍然觉得,弄错了吧?这儿怎么会是一个古代英雄的长眠之地呢?直到我看见它——

于谦祠大门往北不远,一块白色牌坊上"热血千秋"四个黑字在满目葱翠之间格外醒目。翠竹掩映中,墓道长长,芳草萋萋,两旁肃立的石神兽,守护着远去的肃穆与庄严。

一个人也没有。

一个游客也没有。

墓道的尽头,便是于谦墓。墓是圆形的,用石块砌成,但墓的上端拱圆部分,没有砌上石块,而是泥土,泥土上,覆盖着蓬勃的春天的野草,娇嫩如花。墓的后面,是一片幽深的林子,阳光从森林般的浓密树干间透过来,仿佛天外透过来的圣光,照亮了墓边矮墙上的迎春花,娇黄夺目,如新生婴儿。

生命与死亡如此亲密。

重读《百年孤独》时,读到了"凉薄"这个词,和人讨论过这个词到底是贬义还是褒义。它形容景物时,有那样一种沁人心扉的凄美,比如夕阳下的芦苇,比如晾晒在记忆里的乔其纱裙,比如眼前这座春天的三台山,埋葬着千年前的热血丹心、两袖清风,那么安宁,如同襁褓给予一个婴儿的熨帖。

可是,它用来形容一个人时,想必是无情无义的代名词吧?把国看得比家重的于谦、岳飞,家人日日夜夜感受到的,必然是亏欠,是凉薄,即使,他们的内心是太阳。

站在于谦墓前,我又一次想起了"凉薄"这个词——多么清冷的一个地方,有几个人会来呢?某个清明的早晨,也许会有一群孩子跟着老师来献花,并不懂什么叫"刚正不阿"。某个午后,也许会有像我这样的成年人,偶尔路过,逗留,"刚正不阿""两袖清风",我们都懂,但更懂它的代价有多么昂贵。如今,一定还有于谦这样的人,但更多的人,运用着狡黠的生存智慧,模糊黑白、善恶、好坏,让绝对的是非曲直之分迷失于安全的灰色地带,让慷慨激昂义愤填膺都归于麻木平静,如我此刻,鞠一个躬,留一个叹息在墓前,转身迎向现实。

除非突然来一场战争。

一代一代的人心正在老去,一个一个岳飞、于谦正在被慢慢忘记,唯有青山,怀抱着一腔骨气浩气正气,不肯忘记,不忍老去。

断桥不断

西湖,一座古桥,轻挽着一个美丽的千古情结。

多少年来,来来往往的脚步都在追寻着一个长满青苔的故事,还有那三个熟悉的身影——许仙、白娘子和小青。

断桥。

很普通的一座石拱桥,淡青色,素面朝天,缓缓隆起,如熟睡中的胳膊,从杭州北山路微微扬起,很自然、很舒服地搁在西湖的碧波上,连接着绵长的白堤和远处的孤山。

断桥始建于唐朝,是当时进入西湖的第一桥,其名最早见于唐张祜的《题杭州孤山寺》"断桥荒藓涩,空院落花深"一句。宋代曾改称宝佑桥,元代称段家桥,后来又还称断桥。

"断桥"之名的由来,众说纷纭,一说孤山之路到此而断,故名。一说雪后初晴,登上宝石山往南俯瞰,白堤皑皑如链,阳光下,断桥向阳一面积雪融化,露出褐色的桥面,阴面仍然玉砌银铺,仿佛长长的白链到此中断了,故得名"断桥残雪"。一说南宋王朝偏安一隅,梦断临安,时人有感而发,取残山剩水之意,拟出了这个桥名和景名。

断桥风光如画,又有着丰厚的文化积淀,为古往今来无数文人墨客所钟爱。最夸张的是明代李流芳的"从断桥一望,便魂销欲死"。最有诗意的,是明末清初的张岱,他在《西湖梦寻》里说:"枝叶扶疏,漏下月光,碎如残雪。意向言断桥残雪,或言月影也。"想象力超凡,给从字面上看颇有凄凉之意的断桥增添了一丝温馨的人文气息。

"西湖山水还依旧,憔悴难对满眼秋……看断桥未断我寸肠断啊,一片深情付东流。"

袅袅清音,穿透薄薄的江南雨,恍若隔世飘来。

这是越剧《白蛇传》中白娘子在断桥边的一句清唱。白娘子和许仙在断桥相识,同舟共济,借伞定情,水漫金山后又在断桥邂逅,言归于好。连三岁的孩子都说得出这个故事,却少有人知道它的"真相"。

明代冯梦龙的《白娘子永镇雷峰塔》可说是这个故事的本源。在他的笔下,白娘子是个反面人物,是色的象征。她是一条修炼千年的大蟒蛇,因风雨大作,来到宋时的西湖安身,不想遇着许宣,春心荡漾,按捺不住,一时冒犯天条。她化作美女,与许宣同搭一船,一会儿借伞一会儿还伞,把他骗到家里,诱惑他说,奴家亡了丈夫,想必和官人有宿世姻缘,一见便蒙错爱,正是你有心,我有意。又放出百媚千娇,喜得许宣如遇神仙,只恨相见太晚。

后来,许宣因她而连吃两场官司,惹了很多是非,便信了旁人的话,对她心生恨意,避之不及。白娘子却纠缠不休,千方百计找到他,无限温柔地对他说,我与你情似泰山,恩同东海,誓同生死,愿与你百年偕老,却不是好?

于是,许宣在"美色"与"正义"之间进行了痛苦的抉择,终于下定决心,主动要求法海和尚帮他铲除白娘子。而小青——西湖第三桥下潭内千年成气的青鱼,因与白娘子偶尔相遇为伴,从未享受过一日欢娱,也和白娘子一起被封于钵盂内,镇在雷峰塔下。

之后,许宣竟然拜法海为师,在雷峰塔剃度为僧,修行数年,而且还砌成七层宝塔,使白蛇和青鱼千年万载不能出世。临终前,他留诗八句警世:

"祖师度我出红尘,铁树开花始见春……色即是空空即色,空空色色要分明。"

两个向往人间真情的异类,落了个悲惨的下场。

而许宣,那个根本不值得爱的糊涂男人,不仅被人们轻易地原谅了,还受到了道统的赞美。

这究竟是一个美丽的爱情悲剧,还是一个极具讽刺意味的闹剧呢?

残雪如银,冻湖似铁,远山似墨。雪后的西湖,一扫往日的妩媚,成了一幅黑白分明的水墨,格外动人心魄。

微风过处,黑白的水墨画里,渐渐浮现出一个彩色的春天的早晨。两位婀娜多姿的年轻女子正从断桥上款款走来,一个"头戴孝头舍,乌云畔插着些素钗梳,穿一领白绢衫,下穿一条细麻布裙",一个"穿着青衣服,头上一双角害,戴两条大红头须,插着两件首饰,手中捧着一个包"。她们款款走来,用动物那无比纯洁的目光打量着人间。

我用目光迎住她们——

白娘子,你看得清烟雨中的西湖,看得清断桥上迷离的晨雾,可是修炼千年的你,看到他的第一眼时,为什么看不清他的心呢?

你从他手里接过紫竹柄八十四骨的油纸伞,莞尔一笑,天地为之动容。可是,能掐会算的你,为什么算不出,你愿意为他付出一千年,他可愿为你付出哪怕短短的一生,一年,一月?

你困在雷峰塔下,听了一千年寂寞的南屏晚钟,你看见飞鸟与鱼的相恋,一滴檐雨对一块石头的坚贞,你想明白了吗?你只是想做人间最平凡的女子,要一次人间最平凡的爱情,为什么竟然是奢望?你对他一往情深,将他看得比自己的生命还要重,他为什么这样对你?你们不能在一起,仅仅是因为人妖相隔吗?还是,你的爱情,本来就只是你一个人的爱情?

这时,我被一种细微的声音吸引。仿佛是方才寥落的歌声,又像寒鸟落在残荷上的脚步、冰下汩汩的流水,抑或是一条白蛇与青鱼之间深奥的交谈——

哦,原来,人间是这样的。

哦,原来,人是这样的。

哦,原来,爱是这样的。

好在,这个悲剧发生在"暖风熏得游人醉"的西湖,便如同酸涩的青梅浸入了蜜糖,被江南轻柔的风酝酿成了一枚回味无穷的甘果。

到了清代,白蛇的故事演绎成了一个真正美丽浪漫的民间神话传说,与断桥的关系也更为密切。陈遇乾的《义妖传》将白蛇定性为义妖,称她为白蛇娘娘,"吕洞宾卖汤团""蟠桃会""最高又最矮的人""过端午""盗仙草""水漫金山""金凤冠""雷峰塔倒"等生动的情节妇孺皆知,其中"断桥相会"更是许多剧种的保留剧目。许宣也变成了可爱的许仙,他明知白娘子是蛇,仍然爱她。当他被法海关在金山寺里,死活也不肯剃掉头发做和尚,找着机会逃了出来。后来因误中法海的圈套,才买了金钵变的凤冠,使白娘子被法海镇于雷峰塔下。故事的结局很让人开心,小青练就了一身功夫,将法海和尚打进了螃蟹的肚子里,救出了雷峰塔下的白娘子。许仙和白娘子的儿子许士林居然中了状元,与白蛇娘娘相见,一家人得以团圆。

一个并不美好的故事在人们的美好愿望里,演变成了一个爱情童话;一座并不美丽的桥,也因此而名满天下,千年不断。

1986年,我从故乡玉环来到杭州读大学。

杭州每年都要下一两场雪。多年来,杭州人有个习惯,一下雪,就全家出动,裹上大衣,戴上棉帽,到断桥看雪,拍照留影。如果遇上1976年那样的大雪,湖上结了厚厚的冰,就更是趋之若鹜。胆大的还在结冰的湖面上骑自行车,直接从葛岭骑到白堤,前面一人滑倒了,后边哗啦啦一串人摔倒,笑成一团。像我这样初来杭州的外地人,碰巧遇上下雪,自然是欣喜万分,兴致盎然地赶到西湖边。

雪花静静飘着,一群少女在断桥边静静而立。

不知是谁忽然说,传说在清明节,如果有异性在断桥上赠你雨伞,此人即是你今生的姻缘。

另一位便取笑她,等到春天,我们都来这儿看看,到底谁会是你命里的姻缘,好不好?

大家笑了一阵,又静了下来。

雪花静静地飘着,无边无际,那么美好,如我们心里的向往。

年少无知的我们,谁会去想,一把伞,打开的一定是美丽吗?聚拢的,一定是一生的阳光吗?

长桥不长

大约是1996年的事了。

朋友开车带我经过南山路,指了指窗外,说,这就是梁山伯与祝英台十八相送时走过的长桥。

我说,哪有什么桥啊?

朋友说,好好好,我把车倒回去,重开一遍。

朋友将车掉了个头,往回开了点,又掉了个头,放慢了车速。

这一回,我终于看到了车子底下那座朴素的水泥桥,桥面只有三四米长,紧贴着湖水,和南山路几乎融为一体,极易被人忽略。

我走下车,四处望了望,看到桥下有一湾浅浅的水,枝叶掩映下,和似乎离得很远的西湖相连着。

每一个和西湖相连的景观,都浸润着一个个既有严酷现实背景又极具浪漫色彩的传奇,"梁祝"便是其中最美的一个。传说梁山伯与祝英台草桥结拜后,在钱塘万松书院"同窗共读整三载",后祝父来信催归,梁山伯十八相送。就在这座短短的长桥上,你送我,我送你,谁也不肯先自离去,"送君送了十八里,长桥不长情意长",短短的长桥,成了他们一生也走不完的长路。

时隔多年后,我无意中看到一些史料,才知,宋时或更早些,长桥的确很长,有一里多。它位于西湖东南角,与断桥遥遥相望,被列为"湖山胜概"之一。据《西湖游览志》记载:"桥分三门,有亭临之,壮丽特甚。"还有一联诗也描写了长桥的胜景:"倒衔碧水半轮月,横卧晴空百尺虹。"

后来,因南山一带的水源减少,西湖淤塞,湖面下降,桥景渐渐败落,到了明代,长桥仅剩不足十米长了。不过,桥虽荒芜,但这里可远望孤山、保山,近观雷峰夕照,又有万松岭松涛阵阵,村舍间散落着迷人的花影,也是一处人们喜爱的清幽之地,"每日必破晓出郭,徐步长桥,吟玩篱落间,至日出久乃返"。

知道了长桥的来历,稍微想想,便觉得梁祝与长桥的关系实在牵强。不说梁祝本就是不同朝代的人,只因安葬梁山伯时发现他的墓下还有一座古坟才编了那个浪漫故事,就说长桥吧,梁祝的故事发生在一千五百年前的东晋,那时,大概还没有长桥,即使有,也一定很长很长,何来"长桥不长情意长"之说呢?

越是美得离奇的,越经不起细究。但人们不愿意细究。生活是沉重的,何不让想象力在美好的传说中飞翔得更高更远呢?

不过,在长桥,的确发生过一起轰动杭城的殉情事件。

宋淳熙年间,钱塘书生王宣教与女孩陶师儿相互爱慕,但陶师儿的后母从中挑拨离间,横加阻挠。眼看美好的姻缘难以如愿,两人便相约在一个月夜,坐船夜游西湖,至长桥下荷花深处,双双投水自尽。

"月上柳梢头,人约黄昏后",一个多么令人神往的意境,一对至爱的人,却正在赶赴一场死亡约会。他们放弃了桥,放弃了舟,放弃了岸,放弃了挣扎,手牵着手,微笑着,一起沉下去,沉下去,同溺于月光、湖水。世界那么冷,湖水那么暖,他们宁愿被温暖的爱情淹没。

当时,杭城人闻之无不唏嘘,有人曾作"长桥月,短桥月"这么一首凄恻哀婉的歌谣来悼念他们,另有元代诗人冯士颐的《竹枝词》为证:

  日相从,好个南峰与北峰。再看双投桥下水,新开两朵玉芙蓉。

从此,长桥又叫双投桥。

一个伤心的故事结束了,另一个伤心的故事已经开始。在无尽的岁月里,长桥以及它的无数姐妹桥,仍在承载着一个个悲情故事——

一千年前,一位老人站在绍兴沈园的小桥边泪落潸然,无限悲凉的梦境里,辗转着"伤心桥下春波绿,曾是惊鸿照影来"的叹息。

清代,一首《竹枝词》"女郎送别断桥西,不忍轻分掩袖啼。归家只恨桥名恶,愿得成双似两堤"依稀传来一个少女的悲啼。

1934年,一个叫黎烈文的作家,坐在西湖的古桥上细细回忆。他和她曾在莱茵河畔相约,要回国同游西湖,几年的光阴之后,却只有他独对西湖烟雨,苦苦叩问着死去的她:为什么匆匆离去,只留下一个孩子作我伤心的慰藉?

十几年前,在朋友家见过一张发黄的黑白照片。桥上两个人背对着镜头,相互依偎,轻言细语,让人心里隐隐地感动。几年后才知,照片上的人早已各奔东西。

20世纪末,一个叫弗朗西丝卡·约翰逊的美国乡村妇女,生前不能与她最爱的人相守,死后嘱托儿女将自己的骨灰埋在麦迪逊的廊桥边,和他葬在一起。于是,一座普通的廊桥成了一个爱的圣地。

新世纪第一个平安夜,一个人,重温着多年前看过的电影《魂断蓝桥》,对着蓝桥上被夜色吞没的那个孤独的身影泪流满面。

2002年12月27日深夜,一个叫盛世乞丐的年轻人,在网上发了一篇《冬夜,献给爱的挽歌》——徜徉于断桥上,将往事交付桥下流动却不言语的西湖水,让愁绪飘散于身边寒冷而不凛冽的冬天的风,为逝去的爱,献上一曲挽歌。

……

为什么,世上最凄美的爱情绝唱,都与桥有关?

为什么,桥上的爱情总是充满泪水?

难道,桥,本就意味着邂逅和紧接着的分离?意味着有缘无分?意味着今生的擦肩而过,只能在彼岸苦苦等待来生?

传说黄泉路上有一条河叫忘川,河上有一座桥叫奈何桥,走过奈何桥,喝下孟婆汤,一切的前尘往事全都会烟飞云散。

那么,来生还有什么可希冀的呢?即使生命轮回,又一次在桥上相遇,也是相见不相识……

春天来了,在爱情之都的情爱季节里,人们纷纷出门,去万松岭下看翩翩的蝶影,去断桥寻找"百年修得同船渡"的缘分,去南山路体会"不见去年人,泪湿春衫袖"的哀愁,去长桥看爱情花开花落……

我没有出门。

我病了。

时深时浅的梦里,远远近近都是青绿色的影子,像树,像湖,又像涕泪的痕迹。只有一座桥异常清晰。

湖水轻轻拍打着桥面,像哄着婴儿入睡。

桥睁着无辜的眼睛。

桥什么也不说。

秋窗风雨夕

井水其实不是黑色的,但因为在深井里,看上去像一块墨,奇异的是,这块墨能反照天光,也能清晰地映照出我白亮的脸,以及我身后正蓬蓬勃勃的春天。八十年前的春天,井水也映照过他的脸——忧郁,文气,像他最初的名字——郁文。

这口半平米见方的老井,位于杭州大学路场官弄63号。"风雨茅庐",一个不太吉祥的宅名,仿佛预示了它的主人——一代文豪郁达夫注定颠沛的人生和爱情。

"儿时的回忆,我所经验到的最初的感觉,便是饥饿;对于饥饿的恐怖,到现在还在紧逼着我。到了我出生后第三年的春夏之交,父亲也因此以病以死;在这里总算是悲剧的序幕结束了,此后便只是孤儿寡妇的正剧的上场。"1896年12月7日,郁达夫出生于浙江富阳县一个没落的书香家庭,凄惨的童年、天赋的异禀、坎坷的境遇,成就了他极其复杂的个性——浪漫细腻、大胆豪放、勇往直前而又有些歇斯底里,也成就了他的多重身份——中国现代著名小说家、散文家和诗人,中国左翼作家联盟的发起人之一,民族解放殉难烈士。

八十多年前的一个春天,"明眸如水,一泓秋波"的杭州名士之后王映霞随丈夫郁达夫回到了故乡。此时,离郁达夫留日归国、代表作我国第一部白话短篇小说集《沉沦》的发表已经过去十二年,离他上海初遇王映霞一见钟情穷追猛打终成正果已经五年了。此时回来,一是为避国民党当局的政治迫害,二是为还她回乡心愿。他买下了玉皇山后30亩山地,又置换地皮,亲自设计,在离西湖不远的地方,建起了他理想中的家园。

"1935年年底动工,熬过了一个冰雪的冬季,到1936年的春天完工……足足花掉了一万五六千元。"王映霞写道。可以想见,1936年的春天,无论对于他和她,都是特别明媚的。她的脸庞映照着崭新庭院里初春的雪,因欣喜而更加动人。

这座日式风格的东方建筑,"涂上了朱漆,嵌上了水泥",古典,精致,华丽,衬得上这对"富春江上神仙侣"。然而,郁达夫给它取了一个名字"风雨茅庐",王映霞觉得不吉利,不喜欢。

当时的风雨茅庐是这样的:院落坐北朝南,分正屋和后院两个部分。临街是两扇大铁门,一排二层楼。前院是一个高台,高台上三间正房,围绕着木柱回廊,正房当中一间为客厅,挂着著名学人马君武所书"风雨茅庐"横匾,西壁挂的是中国画,东壁则是鲁迅亲笔手书的七律《阻郁达夫移家杭州》。客厅东西两边为卧室。正屋往东,是一个月洞门,五六间平房连接着后院。后院是一个幽雅别致的小花园,葱茏掩映着三间客房和郁达夫最爱的书房。书房三面沿壁排列着落地书架,摆满了数万册各国文字的书籍。

对这个"蜗庐",郁达夫在《移家琐记》中表达了由衷的喜爱:"好得很!好得很!"尽管鲁迅先生对于他移家杭州一事,之前之后都好意劝阻,他仍发自内心地希望新建的家园成为趋避乱世的世外桃源,全家老小能长长久久平平安安地在此生活下去。

"谁家秋院无风入,何处秋窗无雨声。"林黛玉一首《秋窗风雨夕》仿佛映照了那个风雨萧瑟、政治阴晦的年代,即便如郁达夫这样的名人,又如何能驾驭自己的命运?

错误的时代,遇见错误的人,悲剧开演。

正式入住后,风雨茅庐不再是安静写作之地,因女主人的非凡魅力和一些无可奈何的原因,成了杭州社会名流官僚政客的交际场,整日推杯换盏、歌舞升平,让郁达夫心躁不安无所适从,只想逃离,短短几个月后,便南下福州谋职参加抗战活动。杭州沦陷后,王映霞带着孩子和老母在漫天烽火中逃难,最需要丈夫共渡难关时,他却不在。然后,她听到他与富阳的原配孙荃藕断丝连的消息,他听到她与第三者许绍棣关系不正常的流言。截然不同的性格,诸多的真相或者误会,裂痕已无法愈合。暴风雨终于如期而至——一次争吵后,王映霞离家出走,郁达夫气急败坏地在她的旗袍上写下"下堂妾王映霞改嫁之遗物"几个大字,后来又公开发表《毁家诗纪》,毫不保留地暴露了自己的私隐与"家丑",包括他对王映霞"红杏出墙"的怀恨之意,让她彻底寒了心。我想,他的激烈，其实是不舍，不甘，是想挽回。但即便如郁达夫这样的情种，也关心则乱。

"已觉秋窗秋不尽，那堪风雨助凄凉。"风雨茅庐，他们只住了短短两年，十二年的婚姻便走到了尽头，劳燕分飞，走向了不同的人生——郁达夫辗转香港、新加坡、印度尼西亚等地办报并从事宣传抗日救国，并再婚生子。1945年8月29日晚8时许，日本宣布无条件投降后两周，流亡至苏门答腊的郁达夫正在家中与几位朋友聊天，忽然有一个土著青年把他叫出去讲了几句话，郁达夫回到客厅与朋友打个招呼就出去了，从此再也没有回来。后据史料证实，他于当年9月17日遭日本宪兵秘密杀害，终年50岁，而他的第十一个孩子在他遇害后翌日出生。而王映霞终于遇到了生命中"对"的那个人——钟贤道，得到了"许多温暖安慰和幸福"，直至2000年2月在上海病故，终年92岁。王映霞晚年在自传中这样评价："我想要的是一个安安定定的家，而郁达夫是只能跟他做朋友不能做夫妻。所以同郁达夫最大的分别就是我同他性格不同。""历史长河的流逝，淌平了我心头的爱和恨，留下的只是深深的怀念。"儿子郁飞也诚恳地描述了自己眼中的父亲："我的父亲是一位拥有明显优点，也有明显缺点的人，他很爱国家，对朋友也很热心，但做人处世过于冲动，以至家庭与生活都搞得很不愉快。他不是什么圣人，只是一名文人，不要美化他，也不要把他丑化。"

那一年初春，午后，阴。我们站在锁着门的风雨茅庐前，等待维修指挥部的小伙子取来钥匙开门。时光早已将它湮没在一大片居民小区当中。之前,在离它大概十米远的地方,我问过好几个路人和店里的人风雨茅庐怎么走,居然没有一个人知道。我们——我,小营街道干部小卉,消防员老王,来自连云港的保安,一个60多岁的扫地大爷,还有维修工程部科长——站在故居前讨论着2014年杭州居然有200个雾霾天这个话题,每个人都情绪激动,发言热烈。故居前的巷子很狭窄,只容一辆车通过,车开过时,我们暂停讨论,贴着墙根站,等车过了,我们再走出来继续讨论。没有人聊起那一场隔世的风花雪月,更没有人讨论文学。

推开黑漆的"原版"铁门,像翻开另一个年代的书页。一棵巨大的老梧桐树扑面而来,秋天般落叶纷飞,一棵姿态优雅的红皮树,还沉浸在过往的冬季里不动声色。屋檐瓦楞间蓬勃的草,珍珠般闪烁着低调的光泽,提醒我这是2015年的春天。

都还在。高台,正屋,偏房,书房,后院,甬道,水井,青石板。从任何一个角度看,这儿都是静的,美的,出世的,仿佛交响乐中一小段喑哑空灵的竖琴。八十年前,他或者她,无论站在或坐在这个宅子的任何一个角落,都是惬意的。然而,短短两年,属于他们的窝,还没有被焐热,就被雨打风吹散。此刻,屋顶上很多瓦片已掉落,屋内一些地方还在漏水,天花板和柱子上长出了霉斑霉点,他生前用过的十几件红木家具包括一张床、一个画桌、一个衣橱、几张椅子,都只好暂时收起来了。但所有的房屋里,都散发着红木的异香，书房的地板下传来脚步空洞的回音，我仿佛听到了一声暗泣，风雨茅庐像一个弃儿，没有年轻过，就已经年迈了。

扫地的大爷跟我们进来后，一直在扫着满地的落叶，自始至终没有说过一句话。我想，并没有人要求他扫地，他也并不懂，他是否只是简单地在心疼着，这么好一个地方，怎么就这么凄凉？据说，这儿曾经装修过，文化公司租过，相关单位正在加紧维修，但怎么维护是否开放如何管理以后有谁来看等等问题，和全中国很多名人故居一样，不知道何去何从。

那一年春天，我在如镜的老井里照见了自己，也照见了一群鸽子正从屋檐上呼啸而过。它们世世代代在此筑窝，执着，长久，一脉相承。八十多年前，他每天在这里洗漱，每天能望见井里的活水，也一定望见过一群鸽子呼啸来往，那会不会是他最孤独的时刻？也是他最清醒的时刻？

忽然觉得，看似有点破败的故居，其实一直盘旋着一股精气。他的文和人，给人印象是颓废的，忧郁的，浪漫的，文弱的，偏激的，甚至有点傻的，于是，一个活生生的真实可爱的他，如多年不见的一位故人，站在井底与我对视。我看出来了，他喜欢日本，那里留着他一生中最好的年华和初恋，风雨茅庐的日式风格可见一斑，但他选择了抗日，抛妻别子，甚至献出生命。他讨厌官场和政治，但他选择了去福建谋职入仕，投明救国。八十年前的天空上，一群鸽子掠过苍穹，见证过他比它们飞得更高远的目光。八十年后的今天,有多少人愿意为了内心认定的理想豁出身家性命?恐怕一点名利、一分安逸都不肯。

风雨茅庐,中国文化地图上的一个点,千千万万个文化地标中的一个,中华浩瀚文风中的一缕,此刻,它在走近,还是走远?

在井水倒映的天光里,我试图打捞一个答案。

一只叫西溪的眼

如果西湖是杭州善睐的明眸,西溪则是她另一只没有化过妆的眼睛。

一、醉梦

人有时不用喝一滴酒,吃饭也能吃醉。国外科学家研究过,很多人都有这种自酿的特异功能。

一日午饭后,浑身发软,只好躺着翻翻书,翻到了这些文字:

"松木场入古荡,溪流浅窄,不容巨舟,自古荡以西,并称西溪。"

"一片芦花,明月映之,白如积雪,大是奇景。"

"明清时期,居民大量培育梅花,以梅为业……本极大而有致,又多临水。早春花时,舟从梅树下入,弥漫如雪。"

凡尘俗界里,居然集这些绝美的意境于一处,而且就在近在咫尺的杭州西郊,可能吗?

午后的阳光透过百叶窗,栖落在我裸露的脚背上。些微的暖意,啄醒了我的足尖,引我踏进了一个梦……

梦里,我化成了倒映在西溪水里的一个亭亭的身影:红绣鞋,黑衣裙,乌亮的小髻,素面朝天。莫非她就是我的前生?是两百年前生于西溪长于西溪的女儿?

轻舟托着我,从千万棵依水而立的梅树下穿过。早春的第一阵微风吹来,十八里西溪顿时落英缤纷,花瓣如雪,飘上我的发,拂动我整齐的刘海儿和微蹙的眉。我问一株龙钟老梅:几百年前,曾在你跟前轻吟"记取飞尘难到处,矮梅下系庳篷船"的厉鹗先生魂归何处?我问凛冽的清香:这儿,真的是曾与灵峰、孤山并称杭州三大赏梅胜地的香溪吗?我到哪里才能找回和我一样爱梅、爱蒹葭、爱自然、爱归隐人生的他们?

梅无语,水无语,只有轻舟如梭,花飞如电……而时光已经停住,不让我回到现实,不让我老去,就让我在最美的此时此刻死去。

二、寻梦

梦终归是梦,只是我的幻想而已。世事沧桑,如今的西溪已经不再是明清最盛时期的那个西溪了,梅不在了,人也不在了。但最不经意的时候,梦里似曾相识的情节,会突然出现在眼前,让你恍然不知身在何处。初秋,我真的坐上了小船,走入了我梦里的西溪。

"桥门印水,幻圆影如月,舟行入月中矣。"小船离开蒋村的水产市场码头,走在铺满水菱和紫色水浮莲花的水巷里,穿过一座又一座拱桥,仿佛从一个开满鲜花的月亮到另一个开满鲜花的月亮。

和任何水乡一样,西溪是典型的小桥流水人家,还兼山水和田园风光,正如明朝陈赟描绘的:"山色当窗好,溪流绕屋斜。襟怀付鱼鸟,生理在桑麻。"

不一样的,是来自鼻子、耳朵和皮肤的报告。

淡绿的水,没有想象中的清澈。船被船夫慢慢摇着走,手可以随意搭在水里,掀起很小的浪。很小的浪在初秋尚有余热的空气里,蒸发出西溪水特有的凉意和体香,像青草割过以后那种血的馨香,带了点淡淡的腥气。这馨香里还有别的味道,可能是沿岸繁茂的枝枝叶叶和尚未成熟的果子散发出来的,似乎还有农舍里淡淡的家畜的味道,想屏气躲一躲,又忽然没有了。

眼前是很生活的画面,耳朵里却异常清静。婆婆蹲在自家门前洗衣服,捣槌声渐渐落在我们身后,一下比一下轻。立在岸边钓鱼的人只拿眼睛瞟了我们一下,顾自享受他缄口的乐趣。两条船交会了,船主相互打了个招呼,咿呀的摇橹声却未停下,听得人昏昏欲睡。

又穿过一座拱桥,船折了一个大弯,进入西溪的南樟湖,眼前豁然开朗。难怪郁达夫在《西溪的晴雨》里说:"一味的晴明浩荡,飘飘然,浑浑然,洞贯了我们的肺腑!"

这是一席视觉的盛宴——

薄雾掩映下的一泓碧水,是初醒的少女的眼,流转着宁静、纯洁、空灵的波光,黛色的远山,如淡而有致的眉,湖边的青苇,如睫毛,随着风温柔的节奏颤动。没有一丝浮华与粉饰,那一点点未谙人世的惺忪,让你感叹这是怎样一只宠辱不惊、与世无争的眼!

三五只白鹭呼啦啦飞起来,犁开碧蓝的天,沾了云的轻盈,分别落在远处一棵芦苇或一朵水浮莲上。我们靠得近了,它们又飞起来,给我们引路,殷勤而又矜持。我猜,它们是把自己当主人,把我们当客了。

蝴蝶和蜻蜓,路过船的左右,用乡下孩子看城里人的眼光作几秒钟好奇的关注,便自己疯去了。

不甘寂寞的,是时而跃起的鱼。一湖涟漪随之慢慢、慢慢地绽开,一直波及你内心最深最深的某个记忆。

与西溪对视,我深深垂下了眼帘。我愧对这只天使般的眼睛,这自然而又动人心魄的美。我知道,世间有无数只这样的眼,唯有它离我最近,一直在我身边,而我从未发现。

而今,我与它的缘,仍然只是惊鸿一瞥。它来自太湖源头,经过这里,汇入钱塘江,最后归流浩瀚的东海。它一直在走,多少年前,它就在了。多少年后,它还会在。而我呢?多少年前,我在哪里?多少年后,我又在哪里?所以,一介凡人,如何真正了解它与生俱来的冰清玉洁?它一路走过多少风景,饮过多少风霜雨雪,看过多少人来人往？哪里能真正读懂这深深浅浅的水里，蕴含着怎样的情怀？

中午，该轮到在水汀的芦雪庵款待嘴巴。竹林茅舍，更添野趣。一只公鸡和三只母鸡在竹丛中觅食。忽然，屋后传来一只母鸡下蛋后咯咯答的叫声。只见公鸡闻声飞也似的跑了过去。我不知道它能为母鸡做点什么，却忽然联想起两句诗："黄橙红柿紫菱角，不羡人间万户侯。"便一个人傻乎乎笑了。

三、续梦

西溪给了我很多惊喜，主人却说，你们来时还不是最好的时候。我记着，深秋，芦花怒放的时候，我还会来。

回来的船上，我顺手采了一朵水浮莲，权当在家里养着一个青翠的梦。据说它很容易养活，也许在玻璃缸里也能开出淡紫色的花。

看见它，我就在心里问：西溪，我踏舟寻梅的美梦何时成真？

水下六米的凝望

　　一只飞鸟俯瞰南中国,看见一条江从杭州穿城而过,江的北面有一个湖,是它熟悉的西湖,江的南岸也有一个湖,是它从未去过的湘湖。它想了想,飞向了那片陌生的水域,轻轻落在水中央一棵清瘦的柳树上,看见了湖中自己同样清瘦的倒影。

　　这是一月的湘湖,讲述着完全不同于其他地方、其他季节的故事。一月,是一年里最深沉的月份,大地上的一切已经结束,一切尚未开始。这个被雨雾笼罩的上午,万籁寂静,骨骼清奇,飞鸟的身影落在湖里,没有惊起一丝涟漪,脚尖落在柳枝上,没有惊动其他任何一只鸟。

　　一切仿佛睡着了。睡意蒙眬中,它听见不远处传来一阵水声,然后传来船夫的一句话:"这么个下雨天,雾又大,老人家还是回家待着好。"

　　老人家,是我年近耄耋的父母,从老家来看我和弟弟。他们常来杭州,已经把西湖看厌了。我想起仅一桥之隔却从未去过的湘湖,便带他们来了。

　　船窗前的父亲,久久凝视着上午十点冬天的湘湖,没有侧过脸来,只听得见他的声音:"我见过的景色里,最像水墨画的,甚至比水墨画更美的,就是这里了。"

母亲说:"是啊。"

我也说:"是啊。"

是真的。

一月的湘湖,就是父亲小时候教过我的那种留白很多的写意山水和花鸟画。花格船窗将天地框进一个天然的画框,雨雾如磨墨般,将天、地、水、物磨成了浓墨、淡墨,或更淡的墨,比烟还淡。浓的,是一座拱桥,一段堤坝,一群飞鸟或一群栖息的鸟;淡的,是远处一片枯干的芦苇,三两棵垂柳,或一座亭子的倒影;白的,是天空,水,雾。寥寥的几点黑,大片的浅灰和白,在船静静前行中,泼洒,勾勒。极静,极美。

一切都显得那么清瘦、紧致,透着内里的某种节制。

我用手机记下了几幅画。第一幅是一大片白雾迷蒙的水域,右边一棵无叶的垂柳,栖息着很多一动不动的水鸟,如被岁月催眠的一棵树上结满了永远不会掉落的果实。树的确是睡着了,明年春天才会醒来。鸟暂时睡着了,它们醒来时,会像一盏盏灯亮起来,照亮着树,继续哄着它睡。雾和雨,也达成某种默契,为它们盖上了薄被,于是,一月的湘湖的上午十点,像深夜般静谧。

第二幅,是从船头的玻璃窗往外看。雨滴在玻璃上,晕染出迷离的前景,雨滴里,一座拱桥越来越近,桥上两个打伞的人也越行越近,然后交错,然后又渐渐分开。两个陌生人,在另一个陌生人的镜头里的一滴雨中相遇,又分离。我不知道他们是除我们之外仅有的两个游人,还是园区的工作人员。他们也不知道,桥下缓缓驶来的画舫里,只坐了三个游人:一对年近耄耋的父母,一个年近半百的女儿。船穿过桥洞,我们彼此也越行越远。他们亦不知道,自己交错的身影会被一个陌生人永远留在镜头里,记忆深处。

第三幅画的格调,有大漠孤烟的味道。主角离我很远,是十几棵静立水中的水杉,在如镜的湖里,每一棵树的倒影仍然是笔直的,且是独立的,整个画面干净到苍凉。然而,我看到了水下的秘密:它们看似互不相干,但它们的根在水里相握相缠,不动声色,不分开,像一些美好的感情。

每一个细节,都是一幅画,无数个细节构成的湘湖,美得让我们三个人哑口无言。

我将镜头转向父母时,他们像醒了似的转过脸来,发出了一致的感慨。父亲说:"萧山离杭州这么近,居然有这么美的地方,我们以前怎么不知道呢?"

他说的,也是我想说的。

还有一句话我想了想,没有说出来。父母和我,都去过世界上不少地方,却很少有什么地方,是我们仨一起去的。我也带他们一起去过几个地方,但没有哪一片美景哪一个时刻像今天这样,没有预谋,没有喧闹,没有他人,没有五颜六色,也无关文化,只有我们仨,只属于我们仨。

即使让我任意想象一个属于我们仨的最美的梦,也不会比此时此刻更美吧?

四个月后,当我和一群文友又一次来到湘湖时,我发现,初夏的湘湖,讲述着与一月完全不同的故事。

一月清瘦的湘湖此刻已显丰满,处处是尚未老去的绿意,明净的湖面在阳光下显得光鲜亮丽。而我的父母,早已回到老家,过了一个春节后,他们又老了一岁。当我聆听着与湘湖有关的历史文化时,当我站在湘湖水下六米处与八千年前的独木舟对视时,我忽然想起,我和父母来时,并没有真正进入湘湖的深处。我们不知道写《回乡偶书》的贺知章就是这里人,八千年跨湖桥文化遗址就在脚下。我们也不知道,船行走在静静的湖面上时,水下六米处正躺着一艘远古先民留下的独木舟,将古老的浙江文明史又往前推了一千年。

独木舟与我隔着一面玻璃,我的身影与它、与灯光、与周遭的一切叠映在一起,古老先民一个个鲜活的生活场景在屏幕般的玻璃上一一闪现。我困惑八千年前的那根骨针,是用什么工具钻的针眼?半根空心的玉琮,用什么钻的孔?我们最初的祖先,到底来自哪里?但不知为什么,我想的更多的,依然是我的父母,我自己的故乡,我的根。

故乡在海岛玉环,父母留恋家乡的小院和亲朋,偶尔来杭州或者去北京姐姐家小住。我每次回老家,都有一种越来越深的恐惧:他们百年之后,我还会踏进那个再也没有他们的院落吗?"少小离家老大回,乡音无改鬓毛衰。儿童相见不相识,笑问客从何处来。"744年,86岁的贺知章告老返回故乡越州永兴(今杭州萧山)时,距他中年离乡已有五十多个年头了。这是为什么呢?假如父母在世,他怎么可能不回来?无论何种原因,这些含笑的诗句背后一定是怆然。

叶落归根,根在哪儿?中国的村庄里,如今住着的绝大多数是老人和孩子,多年以后,老人们都不在了,还会有人回去吗?还有几个人会寻根问祖?更多年以后,当我回到老家时,还会有儿童"笑问客从何处来"吗?地理上的根都不在了,灵魂深处的根还会在吗?

八千年前的独木舟,静静躺在水下六米,棕黑色的原木,已没有亮光。远古的先民,曾经乘着它去过很多地方,把古老的文明带到了比我们的想象更远的地方,比如南太平洋,比如大溪地。这是真的。更让人惊奇的是,2010年夏天,有人从遥远的南太平洋,如他们的祖先一样乘着一艘独木舟,沿着五万年前祖先的原始迁移路线重返本源——中国南方海边,来寻找他们的根。六名船员,有航海家、水手,也有人类学家、动植物学家。独木舟经由库支群岛、纽埃、汤加、斐济、瓦努阿图、所罗门群岛、巴布亚新几内亚、印度尼西亚、菲律宾、中国,最终抵达上海。整整1.6万海里的艰苦旅途中,他们上岛添购食物、淡水、水果,也在大海里捕捞生吃海鱼,最后两天,一点食物都没有了,每人只有一小瓶水维持生命。他们与近十米的惊涛骇浪搏斗,看海豚们在独木舟前方带路,任不知名的海鸟停在胳膊上……最后,他们来到了这里,水下六米深处——这一条独木舟前,他们的"根"之前。

"当他们看到独木舟时,眼睛都放光了,太惊喜了。"博物馆的人说。

真想亲眼看看这些用生命来寻根的人。他们想要寻找的,其实并不仅仅是这一艘独木舟,还有在灵魂深处,每一个人都正在失落却又拼命想要寻回的东西。

从水下六米处出来,我在湖边遇见了一只鸟。它栖息在一块石牌坊上,是雕刻的,有着优美的体态和姿势,翅膀如飘带卷起。它是湘湖先民的图腾。我相信它就是湘湖的灵魂,这一片水域因为一直住着它,才能这么静美。在我长久的凝望中,这只鸟渐渐活了,飞离了我的视线,飞回了湘湖的一月,那个懂得节制与蕴藏的季节。我想,当我凝望着它时,它也一直在凝望着我,如同水下六米处的它们和他们,千百年来也一直在默默凝望着我们,用无声的语言警示着每一片离根太远的叶子——独木舟、水稻、骨针、玉琮,以及湘湖本身,以及我们从未谋面的祖先。

家有城兮城四方

遇西湖

20世纪60年代末,我出生在海岛玉环,父亲为我取名"沧桑"。12岁,母亲用我的第一笔稿费买了四幅字,挂满了三楼雪白的一面墙:岳飞的《满江红·写怀》、辛弃疾的《永遇乐·京口北固亭怀古》、苏轼的《赤壁赋》《水调歌头·明月几时有》。窗外吹来一阵阵带着东海气息的南风,我在心里一遍遍默诵着那些诗词,梦想着有一天能去一趟与他们结着深刻情缘的杭州,拜谒我心中的王。

18岁,我如愿来到弥漫着桂花芳香的杭城读大学,站在灵隐寺不远处象征"前生、今生、来生"的三生石旁,忽然觉得,我和杭州亦会有不解的情缘。此后三十多年,我在西湖边读书、工作、生活、写作,杭州成了我的第二故乡,也成了我弟弟、我的一些同乡同学和很多远方朋友的第二故乡。散文集《银杏叶的歌唱》《一个人的天堂》《风月无边》是我走遍西湖的记录,也是杭州三十多年沧桑变幻的见证。西湖于我是永恒,我于西湖只是永恒之一瞬,不奢望成为西湖的一句诗、一缕月光,做它的一叶柳、一滴水也是好的。

西湖以东

那个碧树森森、苇花摇曳的"神秘园",曾是杭州连接世界各地的航空港,也曾是我的家。1990年,我大学毕业分配到省民航局工作,在半军事化管理的杭州笕桥机场住了十来年。难忘一个雪夜,单位年会结束后,同事挤在我家那辆旧桑塔纳里从市区回机场宿舍,一半大人,一半小孩,一半醉了,一半乐疯了。到了机场,桑塔纳里一个接一个"滚"出了大大小小的"球",码到了停机坪进口处一杆高耸入云的聚光灯下,一起仰望着鹅毛大雪,默默想了会儿远方的家,接着连滚带爬打起了雪仗,回到家才发现谁在我衣兜里塞了一个大雪团。2000年12月,杭州萧山国际机场建成通航,笕桥机场整体搬迁那夜,我坐在指挥车后座,回头见浩浩荡荡的特种车队静静驶离了神秘园大门,承载着几代民航人光荣与梦想的笕桥机场慢慢消逝在视线中,一个巨大的、波浪形的、崭新的现代化国际机场梦境般向我们迎面而来,如杭州向世界张开的巨型羽翼怀抱。多年后,雪夜桑塔纳车里的大人们走上了更重要的一些岗位,有几个孩子正沿着父辈留在雪地上的脚印,延续着他们的梦想,驾驶舱内、舷梯旁、机坪上、空管塔台荧屏前,都有他们忙碌的身影。

西湖以西

如果西湖是杭州善睐的明眸,西溪则是她另一只没有化过妆的眼睛。"松木场入古荡,溪流浅窄,不容巨舟,自古荡以西,并称西溪。""一片芦花,明月映之,白如积雪,大是奇景。""早春花时,舟从梅树下入,弥漫如雪。"明清时期,西溪与灵峰、孤山并称杭州三大赏梅胜地,拥有独一无二的千眼湖塘、十里梅花、明月蒹葭和底蕴深厚的佛教文化和隐居文化,后来慢慢衰落荒废了。2004年,一位读过《风月无边》的朋友辗转找到我,诚恳地邀请我为西溪写一本书。两年后,我出版了当代第一部以西溪湿地为文化背景的长篇小说,也是我的第一部长篇小说《千眼温柔》,叙写了当代杭州人关于爱与生命的情感故事,我期盼着有一天,我在文字里还原的世外桃源能复活成为现实中具有神奇力量的,使人与人、人与自然和谐共处的地方。

2019年初秋,睽违多年后,我再次来到西溪,寻访一位在西湖和西溪上漂泊了三十年的船娘,感觉三百年前的西溪又回来了,已成为国家湿地公园的西溪如此让人惊艳。祖祖辈辈生活在此的船娘说,全部整治清理过了,原住户搬离西溪了,很不舍,但看到西溪现在这么美这么干净,心里高兴的。更神奇的是,就在这里,人们享受着古意,也享受着"刷脸消费""AR导购""魔幻试衣"等黑科技最新最时尚的体验感。

船娘带我泛舟西溪,将船泊在湖心吃午饭,我们相约,等下雪了,乘她的摇橹船看雪落、梅开,吃火锅,喝酒。

西湖以南

西湖风月无边,钱塘江水则浇铸了杭州的铮铮风骨。多年前一个初春时节,我们带女儿到较为荒凉的钱塘江北岸南星桥放风筝,没想到多年后我们把家安在了这里,而我的生命也抵达了江水般从容的岁月。

窗往南一百米,就是钱塘江,如果夜夜开着窗,就夜夜能听到夜航船的汽笛声。钱塘江上的夜航船,和任何朝代任何江河湖海上的一样,渡名利是非,也渡一个个悲欢离合。农历八月十八,钱塘潮声如雷鸣,气吞山河,潮头如千万匹灰鬃骏马喷珠吐沫,又如十万大军兵临城下,依稀听得到弄潮儿和勾践、夫差、伍子胥、文种、褚遂良、岳飞、于谦、张苍水、苏轼、秋瑾们的呐喊……

夜色来临,江水宁静,两岸灯火次第绽放。钱江新城和南岸的滨江新区像杭州古城悄然长大的两个妹妹,让世人惊叹。金色球形的国际会议中心和月亮形的杭州剧院如"日月同辉",线条充满美感的来福士中心、财富金融中心等标志性建筑拔地而起,与江对岸北斗七星状的杭州之门、淡紫色莲花形的奥体中心、仿佛建立在外星人 UFO 上的海创基地遥遥相望，G20 会址、亚运村、滨江天堂硅谷，各种高新技术产业基地鳞次栉比，还有无人值守的文创书店，沿江楼宇的巨型灯光秀倒映在江面上，与复兴大桥湛蓝色的倒影交相辉映，与古老的雷峰塔、保俶塔、三潭印月遥相呼应，新一代弄潮儿在电脑键盘的嗒嗒声里冲浪、翱翔。

家住江边十七年，我写下了《水边》，写下了散文集《所有的安如磐石》《水下六米的凝望》《等一碗乡愁》和《纸上》等，累了，就靠在窗边吹吹风，仰望明月或星空，想，此刻在夜里赶路的人们，一定也会抬头仰望这座古老城市更高更远的未来。

西湖以北

盛夏时节，我们穿过一大片碧绿的稻田，像穿越在良渚碧绿的时光里。离西湖 20 公里、北依太湖、西傍天目山脉、东临钱塘江的余杭良渚平原，就是"最早的杭州"。每当想起良渚，我就会想起玉的颜色。在那块令人们叹为观止的"玉琮王"前，我久久凝视着集头戴羽冠之人面、猛兽飞禽之身为一体的神徽，它无邪的目光与神秘的纹饰，散发着原始的、质朴的端庄和尊贵，仿佛正向人们传递着与宇宙奥秘有关的信息，联通着远古和未来。

良渚古城遗址包括莫角山、反山、瑶山、汇观山在内的 130 余处遗址群,反映着这里已从原始部落联盟进入了国家治理的文明社会形态,2019年获准列入《世界遗产名录》,成为实证中华五千年文明史的圣地。

美丽小洲上刀耕火种的微光,是中华文明最初的文明之光,良渚人呵护着这道光,像呵护风中的蜡烛般谨小慎微。哪里要造个房子、挖个地、种棵树,必须先考一下古,边上就有良渚街道的人和文物局的人盯着。此刻陪我们穿过一大片稻田的良渚朋友,就没日没夜地做着这些极其细碎而具体的事,和无数人一起,用汗水和心血一次次迎来良渚的高光时刻。申遗成功不是句号,瑶山祭台、葡子讲学、杜甫壮游、安溪古镇、梦栖小镇、国际生命科技小镇等新的大美良渚特色项目如一串省略号,波浪般推进着。良渚遗址公园内5G信号全覆盖,遗址的保护、研究、传承和利用均有数字赋能,新兴科技产业在这片古老的土地上集聚成一个未来科技城。写一首诗需要多久?良渚,一首波澜壮阔的史诗,一首破局重构的现代诗。

时空中响起轻轻的翻书声。距良渚文化村不远的大屋顶文化广场,稻浪般此起彼伏的翻书声在午后的晓书屋里回响。生活在良渚的居民们戴着口罩,来此买书、看书,老人们坐在沙发上,年轻人和孩子们半躺在木地板的软垫上,偶尔有几声低语。两个孩子轻笑着跑上二楼,大一点的攀爬上一张凳子,去巨大的书架上够下一本书,递给了更小的那个。阳光寂静,洒在他们毛茸茸的脸颊上,仿佛书里那些伟大的灵魂在亲吻他们。

　　千年之前,苏轼留下苏堤,白居易留下白堤,古往今来一首首千古绝唱,镌刻着世人对杭州的挚爱。钱塘两岸沧海桑田,人间天堂明月依然。初冬,清晨,我跟着朋友们从孤山绕到白堤,拍鸬鹚抓鱼,见自己的影子与一只摇橹船在湖面金色的微波里擦肩而过,想,走在西湖边的人们,会留给千年以后的杭州什么呢?

辑四：月空来信

月空来信

藏香燃起。一缕烟,缘月光冉冉而上,像一支笔,对着月空深情书写着一封长信。

一、唐卡

苍鹰的右翅轻掠过四川阿坝壤塘觉囊非遗传习所的屋檐一角,看见窗下端坐着 26 岁的色青拉姆,她用右手拇指和食指紧捏着一支极细的画笔,为一幅绿度母唐卡设色。

午后的光影衬托出她微微前倾的侧影,白色的藏袍、黄色的竖领镶着暗红的云纹,乌黑的长发梳成一根辫子,弧形的辫股发丝反射着午后的阳光,和她的睫毛一样根根明亮。鼻尖、唇、耳朵和脸颊上两颗很小的痣,都一如她眼眸深处的端庄。

最明亮的不是阳光,是那幅即将完成的和她的头一般大小的绿度母唐卡,深邃的藏青色,却璀璨夺目,紧紧聚吸着她所有的专注。

隐藏在川西北高原的悬天净土壤巴拉,山高路遥,地广人稀,贫穷落后。出生于牧民之家的色青拉姆有四个哥哥、两个姐姐,上学曾是她难以企及的梦想。八年前,壤塘县建立了"觉囊非遗传习所",她做梦般成了传习所的第一批学员之一,和那些以为早已被命运抛弃的壤塘少男少女一样,懵懵懂懂地拿起了用黄鼠狼尾巴上的一小撮毛做成的画笔。

相传公元7世纪,松赞干布用自己的血液绘制了一幅吉祥天母女神像,这是传说中的第一张唐卡。唐卡被誉为"藏文化百科全书",其题材内容以宗教为主,涉及历史、政治、经济、文化、民间传说、世俗生活、建筑、医学、天文、历算等领域。壤塘的觉囊唐卡历史悠久、独成一宗、弥足珍贵,被列入我国第一批非物质文化遗产名录。唐卡的绘制要求极为严苛,程序极为复杂,必须按照经书中的仪轨及上师的要求进行,不得有丝毫违背,包括绘前仪式、制作画布、构图起稿、着色染色、勾线定型、铺金描银、开眼、缝裱、开光等一整套工艺程序。一幅觉囊唐卡的绘制过程,短则半年,长则十余年,是画师的一场心灵修行。

色青拉姆将画笔放在唇间抿了抿。施色的顺序从冷色到暖色,从浅色到深色。眼前这一幅唐卡,已经经过了她上亿次的上色,此刻,她进行的是分染施色,用笔蘸取很淡的矿物色浆,在舌尖上舔一舔,蘸着唾液在画面上间错着点,点染出均匀细腻的层次。采用金、银、珍珠、玛瑙、珊瑚、松石、孔雀石、朱砂等珍贵矿物宝石和藏红花、大黄、蓝靛、檀木等植物合成的160多种颜料,和她的心意一起,将在漫长的岁月里历久弥新。

师徒相承、口耳相传是觉囊唐卡技艺的传承之道。她的耳边时常回响着他们的上师——国家级非遗传承人嘉阳乐住的话:善良、仁慈、虔诚、清净、平和,心身合一,才能画出举世无双的唐卡。通过它进入自己的内在,然后把自己内在的东西,通过无障碍的身心表达出来,传递爱,这是它的价值所在。

太难了。色青拉姆常对自己说,必须一笔一画细心画,必须保持指尖的运动和呼吸、心跳一致,再难都要坚持画下去。

一向淡定从容的嘉阳乐住上师拍着桌子说:"你们不放弃自己,我绝不放弃你们。"

于是,第一批六十个学员,一个都不落下,一个都不离开,直至亲如家人。汉族老师来讲课,感叹一件不可思议的事:孩子们大多听不懂汉语,如果有两个孩子完全听懂了,第二天,所有的孩子居然都懂了。

心无旁骛,整整八年,从壤塘的传习所到传习所的上海金泽基地,色青拉姆从一个普通的牧民家女孩蜕变成了令国内外艺术家赞叹不已的唐卡画师,从沉默、胆小变得自信、开朗,用德庆旺姆等姐妹的话说,她变成了一个勇气和智慧兼具的姑娘。从早晨六点半到夜里九点,除了休息时间,一直枯坐在唐卡前一笔一笔一点一点画着唐卡的兄弟姐妹们也是如此,画唐卡不仅改善了他们的生活,还改变了他们的内心。他们的作品在各大美术馆、各大高校、国际论坛峰会等诸多有影响力的学术和艺术场所及交流活动中展示，赢得了学者和艺术家的由衷赞叹。一位意大利艺术家感叹道，年轻画师们的作品庄重、深邃、细致、神秘，是"离神最近"的艺术作品，让人震撼。故宫博物院和传习所签订了合作协议，来自少边穷病地区的色青拉姆们将与顶尖专家学者共同研发故宫的精品唐卡复制与研发。

苍鹰掠过屋檐，看见另一个窗口前端坐着年轻的母亲萨伊，她随意挽着的发髻有点散乱。之前，她已用竹竿、木框、白色黏土、牛胶、毛刷、石头等工具将一块细密的白棉布处理成了一块厚度适中、平滑柔顺、富有弹性、容易上色的唐卡画布，现在她正专注地为一张十八罗汉唐卡进行线描起稿。

她九个月大的婴儿躺在她身边的摇篮里，嘴里叼着一只奶嘴，无比纯净的眼眸里，映着窗外湛蓝的天宇。

苍鹰还看见另一个窗口内的防火栓前静静伫立着一幅一人高、尚未开脸的水月观音唐卡，它的主人是36岁沉默寡言的泽木滚，他正骑着电动车飞驰在离非遗传习所几公里外的小镇上，帮我不慎摔坏的手机寻找小镇唯一修手机的人。再过几个小时，月亮升起时，他的同伴们会在更滚家的火塘前唱起古老的歌谣，更滚会为我们展示他的巨幅千手千眼观音唐卡；他们的同伴僧智忙完传习所繁杂的管理事务后，又忙着给学员们上汉语课；他们的同伴才让嘉会踏着月色，继续帮我寻找小镇唯一修手机的人。

月空下,色青拉姆和她的同伴们依然静静地画着唐卡。画笔落在洒满月光的唐卡上,他们像对着月光默默书写着一封长信,书写着壤塘人自创的幸福秘籍,也书写着对远方的祝福。

二、藏香

雪域异常洁净的泉水,是壤塘4500多米海拔的海子山除湖光山色、奇花异草和珍贵药材之外的又一馈赠。36岁的吴吉将长发盘起,袖子卷起,将藏袍紧紧扎在腰间,依次将从海子山上采的草药和鲜花放进泉水里清洗。藏香传承人马角玛师父说,泉水清明洁净,能去除药中毒性,加持药材和花草的功效。

春天采花,夏天采果,秋天采叶,冬天采根茎,觉囊藏香的原料集天地之灵,有360多种,采药要根据时轮天文历算,严格按医书及传承的记载,顺应不同时节不同时间上山采摘,还要顺应每种药物的癖性,包括海拔、山的阳面或阴面。人们从清晨四点出发,一采就是大半天。

藏香厂某个最为僻静的角落,日夜弥漫着最复杂又最纯净的芳香,古老的时轮藏香工艺正在被还原。贝壳、宝石类的硬质原料需要在此经过制香人七天七夜的静坐研磨,为藏香注入心念力量。

千年传承的时轮藏香源于觉囊藏医药,在壤塘保留了完整的传承体系,被列入第二批国家级非物质文化遗产名录。时轮藏香有财宝天王、黄财神、时轮、绿度母等四种香,每种香的配比都遵循《时轮根本续》以及乔列南杰的注释,从原料的采摘、研磨、配伍、搅拌、成形到晾制、窖藏、包装,均恪守古律。传承人马角玛掌握着最重要的配比工作,也就是藏香的核心技术,每一个步骤都有仪轨,就连将香粉调和成香泥的"特制的水"都需要七天前就备好,将藏红花和一种富含胶质的树皮反复捶打、充分浸泡。壤塘觉囊非遗传习所成立后,马角玛师父他们无偿地将"秘方"送给了壤塘最贫穷的人们。

藏香厂一楼弥漫着干草和花香气息的厅堂里,吴吉跪坐在木地板上,经泉水洗涤的野生药材已被他们带回、晒干,并用小石盅手工捣碎。此刻,她用木勺将药材舀进一个石磨的洞孔里,握着石磨上的木把手顺时针方向静静研磨着。她乌黑油亮的辫子,黑色的藏袍,蓝紫色的上衣,红色的腰带和头绳,瘦削的黑红的脸上,一双羊羔般低垂温顺的眼睛,看见我后绽开了灿烂而羞涩的笑,如同花草间突然绽放的一朵蓝色鸢尾花。

她身后两个年轻的姑娘,正用方桌大小的滤网过滤着已被研磨过一次又一次的香料,须往复三次,直至药材细如尘土。她们穿着同样的白色上衣和浅棕色藏袍,跪坐在地毯上,像两朵刚刚盛开的雪莲。

离她们不远的角落,还有几位同伴在静静捣磨着药材。亘古般的静默里,他们的专心、耐心、恒心和美好心意像"特制的水"糅入了香料,植入了每一根藏香。

隔着一层楼板,二楼宽阔的房间里,香泥在此被制成藏香。女人们将油润的香泥挤进牦牛角,从牦牛角尖的小洞里挤出一根完整的、笔直的藏香。藏香是否笔直,考验制香人的坚毅与耐性,须身体端坐,气息稳定,意念专注,就像画唐卡,笔尖的行云流水,依靠的不只是手臂和手指的力量,还有恰到好处的气息。

我学着她们的样子,用拇指将香泥压入牦牛角,用力挤在香盘上,发现使它成为笔直的一条香线几乎不可能。我挤出的那根香,躺在她们挤出的五六根藏香旁,就像我坐在她们中间一样。

午后的阳光从窗外漏进来,未去打扰木架上一排一排晾着的藏香,像不忍打扰沉睡的老人。它们将在静谧时光里静静晾干,七天七夜或更长一些。然后,这些外貌朴实无华的藏香,带着全世界最纯净的阳光、空气、水和四季芳香,带着不可思议的超然力量,开启跋山涉水的旅程,抵达远方。它是香,亦是有益身心健康的良药,让享用它的人在一缕神秘的芳香里安宁自在如一朵朵祥云。而人们为它支付的每一笔款项都将回到此地,改善制香人和更多藏民的生活,古老的藏香散发着一种新的味道,幸福的味道。

在壤巴拉,非遗产业园和唐卡、藏香、梵音古乐、石刻、陶艺、刺绣等四十多个非遗传习所为一千多名青少年和贫困户提供了就业岗位。更大的意义在于,技艺的传授不是核心,非遗文化的传承,引领人们找到了自身的价值,往更宽更深的生命智慧里行走。如同壤巴拉的梵音古乐,歌者一个一个紧挨在一起歌唱,每一个人像一朵浪花一起推着走,形成了一个海洋般巨大的能量场。

生命往往是翻越千山万水之后,才与最真的自己相见。

庚子年中秋夜,东海边,母亲燃起我给她带的时轮藏香。一缕烟,像一支笔,对着月空深情书写着一封长信。亿万道月光将这封信化成亿万封信送回人间,于是,悬天净土壤巴拉最朴素的故事和最真挚的祝福,抵达了世界的无数个远方。

廊上耳语

从江南到河西走廊,从东海边到祁连山下,地势渐渐升腾,水汽渐渐稀薄,渐渐稀薄的还有人间烟火。江南人面对广袤,轻微缺氧的头脑有点混沌,耳朵却变得灵敏,或并非灵敏,是混沌中生出的幻听。

先听见9月的风里响起一声驼铃。正午时分,一匹灰白色骆驼驮着我,穿行在张掖丹霞地貌的壮丽景象中,如同行走在一个外星球。骆驼停留在一棵蓬蓬草前,打了一个响鼻,我听见脚下古老的土地响起了流水声,叮叮咚咚,像一声声泉的耳语,从骆驼刺和蓬蓬草的叶尖涌出地面,汇集成浩瀚的绿意,幻化成远古时代的无垠汪洋。光阴煮海,时间将曾经的汪洋大海煮了几亿年,熬成了这一片集雄险奇幽美于一身的地貌,蜜般柔软,糖果般多彩,极地冰川般肃穆,母亲额头般沧桑。

经过峡谷某个拐角处时,骆驼和我一起向上仰望,我顺着它的视线伸出手,在红色崖壁的沙砾中摸到了一颗极小的贝壳。亿万年来,这颗小小的贝壳经历了些什么?陨石雨,伽马线辐射,沸腾的岩浆,汹涌的海水,生命诞生,人类进化,国家纷争,政权交替,金戈铁马,烽火连天……直到此刻,它和大海一起,被时间定格成无边的静美,唯有一场雨或雪,才能让所有的色彩醒来,像一次次回忆,一次次短暂的重生。

站在彩色丘陵的某个高处俯瞰,我听到猎猎风声里响起了苍凉悠远的乐声,嘟嘟克笛孤独的音色,如游刃穿行于风,引领着长号、提琴、竖琴、定音鼓等,如泣如诉的旋律渐渐恢宏。眼前一层一层的山浪向着同一个方向倾斜,天上一层一层的白云也向着同一个方向倾斜,像一支支队伍在雄浑的音乐里行进,时光之河浩浩汤汤穿过河西走廊。我看见光线急速变幻中一张张年轻的脸,年轻的张骞带着比他更年轻的汉武帝刘彻的嘱托,开启了出使西域的凿空之旅,年轻的骠骑将军霍去病策马扬鞭剑指匈奴,年轻的僧人玄奘独自踏上了五万里西行的生死之旅,年轻的一行行驼队掠过地平线上的落日,足印迅速被风沙吹老。历史与今天、东方与西方、古典与现代激烈碰撞,璀璨的文明之光闪耀苍穹。

时间深处,一条古时称为"弱水"的黑河之上,日夜萦绕着一曲曲动人的音律。"张国臂掖,以通西域",古为河西四郡(张掖、武威、酒泉、敦煌)重中之重的张掖,是丝绸之路重镇,兵家必争之地,作为河西走廊的一部分,在历史长河中对华夏文明产生了极其深远的影响。张掖四万平方公里的土地南枕祁连山,北依合黎山、龙首山,荒漠与绿洲共存,南国风韵与塞上风情共生,东西方文化在此交融,没有国界的音乐语言,成了亲和力最强的使者。张骞带回胡乐"横吹"传入西京,细君公主"携琵琶下嫁"乌孙王昆莫,"灵帝好胡服、胡帐、胡床、胡坐、胡饭、胡空侯、胡笛、胡舞,京都贵族皆竞为之"。北魏时,当地音乐与龟兹乐相结合的《秦汉伎》传入中原,被称为《西凉乐》,佛教音乐传入中原,被称为《西凉州呗》,成为佛寺法乐。唐代,丝绸之路音乐文化交流达至巅峰,孕育出了响彻世界的"唐乐"高峰,《十部乐》涵盖了丝路沿线各民族的音乐。唐太宗李世民有言:"朕闻人和则乐和。隋末丧乱,虽改音律而乐不和。若百姓安乐,金石自谐矣。"著名的《霓裳羽衣舞曲》便由唐玄宗改编自甘州音乐,甘州边塞曲流入中原后,成为教坊大曲,《八声甘州》《甘州曲》等词牌、曲牌流传至今……上下两千年、纵横近万里的时空里,河西走廊成了一个音乐的长廊。时间来到21世纪,在全世界书写了无数音乐奇迹的希腊音乐大师雅尼与中国再续前缘,继《夜莺》之后,创作了充盈着史诗情怀的《河西走廊之梦》,嘟嘟克笛引领的恢宏旋律,美得让人流泪。

"凡音之起,由人心生也。"音乐的交流,是人心的交流。人类文明的进程中,冲突无所不在,而音乐很大程度上缓解了冲突。如果说,张掖以一个母亲之温柔腋窝的意象,成为热爱和平的民族的心头痣,那么,河西走廊上古往今来的一曲曲乐音,是一只只白鸽,环绕成母亲至绵至柔的臂膀,拦断了铁蹄、战火和隔阂,驱赶着死亡和离散。

科学告诉我们,时间的箭头永远指向无序,沙丘城堡会被风吹走,丹霞地貌最终会坍塌,冰川正在消融,月亮正在远去,太阳会变成白矮星,所有的星系星球都会灭亡,宇宙最终会陷入一片死寂。物质经过漫长的轮回循环无限组合,才产生了生命,地球经历了四十多亿年的沧海桑田,才产生了人类。人类文明于无垠的时间,只有千兆亿分之一那么短暂,那么,人与人之间为何还要相残?而非争分夺秒去爱?

焉支山下,山丹军马场,我不知道一匹解甲归田的军马,是否愿意和我聊聊祖先辉煌的曾经。它是一头漂亮极了的汗血宝马,通身黝黑发亮,偶尔抖一下耳朵,眨着长睫毛,安静地承受着人类好奇的抚摸,却不知从哪里透出一副不羁的神情。在它的附近,两匹棕红色大马在隔着栏杆亲吻,一匹粉红色的阿拉伯马一刻不停地走来走去。

我学着英国小说《马语者》中的男主人公,试图去识别一匹马的耳语。我轻轻从它的侧面摸上它的脸颊,如果摸向它的正面,它的眼睛看不见,会受惊,可能还会咬人踢人。我将脸贴近它的脸,蹭到了粗糙而柔软的鬃毛,看到了长睫毛下瞳孔里浮现祖先们奔驰在辽阔草原上的画面,听到了它的耳蜗里响彻金戈铁马之声。公元前121年,霍去病击败盘踞在焉支山、大马营草原的匈奴各部后,全线打通了河西走廊,在此创建了皇家军马场(现为山丹军马场),山丹马从此伴随着汉家将士驰骋搏杀,保家卫国,在漫长的岁月中几经沉浮。北魏统一北方后,十数年养马高达200万匹。隋炀帝西巡张掖,在此会见突厥及西域二十七国王公使者。唐朝养马极盛时逾七万匹以上。晚清时局动荡,马场只剩数百匹马,民国时更沦为军阀的私人牧场,直至新中国正式接管山丹军马场,如今它是我国乃至亚洲最大的军马繁育基地。两千年来,这个世界上最大最古老的军马场,也见证了一个东方古国的再度崛起。

9月的焉支山下,大马营草原上万马奔腾,一道道马脊如一望无垠的麦浪起起伏伏,传递着李白的朗声吟诵:"虽居燕支山,不道朔雪寒。妇女马上笑,颜如赪玉盘。翻飞射野兽,花月醉雕鞍……名将古是谁,疲兵良可叹。何时天狼灭?父子得安闲。"群山偃旗息鼓,人们放马归山,解甲归田,马和诗歌的耳语里有一个相同的暗号:"回家。"

在离军马场一百多公里的民乐,夕阳斜照进一个酒库,一个个巨大的棕色酒缸上,覆盖着一块块异常鲜亮的红缎子,像盖着红盖头的新娘。一个小勺伸进了酒缸,睡了三十年的酒醒了,叹了一口气,吐出一串咕咚咕咚的耳语,浓郁的香味瞬间弥漫开来。在汉代"九酝春酒法"的基础上,张掖人用高粱玉米大麦小麦大米豌豆等九种粮食酿制了独具一方风味的美酒。三十年陈的白酒在玻璃酒壶里,呈现夕阳一样的淡淡金黄。我与金黄对视,看见清澈的酒里凝结着浓稠的历史,是与江南的黄酒截然不同的另一种风骨,似凌厉眼神,似铿锵之音,又似温软的炉边夜话。我想,从前,它一定是出征酒,万马嘶鸣,尘土飞扬,一碗一碗烈酒被仰脖喝尽,一只一只酒碗被摔得粉碎;它也是庆功酒、团圆酒,被劫后余生的人群痛饮,化作眼泪飙飞,化作一场场思念的雪。此刻,它只是一杯民间的酒,沁入了寻常百姓日子的酒,像一个静坐于喜宴主桌的老人,微笑着,眼神安详。

朋友们拎起一壶酒干杯,一位本地学者说,在我们刚刚经过的马蹄乡,他年轻时去玩过,裕固族的朋友们听说来了他这个从来不会醉的年轻人,消息波浪似的传遍了草原,所有人都跑到帐篷里请他喝酒看他喝酒,他两斤白酒的量,一直喝却一直不醉,七天七夜没出过帐篷。

处处岁月静好,这是"张掖"这个名字的福报吗?如果不是,也一定是张掖的祈祷词。

我浅尝几口酒便醉了,歪在飞驰的面包车里,半梦半醒间,听两位朋友高一声低一声的对话,像一声声耳语。他们一个来自天津,一个来自西宁,隔着车子的过道,两人从一碗"炒炮仗"开始,讲甘肃的面、天津的面,讲当年的八国联军和义和团,讲一位大臣向慈禧太后报告说,外国人没有膝盖,腿不会打弯,走路直挺挺的,我们拿竹竿一挡,他们就倒地不起了。

大家大笑,我也大笑,见车窗外夜色已经降临,耳蜗里响起东海边一声熟悉的耳语。江南被桂花树覆盖的娘家小院里,想必七旬母亲正双手合十,喃喃祈祷,每一个晨昏,她祈祷的第一句话总是:国泰民安。

世界安宁,我们才能听得见亲人们的耳语。母亲的耳语是一个涟漪,传给了千万里之外的我,从耳蜗传到心脏,传向四肢,传到脚底,传给车轮,通过车胎与地面的摩擦,传给了我脚下这片古老的土地,并得到了它的回应。于是,我听见整个河西走廊上,响彻悠长的声声驼铃。

有一张纸

"你叫什么名字?"一个女人问。

"泉林。"一张纸回答。

初夏,清晨,在一个巨大的造纸厂里,她用双手捧起一张米色的纸,在心里问它,如同问一个刚满周岁的婴孩。

这是她见过的最奇特的纸。不是见惯的雪白,而是本色的。不是森林做的,而是废弃的麦秸做的。

她看着它,看到了一缕淡淡的清香,从米黄色的纸面上袅袅升起,如她早晨看到的那一层薄薄的雾气,从齐鲁大地无边的麦浪上升起。然后,阳光渗进雾气,蒸腾起温暖的清香,就像这张纸的味道。其实,她知道,这是她的错觉,其实,纸,并没有香味。

这张本色的纸,躺在她手上,素净,妥帖,安静,甚至,仿佛是幸福的。

其实,一开始,不是这样的。一开始,当它还是一棵麦子的时候,它就在抗拒自己成为一张纸。因为,成为一张纸,会失去清白,失去作为一棵麦子的本分,更可怕的,是会制造污染,背上骂名。

它生是麦子,死也是麦子,这才是好的归宿。

在被运往造纸厂漫长的路途中,它凄凉地回顾了自己短暂的一生。

麦苗的青涩、单纯,犹如昨天。活着的每一秒,是为与阳光的相爱。爱,与心机无关,与功利无关,它只知道想爱,只知道一直向上长,跳起来长,就能离它热爱的光亮更近,别无他求。

然后,有一天,它的身心终于圆满,沉沉的麦穗、锋利的麦芒,都意味着它已成熟。它懂了,原来,它的长大与成熟,不仅仅是它个人的事情,而是关乎这片土地上无数生命的延续。会有一个孩子,吃下这棵麦子上的果实,果实转换成他的血肉和骨骼,然后,他也慢慢长大,成熟,成家,立业,生子……于是,大地繁盛,生命生生不息。

于是,它坦然等待麦粒从身体抽离的刹那,一下子,它从麦子变成了麦秸,一下子空了,像一个空巢老人般,开始算计自己最后的岁月。一般来说,有这样几种结局——粉碎,焚烧,渥烂,总之,都是变成肥料,重新归于土地。如果真是这样,也挺好,它还是它自己。

但是,如果变成一张纸,那一定会在无法预知的辗转里,失掉什么,失掉什么呢?

白纸,忘了竹简,远古时毛笔尖落在身体上的柔软力感。

纸巾,忘了手帕,和手帕上皂角的香。

电脑,忘了书写,和流转在一笔一画间水墨的韵味。

空调,忘了竹篾席子上清凉如玉的夜色,纸扇上拂动的月光。

网络,忘了千里家书,羞涩的脸红。

缝纫机,忘了细腻的绣花针脚,那午后春光里兰花指撩起的一缕秀发。

电饭煲,忘了柴火铁锅的焦香。

……

在麦秸成为白纸的过程里,必然也会忘记什么。不明就里的化学品、漂白粉,像一波一波文明的潮流,一漂过,便漂去了本色、传统,意犹未尽的种种情怀丧失殆尽。一股股有毒的黑液,所到之处,鱼虾绝迹,草木荒芜,臭气熏天。像一个人,走过了五味杂陈的人生,不再认识自己。像一代一代人,离月球、太空越来越近,离自己的心越来越远。

而它,原本是金色的麦秸呀,它多么希望自己最后仍然是金色的,哪怕,是和草纸一样的颜色。

所幸,它是泉林的麦秸,它没有想到自己在成为一张纸的过程中,走了与它的想象不一样的路。

它被运往造纸厂,没有被渥烂,没有被漂白,没有流出黑液。草浆造纸黑液污染这一历史性难题,已被这里的聪明人攻破。黑液转化成了养育花草果木的有机肥,棕色的污水经过净化,变成了可养鱼、灌溉的生态水,工厂大门外,芦苇遍地,一群红鱼游在清澈见底的水里,如游在镜子里。

就这样,一门齐鲁人以智慧独创的工序,让一棵麦秸幸福地走完了一生,又经凤凰涅槃,此刻,像一个重生的婴孩,躺在它的手上。

其实,出生的那一刻,它是自卑的。它一出生,便面对一些诧异甚至略带嫌弃的目光,它不是雪白的,而是米黄色的。黑色的字落上去,字仿佛穿上了旧衣服,有点暗淡,不光鲜。字嫌弃它,嫁错了人一样委屈哭泣。

可是,更多的人看见它,会看到比"本色"两个字更宽广深远的意义,会由衷地心生欢喜。这一张与众不同的纸,多么珍贵。

2013年初夏的一天,一个女人摩挲着它,欣喜地问:"你是纸吗?""是。""你叫什么名字?""泉林。"

"泉,林。真好。"她在心里说。

她不知如何才能更亲近它,便在这张纸上写道:2013年6月15日,泉林,你好,我来了,我在。然后,她把一个女人画在纸上,就像,她把自己安躺在一张本色的纸上,如安躺在她走过的四十多年的岁月里。那一刻,她与这张纸惺惺相惜——多年来,她一直如同麦秸珍爱自己一样,珍爱属于她自己的"本色"。她为它骄傲,亦为自己。

不管什么,最后总是要死的,活着的过程,其实也是一个死去的过程,怎么活法,就是怎么死法。从麦秸到纸,有截然不同的过程,结果却大相径庭,大有讲究。

初夏的一阵清风吹过,一张纸轻轻飞起来贴上了一个女人的脸,像一个知音的拥抱。

李庄意象

古镇李庄像一条小龙盘踞在另一条巨龙的头角上,这是午夜两点的李庄给我的第一个意象。午夜两点的我们乘车向着长江第一古镇李庄急驰,更深露重,视线里一片漆黑,唯有两侧路灯通明,它们构成了一个起起伏伏、弯弯曲曲的空间,让我觉得自己正奔驰在一条金色小龙的脊背上,洞察到了它坚硬明亮的骨骼,这显然是一种错觉。另一条巨龙是万里长江,此刻被淹没在暮春的暗夜中,它的呼吸声亦被哗哗的车轮声淹没。

李庄的街巷,如一棵大树的根须互相缠绕,盘结成了一个巨大的活着的生命体,通身灌注着来自长江的浩渺之气,这是午后两点的李庄给我的第二个意象。一千四百多岁的李庄依偎着长江,"江导岷山,流通楚泽,峰排桂岭,秀流仙源",云层泄下微光,照亮着窄窄的羊街,照亮着古宅古庙的白墙青瓦,照亮着质地沉重的木门,也照亮了一些脚步声和人语声,它们来自现实,也来自时间深处。一直走,任何一条青色的石板路都会将脚步带往青色的长江,带向千万里之外的远方。

从长江之尾的江南来到位于长江之首的李庄,时空的转换并不明显,这满目的葱茏和薄雾、江岚杂糅而成的暮春气息,和江南多么相像,和无数南方古镇多么相像。然而,当我尾随着一位诗人,掀开一家茶馆的门帘,走进空无一人的小店,眼前忽然变得幽暗,耳边忽然隔绝了人声,时隔八十年并不遥远的历史如惊涛骇浪汹涌而来。庭院,祠堂,庙宇,纪念馆,老邮局,我们一次次穿行其间,一次比一次更深地走进了李庄的内部。

"同大迁川,李庄欢迎。一切需要,地方供应。"

我久久凝视着这十六个字,不是沉醉于这一横一竖、一点一捺的汉字之美里,而是震撼于这字字千钧里蕴藏的博大胸怀和豪迈气概。抗日战争爆发后,上海国立同济大学校园在日寇轰炸中仅剩断壁残垣,无处安放"一张平静的书桌",经过三年流离、六次内迁,"千里流亡,亟待整理"的同济大学等机构,亟须搬迁至川南一带,使民族文化得以薪火相传。1940年8月的某一日,李庄羊街8号,乡绅罗南陔的府邸内聚齐了张官周、杨君惠、宛玉亭、范伯楷、杨明武、邓云陔、张访琴、李清泉、罗伯希等全镇名流,商议同济大学和"下江人"来李庄安身的大事。

写下十六字电文的罗南陔,留在黑白照片上的容颜那么儒雅,清瘦,甚至孱弱。他写下这十六个掷地有声、字字千钧的字时,手腕可曾犹豫?指尖可曾颤抖?是否有人阻拦?是否有人在他身旁叹息?他可曾想到,这言简意赅的十六个字,打湿了多少读书人的眼睛?在当时的地图上连名字都找不到的李庄,这仅有三千人的小镇,将会拥入一万多中国最顶尖的知识分子和读书人?

梅贻琦、傅斯年、李济、梁思成、林徽因、金岳霖、董作宾、童第周、唐哲、石璋如、陶孟和、梁思永、吴定良、李方桂、莫宗江等来了,同济大学的教授和莘莘学子来了,中央博物院和中央研究院的历史语言研究所、社会科学研究所、人类体质学研究所等三家国家级研究机构以及梁思成的私立中国营造学社来了,"九宫十八庙"悉数腾出,"各公私处所均已不顾一切困难,先后将房舍让出,交付同大",在西南大地的僻静一隅,终于安放下了一张"平静的书桌"。李庄敞开的胸怀,是战壕,李庄敞开胸怀接纳的人们,不仅是学者,更是战士,为中华文脉的保护和传承而战。

"是谁用带露的草叶医治我,愿共我顶风暴泥泞中跋涉……无问西东,就奋身做个英雄……"

电影《无问西东》主题歌在我耳边响起,我看见八十年前的李庄将自己化作了一枚带露的草叶,医治着中华文脉的伤。这是李庄给我的第三个意象。

整整六年,李庄的一草一木、一砖一瓦见证着中国知识分子精英在艰苦岁月中的人格力量和创造的一个个学术奇迹。

石璋如从昆明到李庄一路惊魂,汽车司机"打开车灯吓老虎",梁从诫记忆里最深刻的是"夜里狼群竟转着车厢嗥了半宿",还有强盗,还有疾病,还有死亡。

梁思成夫妇贫病交加,典当衣物度日,梁思成因颈椎病痛无力起身,竟用一个花瓶顶住下巴支撑头部继续工作。身患重病的林徽因,听闻毅然从军的弟弟林恒在空战中飞机尚未起飞便已遭轰炸阵亡。暮春的午后,我仿佛还能听见她的痛哭声被她自己声嘶力竭的咳嗽声湮没。

童第周毅然归国和四万万同胞共赴国难,和夫人叶毓芬在李庄用金鱼青蛙做生物实验,简陋的旧居内,回荡着他和来此参观的英国学者李约瑟的对话——"我是中国人"、"不可思议的奇迹"。

李济的两个女儿李鹤徵、李凤徵,因医疗条件太差,相隔不足两年,相继在李庄香消玉殒,一个17岁,一个14岁。旧居斑驳的墙上,照片里的女儿们仿佛还在说,我长大了也要考同济大学。

禹王宫,当年同济大学的本部,还响彻着364名青年教授和学生的慷慨宣誓,他们投笔从戎,慷慨赴死。

一座座古老的庵堂寺庙里,还依稀闪现着无数中华文化的传承者和捍卫者的身影,他们面如菜色,身形清瘦,衣冠整洁,眼神坚毅。战火映照着他们高贵的人格,映照着铭刻在他们心里的两个字:家国。

在那段苦难岁月里,梁思成夫妇完成了《图像中国建筑史》等一批重要著作;唐哲、杜公振等完成了《痹病之研究》,成果挽救了上万人的生命;金岳霖开始了计有六七十万字的《知识论》的书写;吴金鼎、王介忱、李济等人的川康考古收获颇丰;陶孟和主导编纂了抗战以来经济大事记和《1937—1940年中国抗战损失估计》;

李霖灿、董作宾等人也完成了轰动学术界的象形文字研究著作……

而做出巨大牺牲、成为中国抗战大后方四大文化中心之一的李庄,也受到了文化的反哺,有了电灯和电力,根治了流行麻脚瘟病,李庄的孩子们受到了空前良好的教育。世界也在李庄人面前打开了另一扇窗,当时,国内外邮件纷至沓来,信封上只要写上"中国李庄"就可准确送达,李庄也成为中国绝无仅有的李庄。

入夜的李庄宁静古朴,走在小巷里,能深深感觉到这个被誉为"中国文化的折射点、民族精神的涵养地"的古镇,仍然是一座生活着的古镇。孩子们在屋檐下欢笑着玩着古老的游戏;白糕店里,女人们用背篓背着孩子,给街坊们秤着手工做的白糕;两位年长的妇女一人一把小竹椅,对坐在溪流两边,一边打毛线一边聊天;街边亮着灯的门廊里,一位老人给他的老伴轻轻捶着颈背;一家裁缝店很像我故乡楚门镇上母亲三十年前开的裁缝店,再晚一点,他们会将一扇扇竖的门板装上去,关灯回家。时光如穿过街巷的溪流涌动着,仿佛带走了什么,又仿佛什么都没有带走。

和平年代,读书人的风骨与担当已无需经历战火的考验,但身后仍有无数双眼睛在凝望。中国李庄,也许就是这样一双眼睛。这双眼睛曾是裹在一个巨大伤口上的草药,风干成了一枚彪炳历史的勋章,这是李庄给我的第四个意象。

谷雨将至，清晨的长江边，一群写书人坐在奎星阁吃早餐。我曾尾随他进入空无一人的茶馆的诗人谷禾兄说，来过李庄很多次，与茶馆老板熟识了，常去叨扰他，不知如何感谢，老板对他说，你送我一首诗吧。

一枚暮春的落叶应声落在桌前，抬头见青色的长江浩浩汤汤滚滚东去，想起电影《无问西东》里曾为之流泪的一句台词："这个时代缺的不是完美的人，缺的是从自己心底里给出的真心、正义、无畏和同情。"不知为什么，此刻，我还想起离李庄三百多公里的三星堆文明，想起离李庄两千公里的大漠深处卫星发射中心掠过耳边的猎猎风声，想起离李庄一千八百公里处长江入海口的滚滚波涛，想起与我的住处一江之隔的跨湖桥文化遗址内，八千年前的独木舟静卧在水下六米，想起人类留在月球上的脚印，热泪忽然在心里滚滚而下。

敦煌痛

大——漠——敦——煌——

如沙漠深处捞起的一个梦,绝美,连读音都绝美,却到处都痛。

皮肤痛。飞沙,乱石,天生粗糙干裂,黑暗苍黄,松弛垮塌。人世间再沧桑的脸,在它面前,也幼嫩;再苍老的生命,在它面前,也鲜活;再深邃的思考,在它面前,也幼稚。

星星点点的绿洲,泉水,驼铃,证明它还活着,心跳着,眼睛亮着,话说着。

脚痛。曾经以为自己是海,滚滚沙涛,翻涌了亿万年。驼峰如舟,流沙如水,走了亿万年,仍然走不出荒凉、遥远、贫瘠。天生的,它只是一个凝固的海,凝固了脚步,凝固了梦想,连时间仿佛也静止。

它在,时间也在。走了的是张骞,霍去病,班超,唐玄奘,李白……是军人,商人,文人,墨客,使节,僧侣,马贼,刀客,还有那些来自国外的著名盗宝贼……他们走了很多年,永远走出了这片大漠,却从没有走出大漠的历史和传说。其实,所有这些人,没有任何一个愿意真心留下来,但这些被羁绊的脚步,注定和它的脚步锁在一起,又重,又痛。

心更痛。

它是一个弃儿。被春风遗弃,被雨水甘露,被小鸟,被繁华,被爱情……甚至被寂寞。寂寞,需要一种意境,一种情怀。而属于它的,是无边无际的,空白无望的,遗世独立的孤独——不是它遗世,是天地遗弃它。

传说,古时候,月亮就挂在中国西北这片高原上空静止不动,像冰雕玉砌的一个立体圆球,山川峡谷清晰可辨。后来,月亮越行越远,只有每天升起的太阳,是它的挚友,亘古不变。

也许还有,骆驼亘古不变的温顺的睫毛,忠诚的眼睛。

甚至当几百年前那位王姓道士发现巨大的稀世宝藏时,仍然没有人在意过这个弃儿,哪怕用一丁点剩余的爱,来拥抱它一下。

遗弃也不是最可怕,最可怕的是被外人掠夺,而自家人无动于衷。

英国人处心积虑运走了三千多卷经卷,五百幅以上的绘画。法国人用化学胶布粘走了26方最精美的壁画,盗走几尊彩塑。日本人,俄国人,也闻讯赶来,运走了无数珍贵文物。

而最亲的自家人,却用破木箱,任本就零落不堪、劫后余生的宝藏再经风吹雨淋,千里迢迢运到北京,留下一堆最破烂最不完整的东西。

王道士,这个莫高窟无助的、无奈的守望人,如何一人承担一切罪过?他只不过是一个不拿薪水的保姆啊!

最后,它以被掠夺的方式惊艳世界,不知道这是幸或不幸。从此,它备受宠爱,然而,已深入骨髓的耻辱与心痛,痛在生命里的每时每刻。午夜梦回,大漠泪雨滂沱,却不着一丝痕迹。

我用目光爱抚着这个弃儿的心脏——莫高窟。

一直仰着头,一个窟一个窟地看,脖子、眼睛酸痛难当。

多么美轮美奂啊。那一笔一笔,一刀一刀,一座一座,是谁,怎样仰着酸痛的脖子,撑着酸痛的胳膊、手腕,睁着酸痛的眼睛,怀着怎样的心情,历经十几个世纪,亿万个日日夜夜,夜夜日日,上下五层,一千多个洞窟,凿出来,画上去,造就如此完美的神秘博大、旷世绝伦?

每一笔,都是痛,每一笔,都是美。

这是一种什么力量?不过是沙漠黄土,孤山崖壁,仅有钱和能工巧匠是不够的,仅有毅力和信心也是不够的。

无他,唯有信仰。

它的辉煌,其实是信仰的辉煌。

洞窟里很暗,很静。突然,女讲解员停下柔和的声音,厉声对一个刚用手机拍照的游客说:"请将照片删掉!"

我看到了几年前面对强权斗胆说"不要触摸壁画"后遭掌掴辱骂的年仅19岁的女讲解员。

我也想到了一个与敦煌壁画一样美得令人浮想联翩的名字——樊锦诗——一个特别干瘦、弱小的老太太——莫高窟新的守护神——像常书鸿一样,将生命绝大部分的时光、坚忍与智慧,缓慢而快速地消耗在此。

心里忽然涌起感恩的泪。多么欣慰啊,在我们不可知的领域里,这个无限神秘阴暗的洞窟,已然是一个无比温馨的宇宙,弃儿的心脏里,其实一直萦绕着母性芳香气息的守护。

梦一般的大漠敦煌,是沙,是石,是风,是千年弯月,万艘船阵,是菩提,是波罗蜜多,是美人佛,是飞天,是一层一层绝美的壁画,是飘了一千年的丝绸,是走了一千年的茶香,是一千年都温不透的玉,是金戈铁马,是壮志忠魂,是爱的绝唱。

梦一般的莫高窟,也会让人梦一般遐想。我忽然想,能不能,让我们这辈人,在莫高窟的最角落,找一个边角,也凿一个窟,请全中国最好的艺术家,画一窟壁画,塑一窟佛,千万年后,讲解员介绍时,会说,这个洞窟是中华人民共和国塑造于21世纪初,不行吗?

行吗?如果是个人意愿,谁还有那份虔诚与爱?如果是集体行为,会不会沦为政绩工程?又一个腐败的伤口?给敦煌加上另一种痛?

走出莫高窟,收到朋友一条短信:"流逝的不是时间,是我们。"

是啊,每一个人,其实都在以流逝的姿势经过生命,经过时间。此刻,我正经过敦煌。

乐樽和尚流逝时,留下第一个洞窟。

平凡的工匠流逝时,留下瑰宝。

王道士流逝时,留下一个藏经洞和一个伤口。

驼铃流逝时,留下丝绸之路。

常书鸿流逝时,留下补丁,守护。

我们这一代人流逝时,留下什么?矿泉水瓶?垃圾和喧哗?留下故宫被盗、碎瓷?留下满世界足可乱真的赝品?留下莫高窟的关闭、月牙泉的消失?留下满足了好奇目光、带走了炫耀谈资后拂袖而去的冷漠身影?

我不舍的目光回望敦煌时,我想问它:你的心,是不是还痛?

曾经,我还没做母亲时,对那些无知无畏、胆大包天、捣乱惹祸的小孩子,总是敬而远之。我觉得,孩子其实有邪恶的一面,尤其是,当他受到的伤害、忌妒远远超过爱,就一定会恨。

那么,如今,你还恨吗?或是担忧?

敦煌不语。也许,在它眼里,我这棵来自江南的汁水丰厚的草,太无知,无味,无谓,无为。它根本不屑与我有任何的交流。

上车时,我抖抖丝巾,丝巾上泻下几粒沙随风飞逝而去。我回头,在夕阳的逆光里,跟它说了声"再见"。这不是随便说的,我们一定会再见,因为,将来我必定也会成为一粒沙,飞过很多路,经历很多事,看过一代又一代世事沧桑。而那时,我才能真正与它对得上话,才能读懂这片神秘的土地。读懂它的月牙泉,如同读懂它的泪;读懂它的鸣沙山,如同读懂它的心;读懂黑夜里的鬼哭狼嚎,才真正读懂它的灵魂。

三天后,回到江南,十里荷花,无比水灵,鲜嫩。

七天后,放在清水里的干莲子抽芽了,女儿时时傻傻地盯着看,想象它会真的长大,开花,美如万里之外壁画里的佛花。

她眼里,饱含人类最初的单纯。

皈依单纯,是否也是皈依一种信仰?

皈依美,爱,诚信,正直,坦荡,淡定,和谐……是否也算皈依信仰?

世人皆如此,敦煌和敦煌们,还会痛吗?

渭水遇

后来,我在地图上找过那条小河的名字,没有找到。后来,我问到了那条小河的名字叫"大南川"。它来自群山,清澈而湍急,在甘肃渭源县罗家磨村与 212 国道甘川段之间奋力跃动,像一个踽踽独行的少年。

从海拔三千米的高处下来,路过罗家磨村参观写生基地,我有点高原反应,分不清此时是夏末还是初秋,便一个人先出来透透气。于是,我遇见了大南川河,遇见了河边的一幅画,再后来,我成了一个"说画"人,对着四位从未走出过大山的老人。

远处是群山,近处是野草和芦苇如胎儿的头发紧紧依偎着河水,并延伸进河水里,河水和河滩没有分界线,像水墨画里的"焦"晕染着"清"。河水的左边,散落着一些农舍,几声狗吠。屋檐下晃着旧马灯,老树上挂着旧自行车,墙角边立着旧农具,小径旁散落着木雕残片,几个扛着农具的农民,像一幅画。

她毛衣的大红色彩,在绿水青山间显得有点突兀,仔细看,又觉得好看。她坐在高出河滩十米、石块垒砌成的路基上,低头在绣着什么,土红色的皮肤,花白的头发梳成两条小辫子挂在胸前。我站在河滩上仰望她,看到了她身后的蓝天、杨树,已经枯萎的一丛丛党参,低矮的砖房,砖房前趴着一辆灰扑扑的蓝色轿车。她静静坐着,身旁呼啸而过一辆辆急转弯的车。她那么土,那么静,公路那么新,车那么快,形成一种强烈的反差。我一边问她话,一边攀着石块往上爬。

她的手里是一只鞋垫,绣的是一幅熊猫竹子图,粉色底,绿色竹子,黑白熊猫,上面还有一个"乐"字。我由衷地说,你绣得真好看啊!是你自己画的吗?

通过不太通顺的交谈,我得知她从小在这里长大,从来没有走出去过。公路对面的砖瓦房,是他们的家,颜色暗的,是老房子,颜色亮的,是新盖的,屋檐每个角都嵌着一个"福"字,小轿车是邻居家的。他们家有十几亩地,种庄稼也种党参之类的药材,我刚刚走过的河滩上的晒场,平时用来碾玉米高粱油菜。收入不算高,但日子越来越好了。她的儿子盖房子时摔下来没了,女儿嫁到了外面,她和老伴带着12岁的孙子,一心把他培养好,送到县城里读书。她说这些时一直笑着,露出好像还没发育完整的小小的短短的牙齿。他们一辈子没有出过大山,没有去过县城,他们从电视里了解外面的世界。

她的老伴穿过马路走过来,用关切的眼神询问她,两个老邻居也穿过马路走过来。他们问我从哪儿来,到哪儿去,在城里看到了什么好看的,眼神里充满真诚的好奇。于是,在午后的昏昏欲睡里,我向他们描述了我刚刚看到的渭源。

在首阳山,我看到一个道士的葬礼,怕对逝者不敬,我努力想记住而不是拍下他曾经住的偏殿的挽联,仍没有记住,只记得很有文采,且超脱,是懂他的人写的。商末周初,孤竹国二皇子伯夷、叔齐互让君位,耻食周粟,隐居首阳山,采薇而食,直至饿死,首阳山因此名扬天下。这个人们眼里精神有点问题的老道士,居然在此守了一辈子。几个相帮的人推着装殓道士的棺木从我们身边经过时,我们所有人都侧身静立。我猜想,他一定是我印象里刚直而执拗的西北汉子,一个人一辈子死守着"节气"的象征地,无论如何都值得尊敬。

我在八米高的秦长城上,看到了绵延不绝、层层叠叠、高低错落的梯田,我第一次看到如此壮观的田野。积淀着厚重而灿烂文明的渭水流域上,最古老的长城蜿蜒起伏,每隔一里有一小烽燧,每隔十里有一大烽燧。此刻,我没有看到烽烟,碧蓝的天空下,麦子和油菜籽丰收在望,一个农人在长城下的梯田里,将一大捆油菜干收拢,驮下山去。我们跟随他来到山下,在一个巨大的广场看到了一千个或者更多的碌碡,像在炫耀它们曾经经历过的一场场丰收。我将手摸上比南方大好几倍的粮车,闻到把手的皱褶之间残留的粮食的香味,紧皱的心才渐渐舒展。

在渭水的源头鸟鼠山,我被另一种异香牵住了脚步,那是一大片我从未见过的紫红色花朵,散发着童年记忆里的香味。我的童年记忆里没有富贵的花,没有牡丹芍药玫瑰,只有野花。我一个人在花丛边坐了很久,这野花的香,多么微小,此刻于我,是最母性的,最故乡的,如同渭水之源,弹丸之地流出的三股清泉,绽放出一条渭河,汇入滔滔黄河,绽放出华夏璀璨的文明之花。

坐在罗家磨村口的河滩上,我和四个老人交流着互相听不太懂的话,晕乎乎的我根本不知道我向他们描述了一些什么样的画面,有无夸张,或者虚构。

在我陷入某一个回忆时,她突然站起来,说,我家里有绣好的鞋垫,我送你,我送你。

不用不用,谢谢你!

不不不,我送你!

她转身就往马路对面走,我急喊,小心车!

等车子呼啸而过后,她晃着身子穿到马路对面,隐入了那一片砖瓦房。

我继续向她的丈夫和两个老邻居描述我刚去过的渭源县城,它和很多我走过的县城很像,甚至与我东海之滨的老家很像,很古老,也很鲜亮,热气腾腾的。不一样的,是我吃过的食物,有我最爱吃的土豆,是我吃过的最好吃的土豆,无愧于"中国马铃薯良种之乡"的称号,圆圆的匀称的土豆种子,被高科技工厂里的人们当成孩子般精心培育。这里有我最爱闻的当归,母亲常用来煲羊肉汤给我们养胃,煲出来的汤带着一点点甜。这里到处都是党参、贝母、柴胡、甘草等药材,我想,某一家店铺里,一定摆有代替他们走出大山的党参。

我最忘不了的,是深夜在回民朋友家里吃羊肉、看星空。一路泥泞抵达一个山谷深处时,快夜里十点了,又饿又累,炕桌上的油饼、馒头、凉拌菜、酥油茶什么的很快落肚,主人提醒我们别吃那么快,还有更好吃的。然后,老人和孩子们轮番端上热气腾腾的手抓羊肉、泥状的羊筏子等等。坐在炕上吃累了,就站起来吃,吃饱了就爬下炕,到院子里看星空。微微的高原反应让我产生轻微的眩晕,渭源,真像一个世外桃源啊,看到的、吃到的、喝到的、遇到的人,都有着泥土的气质,那么实在,那么醇厚,却让人感觉这里离天空特别近,离世界特别远,多么奇怪。

他们听我语无伦次的描绘,并不惊奇,只是呵呵呵笑。我想,我其实是描述给自己听的。

一双粉红色的鞋垫,递到了我面前,是她自己画的牡丹样子,花了三天才绣好。河滩那一边,同伴们在招呼着上车出发了。

我说怎么办呢,我什么都没有带,包也在车上,我拿什么送你呢?

她咧开嘴,露出一口小碎牙,笑道:哎呀呀,不要不要,是我要送你的。

我的心泛起当归汤落肚般浓浓的暖意。她为什么送我呢?只因为我是远方的客人,和她闲聊了几句,赞美了她?还是与生俱来的淳朴热情?

匆匆说了再见,应该永远不会再见了。回到车上,见还有两个同伴在下面抽烟,下意识地将手伸进包里,迅速抽出一张一百元,让他们等我一下,便下车朝他们飞奔过去。

她不收,我塞到她衣兜里,她掏出来硬塞给我。我说这是我的一点点心意,你买鞋垫坯子也要花钱的呀。她还是不收,我塞她手里,塞她老伴手里,他们都将纸币一次次塞回我手里。

我做好拔腿就跑的准备,将钱一把塞到她衣兜里,转身就跑。她追了几步,哇啦哇啦在我身后叫,脸上是笑着的,露着小小的短短的牙齿,红红的脸在阳光下闪闪发亮,像一个少女。

回到车上,当地朋友说,在这里,谈恋爱时,姑娘都会送小伙鞋垫。女人们一辈子都乐意给心爱的人做鞋垫。

他们一生拥抱土地,拥抱苦难,拥抱自己,也毫无防备地拥抱外面的世界,甚至对未知的世界充满莫名的热爱。每一个人对于世界,都是一粒尘埃,就像人类对于宇宙,也是尘埃。是什么支撑我们努力活着?唯有爱。她从未走出过大山,但爱在她生命里的比重,一点都不比我们的少,即使对素昧平生的外人也毫不吝啬。他们的脸上永远是生动的而非麻木的表情,随时准备笑,准备问候,或回答问候,准备骂人。

后来,我一回想起"渭源"这个地名,就会想起一条清澈而湍急的小河,眼前就会浮现一幅幅有关她的画面:她将汗水和豌豆种子一起撒进土里。她扎着小辫扛着锄头去收割党参。她揭开锅盖,新麦馍馍的热气沾湿了她短短的睫毛。她穿着大红毛衣,坐在石块垒成的路基上,一针一线绣着老伴的粉色鞋垫。多么土气,多么美好。

把油灯点亮

在雨声里,水碓声并不清晰。我先是看到了它的样子,静静躺卧在南方冬天依然青绿的田野中,石桥下,芦苇岸边。溪流卷起巨大的水轮,带动碓木和碓锥一起一落,捣在青石臼里,发出"咿——呀——咚——"的声音,混合在细密急促的雨声里,像古琴声在贝多芬田园交响曲的高潮部分里泅渡,低沉缓慢的音符,不细听是听不见的,听见后,听觉便跟着它走了。古人描述的"碓声如桔槔,数十边位,原田幽谷为震",显然是很从前很从前的情景了。

若有若无的水碓声中,我与善根不期而遇。这是 2017 年初,江西上饶东阳乡龙溪村空无一人的村口,我从村外的农耕馆出来,打着伞走在通往村里的石头路上时,看到他也打着伞,迎面向我急急走来。

远远看见他时,我满脑子还都是农耕馆里堪称浩瀚的农具和生活用具,几百件之多,比百度歌谣里的还多:

犁杖耙耱锨锄镰,叉刮锨锤斧夯铲。
绳索套项驴安眼,驮笼驮架马骑鞍。

桶笼箱筐加水担,升斗口袋和褡裢。

刃镰麦耙芟麦秆,权杖扫帚推刮板。

扬场晒籽用木锨,石槽铡刀碰子碾。

锅碗瓢盆瓮坛罐,壶杯钵匙筷碟盘。

刀擦杖刷与风函,尺镜针锥钳镊剪。

桌椅板凳床柜案,簸箕面渠箩笸篮。

麦耧秋耩播希望,板锄露锄抡得欢。

手头家具样样全,人勤春早仓囤满。

但是百度上找不全它们的样子,我用手机一张一张把每一件物品都拍了下来,包括菜籽、松果、玉米种,我想随时翻看无数村庄们正在远去的日常。曾经被视为神器圣物的农耕器具,正在被岁月抛弃,尽管上一秒还沾着泥土和肥料的气息,汗水或鲜血的咸味。龙溪村姓祝的村民们捐赠农具时,心里是怎么想的?舍得吗?还是无所谓?甚至因为手头有了更便利的电动工具而高兴?我想应该是后者,假如我是一个村民,或这个村民的亲人,也会高兴。

石头路上,唯有我和他。初冬的田野像初春那么清新,大地盛开着无数绿色花朵,是一些蔬菜和一大片即将在两个月后开花的油菜。唯一的一座水碓响在石头路的左侧,然而大地上一切播种发芽、丰收加工,都已与水碓没有任何关系,它不再是工具,而是作为一道景观存在,水轮像一只巨大的眼睛,看着田野上蓬勃的农事,它成了局外人。离它不远的农耕馆,灯光下陈设的农耕器具、生活用具,也像一只只眼睛,隔着玻璃与游人、与孩子们对视。镰刀锄头已经生锈,像老人黯淡的目光,与泥土、稻谷再也无缘了,像绝大多数村庄一样,再也听不到水牛背上的牧笛了。

他花白的头发很短很齐,也很硬朗,像他的身板。他六七十岁,中等个子,古铜色的皮肤,端庄的五官,气质不像一个农民。我抬头看看他,他也看看我,又低头走。即将碰面时,我又抬起头看了他一眼,发现他也抬头看了我一眼,我笑了,他也笑了。此时,薄暮已经笼罩村庄,应该是做晚饭的时辰了,匆匆往村外走的老人,是去农耕馆吗?他去干什么呢?

擦身而过时,我说:老人家,你好!

他马上说:你好你好!

天都快黑了,你去哪儿呀?

我到农耕馆去,我要去锁门。我去锁了门,再到祝家祠堂给你们讲解。

在田埂上,我们停下来攀谈了几句。我刚刚恋恋不舍离开的农耕馆,和他果然有关系,他是看门人兼讲解员。他叫祝兴华,70多岁了,是村里唯一的管理员,负责祝家祠堂、文昌阁、江浙社、农耕馆这四个地方。每个月五百元工资。他干过农活,教过书,当过铁道工,染过布,老了回了村里。他还有一个名字叫"善根",是奶妈取的。

我也就是帮帮忙的。没有人管了,年轻人都出去了,就剩下老人家了。

那些农具有你家捐的吗?

有啊,那个装线的箩筐就是我捐的,我祖母用过的。那个书箱,是我太公用过的,他乾隆年间考上过进士。其他都是一百多个村里人捐的。

你每天都要来吗?周末不休息吗?

每天都要来,不来不行的。

老伴呢?

老伴在家烧饭,我工作还没完成,不能回家。

他的语气里,有捧着烫手山芋扔不得的焦急无奈,又明显有一份自豪。

与他道别后,我沿着溪流往村里走,水碓声在我身后渐渐消失。自汉朝起,南方北方,几乎所有有水的村庄都会有水碓声,加工粮食,碾纸浆,捣药、香料、矿石,夜深人静时,水碓房的油灯下,总是晃动着一个个劳作的身影。不久前,我去过千年纸乡温州泽雅,看到竹林间掩映着四个连在一起的水碓,是人们用来捣竹浆造纸的。水碓房里席地坐着一位白发老人,溪水在长满青苔的水轮间跳跃,汩汩有声,飞散的水珠在阳光下叮咚作响,水碓轻捣着石臼里的竹片,发出"咿——呀——咚——"的声音,山谷里回荡着无限诗情画意。然而那位老人只是在展示,而不是生产。此刻,我脚下的东阳曾是三省交界加工粮油的首选地,集砻磨碾榨功能为一体的大型水碓方圆百里首屈一指。而此时,石臼里并没有作料,近听,就能听清一声声空捣声,粗粝,坚硬,像一个空巢老人冬夜里的干咳,听起来有点痛。

一个金黄色的大草垛,立在农耕馆外,应该是刚刚收割后的稻草堆成的。刚才,我把整个身子都靠了上去,果然闻到了浓浓的湿湿的稻草香,那一秒,我觉得回到了记忆深处的村庄、想象中的村庄。龙溪村以血缘关系聚族而居,自古诗书继世、耕读传家。一个古老的村庄,一座桥,一条溪,半面断墙,一棵樟树,一个草垛,一大片油菜,两间青砖灰瓦的矮屋,一个美轮美奂的祝氏宗祠,一个气势不凡的文昌阁,一个仍然萦绕着喧哗声的江浙社,一个静谧的观音阁,田野间响彻着水碓声声,人们的血脉里浸染着翰墨书香,这是我梦想中的桃花源的模样。

可是,我不想怀旧。真的。假如我是一个农家妇女,像善根媳妇那样地道的农家媳妇,我为什么要怀旧呢?如果回到从前的从前,我和大多数女人一样,天没亮就得起床,蓬头垢面,挑水烧火做饭,忍着饥寒将谷子挑到村外的水碓房碾米,顶着烈日扛着笨拙的农具去田里劳作。上树采摘的皂角怎么都洗不尽衣服上的油垢,头发里长着虱子,没有擦脸油,甚至没有手纸,要在爬着蛆的粪坑上排泄,忍着蚊蝇叮咬。一场微不足道的小病就会轻易夺走自己或亲人的生命,怀胎生子更是过鬼门关。没有动车飞机手机微信,丈夫、孩子出远门了,思念很痛很长很绝望,而不是远隔万里也能随时视频、语音。任何一个极细微的享受,比如洗个热水澡,都要付出繁重的劳作。

在遥远的美洲,生长着一种外表极美的箭毒蛙,只有指甲那么大的母蛙担心蝌蚪在快干涸的水洼里死去,会将蝌蚪背在背上,开始史诗般的迁移。它从水洼出发,爬行一公里后攀爬到一棵大树上,找到凤梨科植物叶子形成的完美的小水池,把蝌蚪放下,又回去背第二只蝌蚪,直到将六只蝌蚪一一安放在不同的小水池里。没有食物,它向水里排一个未受精的卵作为食物,隔几天就回来排一个。日日夜夜,它在马拉松式的漫漫长路上奋力攀爬,废寝忘食,让我想起自古以来乡野中的一代代母亲,如同箭毒母蛙一样,在无比艰辛的漫漫时光里攀爬,花容月貌迅速枯萎,脊背早早弯曲,指甲里总是藏着黑黑的泥垢……都说从前慢从前好,其实错的不是现代科技的进步,而是人心不古——忘本,贪欲,不耐心,不实诚,不再信奉一分耕耘一分收获。

水碓声在身后消失的一霎,我听到了一个乡野女子如释重负的叹息。每一个农人,都希望日子是轻快的,美美的,也想住高楼、装空调、开轿车、去旅游,有什么义务为我们城里人保留贫穷落后?保留所谓的诗意呢?时光的钟摆亘古不变,叫我们安常处顺,不必为一些注定消逝的事物伤感,并非只有通过水碓声,人才能接得上地气,记得住乡愁。有时,只需把心里搁置已久的油灯擦一擦,点亮。

2017年的第一场雨里,我与善根挥手告别,去跟同伴们会合。善根说,快点跟上他们哦,村子很大的,不要迷路了。

从前所有的村庄外都响彻着水碓声,假如我是一个迷路的人,顺着水碓声,就一定能找到农家。坐在竹篱茅舍前,喝着他们递过来的粗茶时,一定能听到鸡犬相闻,听到"咿——呀——咚——"的水碓声,多么美好。但我也只是试着想象一下而已,我不想农人们回到所谓的美好。因为他们是我自古以来的亲人。

没有月色的丽江

我觉得很累了。

在丽江古城短短的一天,就像经历了春夏秋冬四个季节。当我把自己扔到席梦思上的时候,脚上,还套着从江南穿过来的凉鞋;指间,沾着玉龙雪山的温度;呼吸里,进进出出都是高原草甸上春雨的气息;眼前,晃动着古城湿幽幽的青石板路。还有,纳西古乐——中国古典音乐的活化石,优美而古朴的旋律,若有若无地飘在我的耳边。

"真美啊!"我的心由衷地赞叹着,却忽然泛起了空落落的对远方的思念。

这时,手机响了起来。同行的几位,争先恐后地在电话里,叫我去当地一个朋友开的小酒吧坐坐。

我说太晚了。

五分钟后,手机又响起来,还是他们。

当同样的号码第三次闪现在手机里时,出现了一个陌生的声音。

他说:"你好,我就是刚才他们说的丽江人王家卫。我们很想请你一起到我朋友那儿坐一坐。夜里的丽江,也很美的。他们说你一定会喜欢。我们在大厅等你。不见不散。"

我心存歉意,只好说:"好吧,我马上下来。"

出了门,发现夜色比我想象的还要深。

天已经晴了,没有月亮,却透着湛蓝的天光,倒映在玉水河里,天也流动起来,发出潺潺的水声,成了地上最为明亮的色彩。

玉水河分成几支溪流,像树根一样,紧紧缠绕着整座古城。又像血脉一样,日夜浸润着这片神奇的土地。

都将女人比作水,古城的水却很阳刚。它从黑龙潭直泻而下,披荆斩棘,驰骋而去,坦坦荡荡,清澈见底,容不得水里的半点尘埃。

而柔情无限的,是水里碧绿碧绿的水草。她们寄生于水底的卵石间,柔美的长发般,每一丝每一缕,都一心一意地朝着同一个方向——水流的方向,在淡淡的天光里翩翩起舞。

我忽然有点感动。都说"落花有意,流水无情",其实,水流去,水也无奈。如果流水无情,流水不会生生不息,不会在遇到水草的时候,显得格外温柔,在与水草缠绵的身姿里,迸发着爱的力量。我相信他无论走到哪里,灵魂始终陪伴着她,这就是本质。如果水草不懂,心生哀怨,水草便枉负了流水的心意了。

我感动于水的无悔,草的无怨。更感动于自然的和谐,尽在这不语的默契里。

转眼间,我们像一群沉默的鱼,游过夜的河,游到了街的尽头、溪流的拐弯处。

这依水而立的小木房,是古城无数小酒吧中的一座。它的名字叫"COOL"。它的墙上挂着一面五星红旗。

我们五六个人围着蜡烛。

白酒是自家做的,很辣。炸薯条也是自家做的,很粗,很香。

王家卫(后经正式介绍,才知是谐音,但我们仍然这么叫他)的老板朋友病了,没来,他便算半个主人。

漂亮的芹,就住在隔壁,是新城一家公司的白领,长发披肩,还挑染着一抹棕色,一点也不像本地人。她酒量奇好,而且豪放,一杯一杯地喝着干红。可她的谈吐却少见的优雅,一聊便知读过不少书,居然还读过我的散文。

羞涩的梅,是酒吧的准老板娘。她打发着三三两两的顾客,抽空就坐到我们身边,也不说话,一直抿着嘴微笑。谁饿了,便像吩咐自家小妹一样让她去做点心。

王家卫,一个典型的丽江英俊男孩,祖孙三代都是纳西古乐的忠实使徒。我惊奇地发现,丽江的男人,是世上最幸福的男人。他们无须为生计发愁,柴米油盐,都是如花似玉的女人们的事。他们的一生就是琴棋书画诗酒茶的一生,并因此而受到无上的尊敬。

梅终于开口说话了:"要是他们出门在外没钱花了,人家不会看不起他,倒会看不起他的女人呢。"

我说:"天哪,那女人也太累了,男人怎么这么忍心呢?"

他们便笑了,大概觉得我对这种天经地义的事情提出质疑实在有点好笑。

王家卫说:"现在和以前有很多不一样了。"

其实我还有话不好意思说出口——琴棋书画诗酒茶,应该是我这样一个江南小女子才会向往的生活啊,作为一个群体的男子汉都甘于这种生活吗?如果是,丽江古城岂不成了男人的天堂、女人的炼狱?

可是,这儿的一切分明那样的和谐、宁静,这儿的男人和女人看上去都那样知足。也许,这就是世外桃源神奇的力量使然吧。一个俗人,自然是无法理解的。

几个酒不醉人人自醉的人,就这样有一句没一句地说着话,有一口没一口地抿着酒。

我本来想好,我只来体会一下丽江之夜的别样风情,任他们怎么劝,我都滴酒不沾的。可是,在这些和自己一样不善言辞却诚恳的人面前,我早早破了例。

几口酒下去,大家更不拘小节起来。王家卫吹起了萨克斯。我以为会是最时髦的《回家》,居然是久违的《何日君再来》。

芹好像若有所思,突然对王家卫说:"你继续吹,我唱。"

说完,便和着他的拍子唱起来。她的嗓音有点哑,却很有味道。唱完了,她神色黯然地自饮了一杯干红,说:"我和男朋友分手后,老喜欢唱这首歌。唱着唱着,就会哭,哈哈……"

我惊奇于她的坦率,心里涌起了对一个同龄女人的惺惺相惜。她背后的伤感故事告诉我,一个人,无论身在何处,无人能躲得过"烦忧"二字,哪怕在这个被世人称为"世外桃源"的丽江古城。

所以,人生在世,真正的世外桃源总是在梦里,在别处。

于是他们听见我莫名其妙地说:"杭州也很美,秋天来杭州吧。"

突然,门外传来哗啦一声巨响,紧接着又哗啦一声巨响。

大家赶紧出去。只见湿透了的王家卫正将一个同样湿透了的人从溪水里捞起来。原来是同行的王君醉了酒,出门没扶住小桥的栏杆,下溪捞月亮去了。

这时,他还高叫着冲水里扑:"我的眼镜!我的眼镜!"

我们笑他:"眼镜值几个钱?差点自己都被水冲走了!"

他虽然醉了,又像很清醒,沉着声音说:"是人家送的!"

我们嘻嘻哈哈地追问他是谁送的,居然比命还要紧。

估计他们还得闹下去,我执意先走。还是王家卫,把我送回了宾馆。后来听说,他赶回去,和同行的一个朋友,半夜三更点着蜡烛,钻进一米多深的冰冷的溪水里,将冲出去老远的眼镜找了回来。

我来不及想象那一幕就睡着了。